주인의 무거운 짐이 염려된다면 네가 세르주를 치는 거다. 놈이 《벗》이라고 부른 거밖에 할 수 없는 일이야.

알메디아 라 모르

《디아볼로스》라 모르 기사 공작 가문 당주. 뮬의 어머니지만 도저히 열네 살 딸이 있다고는 생각되지 않는 젊은 미모의 소유자. 젊음의 비결은 술이라는 모양.

어새신즈 프라이드
암살교사 환월혁명 8

「선생님은 저를 벗기고 싶은 거죠……?」

메리다 엔젤
박람회에서 《사무라이》라는 사실을
밝히면서도 긍지 높은 기사 공작
가문의 영애로서 칭송받을 성과를
남겼다. 지금은 쿠퍼와의 키스 일로
머리가 한가득?

1학년 여름에 만났을 때와 비교해 메리다는 훨씬 더 여자다워졌다.

애간장을 녹이는 시선에, 열기를 전하는 피부. 탐스럽게 입술을 어루만지는 손가락의 움직임.

그때──그 강철궁 박람회를 마치고 난 돌아오는 열차에서. 메리다와 입술을 포개고 난 이래,

그녀는 연상의 청년을 완전히 이해하고 있다고 착각하는 듯했다.

「아가씨는 아직 어리시니까요, 부끄러워할 것은 아무것도──.」

쿠퍼 방피르

강철궁 박람회의 일로 의뢰주가 실각했지만 메리다의 가정교사를 속행. 무심코 제자와 키스해 버린 것을 반성 중⋯⋯?

「나는 이제 혁신파가 아닌데요?
오라버니의 명령을 들을 이유가 있나요?」

뮬 라 모르

라 모르 가문의 영애로 살라샤의
친구. 호기심이 왕성한 그녀는
회의의 출석자를 바라보며 재미있어
하는 것 같은데…….

어쩌면 《그녀》만은 눈치채고

있었을지도 모른다.

살라샤만은, 오빠가 또,

아무도 바라지 않는 터무니없는 짓을

시작하려 하고 있음을—.

「오빠!! 나를 봐!!

왜 이런 짓을 하는 거야……?」

살라샤 쉬크잘
왕작 세르주의 여동생으로, 그의
치세를 평가하는 킹스 회의에
출석하나 불안한 두근거림을
지울 수 없다.

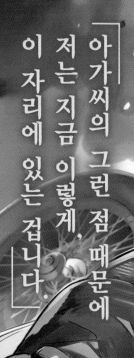

「아가씨의 그런 점, 때문에

저는 지금 이렇게,

이 자리에 있는 겁니다.」

불바다가 단숨에 퍼진다.

메리다의 작은 몸이 허공에 뜬 직후,

쿠퍼는 그녀를 꽉 껴안고 운전석에서

튀어나왔다.

아슬아슬한 차이로 차는 전복되고,

지면을 깎으면서 몇 번이나 튀었다.

미안해요, 선생님.
힘들어지는 건 선생님 쪽인데……

「우리는 예언에 적힌 비극을 회피해 ─
운명을 바꿀 수 있어요.」

성왕구 임페리얼 호텔 1층,
몹시 황폐해진 티룸.
세르주는 그 매혹적인 미소로
전폭적인 안심감을 상대에게 안긴다.

세르주 쉬크잘

《드라군》 쉬크잘 가문의 당주이자
프란돌의 왕작. 진의를 헤아리기 힘든
수수께끼 같은 청년. 느닷없이
황당무계한 정책을 내세우는데……

어새신즈 프라이드
ASSASSINSPRIDE

❖ 암살교사와 환월혁명 ❖

8

아마기 케이

NOVEL
NE
ENGINE

CHARACTER

쿠퍼 방피르

《백야 기병단》에 소속된 마나 능력자.
클래스는 《사무라이》. 메리다의
가정교사 겸 암살자로서 파견됐으나
임무를 어기고 메리다를 육성하고 있다.

메리다 엔젤

3대 공작 가문인 《팔라딘》
가문 출생이지만 마나를 가지지
않은 소녀. 무능영애라고
멸시당해도 마음이 꺾이지 않은,
다부지고도 심지가 강한 노력가.

엘리제 엔젤

메리다의 사촌 자매로 《팔라딘》
클래스를 가진 마나 능력자.
학년 제일의 실력을 자랑한다.
말이 없고 무표정.

로제티 프리켓

정예부대 《성도 친위대》에
소속된 엘리트.
클래스는 《메이든》.
현재는 엘리제의 가정교사.

뮬 라 모르

3대 공작 가문의 일각
《디아볼로스》의 영애.
다른 영애들과 동갑이지만
어른스러운 신비한 분위기가 특징.

살라샤 쉬크잘

3대 공작 가문 《드라군》의 영애로
뮬과는 같은 학교에 다니는 친구.
얌전하고 심약하다.

세르주 쉬크잘

젊은 나이로 작위를 이은 《드라군》
공작이자 살라샤의 오빠.
《혁신파》의 수괴라는 얼굴도 가진다.

블랙 마디아

《백야 기병단》에 소속된
변장의 엑스퍼트.
클래스는 자유자재의
모방능력을 가진 《클라운》.

윌리엄 진

란칸스로프 테러 집단
《여명 희병단》에 소속된
구울 청년.
은밀하게 쿠퍼와 내통하고 있다.

네르바 마르티요

메리다의 동급생으로
그녀를 괴롭혔지만,
최근엔 관계성이 변화.
클래스는 《글래디에이터》.

란칸스로프	밤의 어둠에 저주받은 생물이 괴물로 변한 모습. 다양한 종족으로 나뉘어져 있고, 아니마라고 하는 이능을 지닌다.
마나	란칸스로프에 대항하기 위한 힘. 이것을 지닌 자는 란칸스로프의 위협으로부터 인류를 지키는 대신에 귀족의 지위를 가진다. 능력의 방향성에 따라 다양한 클래스로 구분된다.

기본 클래스

펜서	높은 방어성능과 지원능력을 자랑하는 방어특화의 방패 클래스.	글래디에이터	공격·방어가 두루 빼어난 성능을 가지는 돌격형 클래스.
사무라이	민첩성이 뛰어나고, 《은밀》 어빌리티를 보유한 암살자 클래스.	거너	다양한 총기에 마나를 담아 싸우는 원거리전에 특화된 클래스.
메이든	마나 그 자체를 구현화해서 싸우는 일에 뛰어난 클래스.	위저드	공격지원에 특화되었으며, 《주술》이라는 디버프 계열 스킬을 가지는 후위 클래스.
클레릭	방어지원능력과 아군에게 자신의 마나를 나누어주는 《자애》를 가지는 후위 클래스.	클라운	다른 7개 클래스의 이능을 모방할 수 있는 특수한 클래스.

상위 클래스

3대 기사 공작 가문인 엔젤 가문, 쉬크잘 가문, 라 모르 가문만이 계승하는 특별한 클래스.

팔라딘	전투력, 아군 지원, 그 밖의 모든 부문에서 높은 수준을 자랑하는 만능 클래스. 전 클래스 중 유일하게 회복 어빌리티 《축복》을 지닌다. 엔젤 공작 가문이 대대로 계승.
드라군	《비상》 어빌리티를 가지는 클래스. 가공할 만한 도약력과 체공능력을 살려 관성을 남김없이 공격력으로 바꾼다. 쉬크잘 가문이 지니는 클래스.
디아볼로스	상대의 마나를 흡수할 수 있는 고유 어빌리티를 가져, 정면전투에서는 비할 데 없는 강력함을 발휘하는 최강의 섬멸 클래스. 라 모르 가문이 계승.

HOMEROOM EARLIER

프란돌 3월, 세 번째 주, 3일째.

그날, 도시의 최고봉에 세워진 그 궁전은 불꽃에 휩싸여 있었
다——.

불길에 깡그리 탄 벨벳 커튼. 처참하게 부서져, 와르르 무너진
대리석 벽. 발밑에 깔린 융단은 스며든 액체로 새빨갛게 젖어
있었다.

《나》는 그것을 눈 하나 깜빡이지 않고 보고 있다.

불바다 속에 홀로 우두커니 서 있는 자를 똑바로 바라보고 있다.

대체 누가 상상이나 했을까?

그가 걸친 프란돌 순왕작(巡王爵)의 옷이 눌어붙고 피범벅이
된 모습을.

"너에게…… 국왕 살해의 십자가는 너무 무거워……."

그는 숨이 곧 끊어질 것처럼 말했다.

세르주 쉬크잘은 빈사에 가까운 상처를 입고서도 여전히 피가
달라붙은 그 입꼬리를 우아하게 치켜세우고, 이전까지와 마찬
가지로 《나》를 향해 미소 짓고 있다.

다 죽어가면서도 웃고 있다.

《나》는 돌려줄 말이 없었다.

입술을 꽉 다물고, 오른손 손바닥으로 쥐고 있는 것에 힘을 준다.

──날이 예리한 칼끝이 순간 선명하게 빛을 반사하여 시야를 갈랐다.

도신에 가물가물 비치는 불꽃은 《나》의 마음속 방황을 고스란히 드러내고 있었다.

공간에 끓어오르듯 살의가 가득 찼고, 이내 흔들흔들 갈팡거린다.

"_____."

그가 《나》의 이름을 불렀다.

《나》는 대답하는 대신에 융단을 박찼다.

구두 바닥에서 피가 흩날린다──.

순식간에 간격을 좁히는 그 짧은 순간에 《나》는 아주 잠시 눈을 감았다.

과거를 돌이켜본다.

왜, 다름 아닌 《내》가 그에게 칼을 내려치지 않으면 안 되는 걸까. 적어도, 한 달 전까지만 해도 《나》는 평온으로 가득 찬 내일을 의심하지 않았었는데.

마음속으로 이름을 부른다.

──선생님. 사랑하는 그 사람의 이름을.

LESSON: I ~촛대가 깨질 때~

프란돌 2월, 세 번째 주, 첫날.

겨울의 혹독함이 최고조를 맞이하는 게 아닌가 싶을 만큼 추운 이때, 가정교사 쿠퍼 방피르는 전에 없는 문제에 시달리고 있었다──.

문제인즉슨 '레슨이 안 된다' 는 것이다.

"괜찮으십니까, 아가씨?"

카디널스 학교구 변두리, 횡뎅그렁한 식물원 안쪽에 세워진 메리다의 저택에서 쿠퍼는 평소와 같이 교편을 잡고 있었다. 잔디가 짧게 깎인 뒤뜰은 레슨에 안성맞춤이다. 공기가 차갑게 피부를 찌르지만, 열의만 충분하다면 아무것도 아니리라.

쿠퍼는 와이셔츠 차림으로 소매를 걷고 주먹을 쥐고 있었다. 장갑이 소리를 내며 바득거린다.

거울을 보는 것처럼 똑같은 자세를 취하는 메리다 역시 편한 움직임을 중시한 트레이닝복 차림. 오늘도 짧은 타이즈 밑으로 쭉 뻗은 좌우의 예쁜 다리가 눈부시다──.

어흠. 호흡을 조절하는 척하고 쿠퍼는 설명을 계속한다.

"자기보다 체격이 큰 상대와 육탄전을 벌일 경우 팔심만 의지

해선 안 됩니다. 힘차게 파고들어! 단단히 허리에 힘을 주고 전신의 힘을 주먹에 집약해서—— 타격."

한번 해보죠, 하고 쿠퍼는 간격을 좁혔다. 메리다의 자세가 긴장감에 굳어진다.

"배 좌측에 마나를 모으세요."

"네, 네엡."

말하자마자 쿠퍼는 남은 거리를 단숨에 좁혔다. 메리다와 짝을 이루는 퍼즐 조각처럼 메리다의 가랑이 아래에 오른발을 들여놓는다.

쿵! 국지적인 지진이 울렸다.

구두 바닥에서 올라오는 그 진동을 쿠퍼는 하반신 뼈를 경유시켜 허리로 올렸다. 연체생물같이 오른팔이 휘고, 주먹이 희미해지다 사라졌나 싶었더니 충격음.

최고속도로 날린 라이트 훅이 메리다의 왼쪽 옆구리에 꽂혀 있었다. 미리 마나를 모았으나 방어의식이 쫓아오지 못한 듯 메리다는 "커헉!" 하고 날카롭게 숨을 토한다.

작고 가냘픈 메리다의 몸은 이 타격 한 번에 후방으로 죽 날아갔다.

멀리까지 날아가 버리기 전에 쿠퍼는 지체 없이 전방 스텝을 밟았다. 한쪽 손바닥으로 손목을 잡고, 반대쪽 손을 메리다의 허리로 돌려 댄스라도 추듯 빙글 돌면서 끌어안는다.

"——이처럼."

"하뮤우우~……."

쿠퍼의 팔 안에서 눈을 핑핑 돌리고 있지만 메리다의 의식은 또렷해 보였다.

　그녀를 잔디밭에 잘 세우면서 쿠퍼는 설명을 마저 했다.

　"이것이 《유권(柔拳)》입니다. 기병단 스타일의, 파워로 압도하는 《힘》의 격투술과는 대극의 사상으로 이루어진 권법이죠……. 우리 사무라이 클래스는 아무리 해도 방어성능에서 뒤떨어지기 때문에, 펜서나 글래디에이터와 똑같은 상태에서 치고받아선 불리합니다——."

　메인 무기인 칼을 다루는 법뿐만 아니라 와이어나 투척 무기 그리고 격투술의 소양에 이르기까지 골고루, 그리고 철저히 가르치는 게 쿠퍼의 방침이었다. 메리다가 싸우게 되는 필드는 정정당당한 시합장에 국한되지 않기 때문이다. 언제 어떤 상황에서도, 설령 주먹밖에 쓸 수 없을지라도 적을 때려눕혀 승리할 수 있도록.

　살아남을 수 있도록——.

　그렇게 생각하면 지도에 타협은 있을 수 없다.

　설령 '귀신'이라고 불리더라도 말이다.

　"유권에는 독특한 요령이 필요합니다. 온몸의 힘이 잘 전달되지 않는다면 그 주먹은 그저 《근력이 부족한 라이트 스트레이트》에 불과하지요. ——아가씨, 저번에 가르친 기본자세를 취해 보십시오."

　"네, 네!"

　말을 듣고 메리다는 부드러운 사지를 활처럼 뻗고 허리를 낮쳤다.

"그대로 제가 『좋다』고 할 때까지 자세를 유지."

"으, 으윽……."

"그래, 지루할 테니 《카오스 카데나》 훈련도 섞어볼까요. 시계방향으로 온몸의 마나를 순환시켜 주세요. 흐름이 막히는 장소가 있다면 힘을 잘 전달하지 못하고 있다는 증거입니다. 끊임없이 자세를 바로잡자고요?"

"서생님 지독해요!"

메리다의 이마에 진득이 땀이 맺힌다.

자세가 워낙 고되기 때문이다.

유권법의 힘의 전달에서 남는 근육은 오히려 방해된다. 어떤 격투기 대회에서 몸집이 작고 마른 가지 같은 유권법의 달인이 다수의 마초들을 홱홱 물리치고 우승을 거머쥐었다는 것은 유명한 이야기다.

이것도 다, 힘의 권법과는 몸을 단련하는 방법이 근본적으로 다르기 때문이다.

지금 이 유권법의 자세는 힘을 전달하는 데 최적인 근육만을 효율 있게 단련시켜준다──.

물론 부담을 주고 있으므로 몸은 고되다.

메리다의 호흡이 서서히 거칠어지고 마나의 흐름이 정체됐다. 허벅지가 후들거리고 신발이 미끄러진다.

즉각 그녀의 등 쪽으로 쿠퍼가 돌아들었다.

"──자세는 그대로. 제가 바로바로 조정하겠습니다."

"……네, 네에."

메리다의 말끝이 흔들린 것처럼 느껴진 것은 기분 탓일까?

꽃실과 같은 그녀의 손가락 끝에 쿠퍼의 손이 닿았다. 그것만으로도 메리다의 볼은 빨개졌다.

훈련의 열 때문일까? ……쿠퍼조차 일시적으로 자신들을 감싸는 차가운 바람을 잊었다.

"온몸에 마나가 도는 감각을…… 의식하고……."

"……어, 어떤 식으로요?"

등 쪽으로 밀착해 있는 탓에 뜻밖에도 귓가에다 서로 속삭이는 듯한 형태가 되어 버렸다. 쿠퍼는 조급해지는 기분을 누르고 무릎을 구부려 웅크리고 앉는다.

메리다의 좌우 발목에 손바닥을 대고서 살짝 쓸어 올린다.

"이렇게 하반신에서 올라간 에너지가──."

"아으……."

"허, 허벅지를 통해 골반을 단단하게 만들고, 그래서……."

쿠퍼의 손가락 끝 감촉이 힘이 지나는 길을 의식시킬 때마다 메리다의 등줄기가 짜릿짜릿 떨렸다. 허벅지 안쪽에 닿았을 때는 복숭앗빛 입술에서 황홀한 숨결이 새어 나왔다. 이미 무릎이 후들거리고, 양팔은 내려가 사지는 축 이완되어 있다. 바로 이래서, 그렇다, 다 알고 있다──.

이래서는 '레슨이 안 된다' 는 것을.

매끄러운 복부 라인을 손바닥이 기어오르고 있었을 때 이미 메리다는 완전히 권법의 자세를 등한시하고 쿠퍼의 체온에 몸도 마음도 맡기고 있었다.

옆에서 보기에도 그 모습은 보이프렌드가 뒤에서 꽉 껴안고 있는 것으로밖에 보이지 않을 것이다. 촉촉히 젖은 소녀의 눈은 바로 뒤에 있는 사랑하는 사람의 입술로 빨려 들어가고 있었다.

"선생님……."

꿈이라도 꾸는 듯한 시선을 천천히 가늘게 뜬다.

우웅, 하고 입술이 앞으로 나왔다.

뺨에 키스 당하기 직전, 쿠퍼는 용수철처럼 몸을 홱 돌렸다.

"이, 이이이이이렇게!!"

애써 냉정하게, 완전무결하고도 냉정하게 쿠퍼는 강의로 궤도수정을 시도했다.

몸짓 손짓을 섞어서. 정신 사나운 춤을 추는 것처럼 보이는 것은 기분 탓이다.

"유, 유권은 그 구조를 모르는 자가 보면 『이게 마술이야, 기술이야?』라고 생각하기 십상이지만 결코 그렇지 않습니다! 그 오의를 마스터한다면 근육의 벽을 돌파하여 일격에 상대를 침묵시키는 일조차도——."

"어떻게 그렇게 하는데요?"

"네? 으음, 그건 말이죠……."

"평소처럼 하나하나 자상하게 가르쳐주세요."

네? 하며 메리다는 양팔을 벌리고 자세를 갖췄다.

껴안아 줘요, 라고 하는 것처럼.

만약 여기서 손을 뻗는다면 그녀는 요염하게 손발을 감아 조

금 전의 상황을 이어가려 할 것이다. 따라서 쿠퍼는 "크흠." 하고 헛기침을 해 평정심을 연기할 수밖에 없었다.

"……오늘 레슨은 여기까지 하기로 하죠."

"선~생~님~??"

"이크, 에이미 씨 아닙니까! 무슨 일이 생겼나요?!"

뒷문이 열리기 전에 감지한 그녀의 기척을 하늘이 내린 기회로 생각하고 쿠퍼는 소리를 질렀다.

실제로 한 박자 늦게 얼굴을 내민 에이미는 멍하니 눈만 동그랗게 뜰 뿐이었다.

"저녁 준비가 다 돼서 왔는데요?"

그 한마디에 쿠퍼는 진심으로 가슴을 쓸어내렸다.

반대로 메리다는 무척이나 좋아하는 모두와의 식탁을 앞에 두고 입술을 쭉 내밀었다.

"……레슨, 감사했습니다."

평소처럼 꾸벅 인사를 하고 뛰어간다.

그 뒷모습이 에이미와 나란히 문으로 사라지는 것을 바라보고서 쿠퍼는 숨을 내쉬었다.

1학년 여름에 만났을 때와 비교해 메리다는 훨씬 더 여자다워졌다. 이전에는 《눈앞의 간식을 먹지 못해 야단인 애완동물》로 표현할 수 있었다. 그랬는데 지금은 어떤가……. 애간장을 녹이는 시선에, 열기를 전하는 피부. 탐스럽게 입술을 어루만지는 손가락의 움직임.

이쪽의 시선 높이를 이용해 절묘한 각도에서 옷깃을 잡아당겨

유혹까지 한다!

쿠퍼는 교재와 목검을 정리하면서 티 테이블로 걸어가 외투를 집는다.

그러더니 탁 하고 테이블에 손바닥을 내리쳤다.

"최근의 아가씨는 진짜……!!"

이것이 바로 아랫사람, 가정교사가 직면 중인 전에 없는 문제다.

완전히 자업자득이긴 하지만 쿠퍼는 '왜 그때' 하고 자문하지 않을 수 없었다.

그때—— 그 강철궁 박람회를 마치고 돌아오는 열차에서. 캄캄한 전망실에서 정신없이 메리다의 입술을 찾았던 자신을, 이제 와서는 호되게 꾸짖어주고 싶은 심정이었다.

† † †

이대로는 좋지 않다. 쿠퍼는 몇 번이나 생각했다.

아무래도 《그때》—— 메리다와 입술을 포개고 난 이래 완전히 그녀는 연상의 청년을 이해하고 있다고 착각하고 있는 듯하다. 그가 열네 살 여자아이에게 흥미진진해 하고 있으며, 껴안거나 키스하거나 해주면 기뻐하리라 생각하고 있다.

그런 일은 없다. 결단코 없다.

자신과 메리다는 주종이고, 스승과 제자다. 섣불리 대등한 입장이 될 사이가 아니다. 그렇게 하지 않으면 부작용이 생긴다

—— 지금처럼. 따라서 철저하게 종자로서 신사적으로 선을 긋고, 스승으로서 존경받을 수 있도록 위엄을 되찾아야만 한다.

그렇게 결심하자마자——.

이날 밤. 저택 1층에 있는 침실을 찾은 쿠퍼는 평온의 향기를 맡았다.

메리다가 애용하는 입욕제 향기⋯⋯. 목욕을 막 마친 모양이다.

약간 어색한 움직임으로 문을 노크한다.

미리 방문하겠다고 전달해서인지, 금세 입실허가가 나왔다.

문을 연 쿠퍼는 시치미를 떼는 얼굴로 방에 발을 들여놓는다.

네글리제 차림의 메리다는 침대에 걸터앉아 쿠퍼를 기다리고 있었다.

"오늘은 정기검진 날입니다."

새삼스러운 말에 메리다는 미소 지었다.

"기다리고 있었어요, 선생님."

철컥. 쿠퍼는 등 뒤로 문을 잠근다.

이로써 저녁때처럼 저택의 메이드들조차 주종의 비밀을 엿볼 수 없게 됐다. 설령 이제부터 이 방에서 두 사람 사이에 무슨 일이 일어나더라도⋯⋯.

쿠퍼는 자신의 목소리가 약간 구차함을 자각했다.

"⋯⋯마나 기관이라는 것은 본래 유소년기부터 7년 이상의 세월을 걸쳐 형성되어가는 것입니다. 하지만 아가씨의 경우는 그것을 건너뛰고 고작 하룻밤 만에 정착시켰습니다⋯⋯. 거부

반응이 나오지 않는 것에 대해서는 이미 말씀드린 바 있지만, 죄송합니다. 적어도 제가 가정교사로 있는 동안은 경과를 봐두고 싶어서——."

"선생님은 저를 벗기고 싶은 거죠……?"

쿠퍼는 뺨을 뻔했다.

무슨 말을 하는 건지 물끄러미 쳐다보자 메리다는 당황스러운지 손바닥을 흔든다.

"아, 아니, 맨 처음 검사했던 날에 그랬었잖아요! 『입고 있는 것을 전부 벗어주세요.』라고. 실제로, 아, 알몸으로 있는 편이 검사도 하기 쉽겠죠……?"

"아, 네……. 확실히."

쿠퍼는 '위엄, 위엄.' 하고 스스로를 타이르면서 묵직하게 팔짱을 낀다.

"——말씀하신 대로입니다. 여부가 있겠습니까. 지금도 만전을 기하기 위해서 있는 그대로의 아가씨를 확인할 수 있으면 좋겠다 간절히 바라고 있습니다. 하지만! 아가씨가 워낙에 부끄러워하고 계시니 잠옷 차림으로 타협을……. 하하, 아가씨는 아직 아이시니까요, 부끄러워할 것은 아무것도——."

"아, 알았어요."

쿠퍼는 기어이 자신의 눈과 귀를 의심하고 말았다.

메리다는 무언가 결심한 듯 입을 다물더니, 침대 위에 앉아 이쪽으로 등을 돌렸다.

네글리제 자락을 잡고서 힘껏 걷어 올린다.

저 얇은 천 아래는 왜 저리도 무방비한가 하는 생각이 들 만큼, 깨끗한 등줄기가 훤히 드러났다——.

"……윽."

그대로 머리에서 천을 빼내자 금세공품을 연상케 하는 머리카락이 사라락 나부낀다.

하지만 그 상태에서 바로 이쪽을 향할 용기는 아무래도 아직 없는 듯, 벗은 네글리제를 가슴에 품고서야 메리다는 이쪽을 돌아보았다.

"하, 하세요…………."

그리고 털썩 누워버린다.

쿠퍼는 대체 어느 타이밍에서 말리려 한 것인지 어중간하게 손을 뻗은 자세로 굳어 있었다. 그러면서도 시선은 무의식중에 메리다의 살결 위를 핥는 것처럼 왕복하고 말았다.

"아, 아, 아가씨? 괜, 괜찮은 겁니까?"

"괜, 괜찮아요!"

메리다는 강아지가 깽, 하고 우는 것처럼 대답했다.

보기에 따라서는 저 포즈, 정말로 절대적인 신뢰를 바치는 복종의 자세로도 보인다——.

"서, 선생님에게라면, 저…… 무슨 일을 당해도…… 하, 하으으~……으으으!"

진퇴양난에 빠진 쿠퍼. 위, 위엄—— 가정교사의 위엄은 어디 갔냐? 하는 생각과 함께, 의미도 없이 쥐구멍을 찾고 싶은 충동에 사로잡힌다.

하지만 여기서 동요하는 모습을 드러내면 메리다의 페이스에 말리는 꼴이다.

가까스로 쿠퍼는 연상의 긍지를 되찾았다. 이런 때—— 그렇다, 의젓한 신사로서 이럴 때 제자의 알몸을 앞에 두고 어떻게 대응해야 할지를 생각하자.

"——좋은 각오입니다."

앞머리를 손가락으로 치우고, 자못 이지적인 길게 째진 눈동자를 번뜩 빛낸다.

우아한 발걸음으로 다가가 침대에 오른다. 메리다의 양다리 위로 올라탄다.

——이것은 중요한 《검사》. 부적절한 감정을 느끼는 것은 불경한 짓.

그야 메리다도 검사 첫날만큼은 "벗으세요."라는 말에 베개로 반격했었지만, 1년 넘게 정기적으로 쿠퍼가 피부를 더듬고 있다 보니 슬슬 체념하고 있는 모양이었다. 최근에는 알아서 네글리제를 걷어붙이고 하반신을 노출했었다. "검사니까 어쩔 수 없지요."라며 역력하게 파고든 팬티를 사랑하는 사람에게 노출하는 치태조차 허용했었다.

"이, 이런 모습…… 보여줄 수 있는 건 선생님뿐이에요…… 으ㅇㅇ."

그녀의 속삭임은 마음속으로 눌러 넣고, 쿠퍼는 느리게 고개를 젓는다.

메리다는 보다 정확한 검사를 위해 한 단계 더 노력하고 있을 뿐이다. 이쪽이 평정심을 잃어서야 메리다를 후회하게 할 뿐이리라. 따라서 지금은 얼굴에 철판을 깔아야 마땅하다.

거의 알몸인 메리다는 그런 가정교사를 올려다보고 꽁하니 입을 다물었다.

"이렇게까지 분발하고 있는데……."

"왜 그러시죠?"

냉담하게 흘려듣고, 쿠퍼는 좌우 손바닥을 들어 손가락 끝에 마나의 빛을 밝힌다.

그 양손을 메리다는 자신의 손바닥으로 붙잡았다.

"그, 그러고 보니 선생님! 이제까지는 촉진(觸診)도 약하게 해주신 거죠?!"

"네? 그건 뭐── 당연히 그랬지요. 아무리 아가씨에게 허락을 받았다 해도……."

"이이, 이번부터는 사양 말고 해주세요!!"

말하기가 무섭게 메리다는 쿠퍼의 양손을 자신의 가슴팍에다 힘껏 끌어당겼다.

거칠고도 섬세한 열 개의 손가락이 네글리제 위로 바스트를 포위했다. 아담한 덩어리를 찌부러뜨리는 감촉이 손바닥으로 번지고, 행복의 종소리가 쿠퍼의 머릿속에 울려 퍼진다.

참으로 상스러운 행위에 이르렀지만, 공작 가문 영애의 기세는 멈추지 않았다.

"이, 이, 이건 저와 선생님에게 필요한 검사, 니까요! 제가, 『마음대로 만져주세요』라고 전에 마, 마마, 말했었죠. ……히, 히이익!"

익숙해지게 하려는 것인지, 메리다는 쿠퍼의 손가락을 쥐기
도 하고 움직이기도 함으로써 간접적으로 자신의 바스트를 확
인했다. 그런 짓을 하면 《없지는 않은》 덩어리의 형태가 가정교
사의 손에 기억으로 남을 텐데 그래도 괜찮다는 뜻일까.

쿠퍼는 애써 의식하지 않도록 침대의 천장을 올려다보았다.

검사, 검사 하고 자신을 타이르면서 마나 기관의 상태에만 집
중한다. 이런 영예는 좀처럼 없는 기회이므로⋯⋯. 여담이지
만, 지금 그의 뇌리에는 열 개의 손가락이 제각기 다른 생물인
양 완만한 푸딩의 바다를 헤엄치고 있는 광경이 환상처럼 펼쳐
지고 있었다.

"하으윽⋯⋯?!"

좌우 집게손가락이 무언가에 좌초되고 만 것 같다. 메리다의
턱이 튀어 오른다.

그때 쿠퍼의 열 손가락이 피아니스트같이 절묘한 터치를 선보
인 것은 결코 본인의 의사가 아닐 것이다. 왜냐면 그는 전혀 다
른 생각을 하고 있었으니까.

《딸기 따기》이다.

"흐그으으으으━━━━━⋯⋯으으윽?!"

무엇인가 수치심이 한계를 넘는 요소가 있었던 모양이다. 등
줄기가 쭉 젖힌다.

이미 자신의 가슴을 확인할 여유 따윈 없어 메리다는 좌우 손
바닥으로 얼굴을 가린다. 그 손가락 틈 사이로 보이는 미성숙한

미모는 새빨갛다.

"이, 이이이, 이건 역시 안 되겠어. 이런 상스러운 모습은 기사 공작 가문에 있어서는 안 돼! 아아, 그래도, 그래도, 기껏 쿠퍼 선생님이 의식해주고 있는데……! 여, 여기서 더 나가지 못하면 다른 애들하고 동급으로 취급받는 거기도 하고……!!"

쿠퍼는 자유로워진 좌우 손을 천천히 메리다의 가슴에서 철수시켰다.

뒤늦게나마 메리다의 목저을 알아챈 깃이다.

"──한 말씀 드려도 될까요? 아가씨."

척, 하고 집게손가락을 세우자 메리다는 제정신을 되찾고 이쪽을 올려다보았다.

요컨대 메리다는 《미인계》를 사용하여 쿠퍼를 난처하게 만들려고 했다. 그리하면 연상의 가정교사는 헤벌쭉거리는 표정과 함께 무너지고, 주도권을 제 쪽에서 쥘 수 있다 확신하고 있다.

──빗나가도 한참 빗나갔다. 사실무근, 아무 근거도 없는 억측이다.

메리다가 그런 착각을 하게 된 원인은 대체 무엇일까?

"이 기회에 똑똑히 가르쳐 드리겠습니다만, 먼저 열차에서 있었던 행위는 그── 탁 터놓고 지내는 관계의 마담과 젠틀맨 사이에서는 곧잘 주고받는 《인사》입니다! 『오랜만이야』 『잘 지내?』 같은 틀에 박힌 문구 대신에 입술을 쓰는 행동으로 스마트하게…… 친애를 나타내는 것이지요."

메리다는 터무니없이 무방비한 모습임에도 불구하고, 쿠퍼의 말을 듣자마자 눈빛이 싸늘해졌다.

"그게 그런 키스가 아니었다는 것 정도는 땅꼬마인 저도 알아요."

"키……! 아, 아무튼 지난번《스킨십》에 박람회에서의 건투를 칭찬하는 이상의 뜻은 없습니다! 부디 오해하지 마시길. 네, 물론 저도 아가씨의 활약이 기뻐 흥겨운 나머지 행동이 과했던 감은 있습니다. 서로 반성하죠."

"무우우우우~~~~!"

메리다가 아이같이 볼에 바람을 넣은 타이밍에 쿠퍼는 지체 없이 말을 더했다.

"이런, 아가씨? 계속 그런 모습으로 있다간 배가 차가워집니다?"

"이, 이 상황에 어쩜 그런 로맨틱하지 않은 소릴! ――아세요? 선생님, 저도 언제까지 어린애는 아니에요. 신학기가 되면 학원 3학년이라고요! 키도 전보다 컸고, 팔도, 다리도, 학원의 후배들은 『모델 같다』고 말해주고, 가, 가, 가슴도……! 아예 없는 건 아니니까요!!"

알고 있다, 고는 하지 않고 쿠퍼는 다시 메리다를 덮었다.

"그러고 보니 검사 도중이었군요? 자, 아가씨, 그 황소고집인 팔을 치우고 고양이처럼 얌전히 있어 주세요. 암요, 의식할 것은 하나도 없습니다."

"꺄아―꺄아―꺄아―악?! 서, 선생님, 엉큼해요!!"

콩콩콩. 누군가 문을 노크했다.

메리다와 쿠퍼는 위험하고도 얼빠진 자세로 퍼뜩 그쪽을 본다.

생각한 바와 같이 방문자의 목소리는 메이드장 에이미였다.

『실례하겠습니다. 혹시 쿠퍼 씨가 이쪽에 계시나요?』

"네, 네에——."

무의식중에 떨리는 목소리로 대답하며 쿠퍼는 서둘러 침대를 내려왔다.

문을 잠근 것이 알려지면 좋지 못한 소문의 불씨가 될지도 모른다. 바로 되묻는다.

"아가씨와의 못다 한 레슨이 있어서……. 무슨 일이 생겼나요?"

『손님이에요.』

쿠퍼는 저도 모르게 메리다와 얼굴을 마주 보고, 이어서 괘종시계를 올려다보았다.

만약 지금 거리로 함께 나간다 해도 문을 연 곳은 주점 정도일 텐데.

"이런 시간에? ……대체 어느 분인가요?"

『성 프리데스위데의 라클라 마디아 선생님이에요.』

"——네? 그럼, 저?"

메리다는 벗고 있었던 네글리제를 허겁지겁 도로 입었다.

옷깃 사이로 머리를 넣고, 소매에 양팔을 넣은 상황에서 에이미의 목소리가 이어진다. 그녀 또한 이미 잠옷 차림일지도 모른다. 살며시 방문에 손바닥을 대는 기척이 났다.

『아니요——. 아가씨가 아니라 쿠퍼 씨에게 용건이 있는 모양이라서…….』

에이미의 목소리에는 의문이 담겨 있었다. 메리다의 표정도 마찬가지다.

그러나 쿠퍼는 고작 그것만 가지고 라클라 선생의 의도를 짐작했다. 급속히 정신이 예민해진 것을 자각했다. 침대를 향해 뒤돌아보고서 그곳에 앉은 주인에게 다가간다.

쇄골이 훤히 드러난 메리다의 어깨에 손을 대고, 지금만큼은 연기도 허세도 없이, 떠나고 싶지 않다는 마음을 담아 맨살을 어루만진다.

"상대하고 오겠습니다. 아가씨는 이대로 주무시기 바랍니다."

"네? 그, 그치만……."

"아가씨가 신경 쓰실 일은 하나도 없습니다."

학원이 아니라 일부러 메리다의 저택까지 직접 와 쿠퍼만을 지명하여 불러낼 만한 이유는 단 하나. 요컨대 그녀는 성 프리데스위데에 근무하는 《라클라 마디아 선생》으로서 찾아온 것이 아니라——.

첩보조직 백야 기병단(길드 잭 레이븐)의 에이전트로서 전달 사항을 가져온 것이다.

† † †

"——긴급소집? 전원을?"

거듭 확인하자 어둠 속에 우두커니 서 있는 《검은색》은 "그래.” 하고 끄덕였다.

손에 든 검은 메모에 술술 펜을 놀린다.

『큰일이』『들어온 것 같아』

『프란돌의』『왕작님』『직접 내린 명령이래』

“쉬크잘 공이⋯⋯.”

복잡한 감정을 품으면서 쿠퍼는 턱에 손가락을 댄다.

그와 얼굴을 마주하고 교류를 가진 것은 작년 4월, 성 프리데스위데 여학원의 춘계휴가 때였던가. 그 수수께끼 같은 쉬크잘 가문의 당주가 프란돌의 왕좌에 오르고 나서, 그래, 벌써 1년이 다 되어가는구나──.

《검은색》은 계속해서 술술 메모를 썼다. 메리다의 저택에서 상당히 떨어진, 아무도 없는 작은 시내의 다리 위로 장소를 옮겼는데도 만전에 만전을 기한다는 이유 같다.

군복을 입고 깊숙이 후드를 눌러쓰고 있다.

블랙 마디아는 그 이름대로 어둠 속에 숨겨진 얼굴을 이쪽으로 향했다.

『대륙의』『끝의 끝』

『외해에 튀어나온』『작은 외딴섬』

『그곳에 여명 희병단의』『잔당이』『집결하고 있는 모양이야』

“그 소탕을 우리 백야가?”

《검은색》은 메모에 의지하지 않고 고개를 꾸벅 끄덕여 응답했다.

여명 희병단(길드 그림피스)──── 프란돌을 위협하는 흉악한 범죄조직으로 불린 그들은, 지난번 강철궁 박람회를 노린 테러 사건 때 대패한 이후 급속히 세력이 약해지는 중이다.

주력인 인조 란칸스로프 부대가 전멸하고 그 개발자도 사망했다. 비장의 카드인 《몸을 베는 불꽃(이블 라보스)》과 《임계에 도달한 괴물(카운터 스톱 키마이라)》조차 잃고, 다음 활동에 필요한 자금난까지 겪고 있을 그들은 머지않아 와해하리라는 것이 기병단 대다수 견해다.

그 의견은 블랙 마디아도 마찬가지인 것 같다. 매끄럽게 메모 몇 장이 만들어진다.

『최후의 저항으로』『총력을』『긁어모으고 있는』『모양이지만』
『전력이라고 해봐야』『최하급 란칸스로프인』『펌킨 헤드에』
『마나도』『아니마도 지니지 않은』『무장대원뿐』

재빠른 솜씨로 메모를 찢어버리고 눈이 핑 돌 만큼 빠르게 펜을 놀린다.

『그래도』『일반국민에게는』『위협임에』『틀림없잖아?』

"그런데 그게 우리의 영역인가?"

주저하는 것이 아니라 순수한 의문을 쿠퍼는 입에 담는다.

프란돌의 암부를 담당하는 백야 기병단은 강하다.

대신 숫자가 적다. 소수정예라고 하면 듣기에는 좋지만······ 기실 그것은 버티지 못하는 자를 솎아내는, 도저히 인도적이라고는 부를 수 없는 훈련의 산물이다. 여하튼 백야의 단장은 툭하면 '손이 부족해'라고 투덜대기 일쑤다.

일전에 윌리엄 진이라는 새로운 단원이 생긴 것은 환영할 일이지만──.

잔당이라곤 해도 여명 희병단을 일소하려면, 다 합쳐 십수 명으로 여겨지는 백야의 에이전트들을 한 명도 남김없이 소집해야 하리라. 어쩌면 지금은 필드에서 물러나 있는 단장까지 몸소 가야 할지도 모른다── 강철궁 박람회 때처럼.

백야로는 아무래도 사람 수가 부족해 벅차지 않을까?

"딱히 국민에게 비밀로 할 만한 임무도 아닐 텐데. 등화 기병단(길드 페르닉스)에게 맡기는 게 어때?"

암부를 담당하는 백야와는 반대로 민중의 성원을 받으면서 검을 드는 그들을 이따금 부럽게 여기는 것은 어둠의 사회에 사는 자의 습성일까.

마디아 역시 어딘가 비꼬듯이 고개를 저었다.

『곧 성왕구에서』 『열리잖아?』

펜 끝이 약간 망설이다 이내 재빠르게 남은 문자를 쓴다.

『킹스 회의가』

"아, 그랬지──."

쿠퍼는 팔짱을 끼고 깊숙이 고개를 끄덕이지 않을 수 없었다.

"그것과 연루된 건가."

킹스 회의── 정식명칭 《새로운 왕을 위한 세계회의》.

프란돌의 왕위는 3년마다 교대되는데, 교대된 이듬해에 열리는 것이 바로 이 새로운 왕을 위한 세계회의, 통칭 킹스 회의다. 참가자로 뽑히는 것은 최근 3년 가운데 가장 이름을 날린 각 업계의 톱 엘리트…… 자산가나 정치가, 영웅으로 불리는 기사,

하층 거주구 각 도시의 리더, 나아가 스포츠 선수나 예술 분야의 천재에 이르기까지 엄선하고 엄선한 인재로 국한된다.

그 제1인자들이 한자리에 모여 비평하는 것이다.

'새로운 왕작의 치세는 어떠한가?' 를.

왕작은 각계각층의 시점에서 바라본 의견을 청취하고 폭넓게 지식을 모아 남은 임기를 보다 충실하게 보내도록 한다. 취지는 그러하다.

……다만 이는 거의 표면상의 이야기로, 실제로는 왕작의 통치에 대해 날카롭게 파고드는 참가자는 거의 없다. 진지한 의논을 주고받는 일도 있으나 대개 마지막은 이렇게 매듭지어진다.

──『왕작님 덕분에 프란돌은 안태합니다.』

초대받은 것 자체가 영예다. 왕작에게는 일종의 통과의례이고.

그래도 의제는 각 업계가 안고 있는 가지각색의 문제까지 다루고 있으며, 킹스 회의의 일정은 프란돌 2월, 네 번째 주 일주일간으로 정해져 있다. 성왕구는 그동안 엄중한 경계태세에 들어간다. 회의 참가자는 누구 하나 잃어서는 안 되는 인재이기 때문이다. 여기에 더해 하층 거주구에서도 사람을 초대하는 관계로 그들의 송영·경호에도 인원이 할애된다──.

따라서 이 시기는 오히려 등화 기병단이야말로 일손이 부족해 몹시 고생하고 있을 참이다.

『이유는』『그 밖에도 있어』

마디아는 좌우 손가락에 메모를 들었다.

이미 다 써놓은 몇 장을 막힘없이 갈아 끼운다.

『올해』『킹스 회의는』『주목도가』『차원이 달라』
『빅 이슈가』『있으니까』

"요전에 신문에서 봤어. 그게 아마⋯⋯."

응, 하고 마디아도 후드 안에서 고개를 끄덕인다.

『비블리아 고트에서』『전설의』『예언서의 단편이』『발견된 것 같아』

프란돌의 중추를 관통하는, 수백 층에 달하는 거대 미궁 도서관《비블리이 고트》. 과거부터 미래에 이르는 온갖 정보를 담고 있다고 일컬어지는 그 장소에는 오랫동안 전설로 여겨져 온 창세의 예언서가 있다.

이르기를, 그 책에는 미래에 일어날 모든 사건이 적혀 있다고 한다――.

그 실물이 극히 단편에 불과하다 해도 사람의 손에 들어왔다는 뜻이다. 발견자는 다름 아닌 현 왕작 세르주 쉬크잘⋯⋯ 그의 위업 중 하나라고 킹스 회의 참가자들은 격찬할 것이다. 그 봉인이 바로 회의 날에 풀린다고 한다.

도대체 예언에는 무엇이 적혀 있을까⋯⋯. 신문사는 연일 경쟁하듯이 엉뚱한 고찰을 휘갈겨서 민중의 흥미를 부추기고 있다.

회의 참가자가 아니라도 다음 날의 신문팔이 앞에는 긴 줄이 생기리라.

"그 때문에 등화 기병단에는 한층 더 엄중한 경계가 요구되고――."

『여명 희병단은』『마지막 찬스로』『간주하고』『행동을 일으켰어』

말과 메모를 척척 주고받다 쿠퍼는 고개를 젓는다.

"……그 때문에 돌릴 수 있는 부대가 더 없어서."

『우리 백야가』『나설 차례』『라는 거야』

"상황은 이해했어."

수시로 고개를 잘게 끄덕이던 쿠퍼는 종국에 와서 고개를 가로저었다.

"공교롭게도 나는 그 소집에 응할 수 없어. 아가씨의── 메리다 엔젤의 교육을 내버려 둘 수는 없으니까."

마디아는 후드에 표정을 숨긴 채 물끄러미 이쪽을 올려다보았다.

쿠퍼는 어깨를 살짝 으쓱한다.

"현재 나는 표면상 기사 공작 가문의 고용인이야. 이렇게 보여도 세간으로부터 비평의 눈이 끊이지 않아서 말이지. 어중간한 이유로 직무에서 벗어나면 엔젤 공작 가문의 위신에 누를 끼쳐."

본심이다. 메리다는 아직 성 프리데스위데 여학원 3학기를 한창 보내는 중이다. 가뜩이나 사교계에서 『무명의 귀족이 어딜 감히』라며 따끔한 시선도 받는 자신이 중요한 시기에 아가씨의 곁을 떠난다는 것은 언어도단이다.

본래 남자는 엄금인 성 프리데스위데 여학원 출입을 허가받고 있는 것은 전적으로 학원장과 학교 여학생들의 호의와, 쿠퍼 본인이 이사회를 비롯한 반대파에게 시비를 걸 거리를 주지 않도록 세심한 주의를 기울이고 있는 덕택이다.

한 명의 강사로 잠입하고 있는 《라클라 마디아 선생》과는 안정감이 전혀 다르다.

마디아는 비록 다른 의견을 내세우지 않았지만 천천히, 크게 고개를 저었다.

『그 입장을』『소중히 하는』『이유는 있어?』

"무슨 뜻이지?"

『몰드류 경이』『행방을 감췄고』

『그에게서』『의뢰받은』『암살』『임무도』

『지금은 허공에』『떠 있어』

화륵. 검은 메모가 불꽃에 휩싸인다.

쿠퍼가 읽은 가장자리부터 소실되어 그녀의 말은 세상에 증거를 일절 남기지 않는다.

『평범한』『가정교사라니』

『그거야말로』『우리 백야의』『영역이 아니잖아?』

"……그건."

『그렇게 되면』『나도』

『그 학원에서의』『임무는』『끝이군』

쿠퍼의 말을 기다리지 않고 마디아는 연달아 메모를 적었다.

갑자기 얼굴을 돌리고 손끝에 한 장 더 내건다.

『시원해서 좋네』

손가락 끝에서 메모가 바람에 팔랑 날아갔다.

그것은 공중에서 발화, 적힌 문자를 전부 삼키고서 아쉬운 듯이 흩어졌다.

쿠퍼는 팔을 뻗었다.

시커먼 후드를 등 뒤로 치우고 부스스한 검은 머리카락을 마구잡이로 쓰다듬는다.

"――그렇게 되면 학원 사람들이 아주 섭섭해하겠군요."

"에잇, 머리 쓰다듬지 마!"

민얼굴을 드러낸 자그마한 소녀는 양팔을 치켜들고서 쿠퍼로부터 확 달아난다.

대문으로 통하는 다리 위를 뛰면서 분풀이를 하듯 소리 지른다.

"그럼 이만! 아무튼 전달했다. 나중에 파파한테 실컷 혼나라. 메~롱!"

과자를 좋아하는 유령같이 혀를 내밀고서 재빠르게 식물원을 뛰어간다.

그 뒷모습을 바라보면서, 허공에 뻗은 손을 쿠퍼는 어찌하면 좋을지 몰랐다.

――왜 마디아는 학원 강사용 로브가 아니라 백야 기병단의 군복 차림으로 여기를 찾아온 것일까. 평평한 가슴에 품은 그 심경을 당최 알 길이 없다.

이 겨울을 넘기면 계절은 새봄. 쿠퍼 처지에서 보면 아직 아이인 메리다도 성 프리데스위데 여학원 상급생이다. 머지않아 그녀가 학원을 졸업하는 날이 오면 쿠퍼도 공작 가문의 고용인이라는 입장을 떠나 피가 묻은 어둠의 사회로 돌아가게 된다.

　──그때 나의 이 손바닥에 남는 것은?

　차가운 밤바람이 식물원을 빠져나간다. 그것은 쿠퍼의 손가락 틈을 미끄러져 사무칠 것 같은 감촉만을 남기고 하늘로 날아올랐다.

　　　　　† † †

　프란돌 2월, 네 번째 주 1일째──.

　킹스 회의가 열리는 회장은 성왕구가 자랑하는 5성 호텔《임페리얼 호텔》로 정해졌다. 극장과 병설되어 있고 객실의 창문을 통해 수많은 관광명소를 전망할 수 있는, 위치 면에서는 더할 나위 없는 장소다. ……하지만 마침내 회의가 열린 첫날, 창문을 통해 보이는 것이라곤 어딜 봐도 온통 예스러운 진홍색 기사복을 입은 군인들의 모습뿐이었다. 회의가 회의이니만큼 당연하긴 하지만.

　여하튼 임페리얼 호텔 최대의 볼거리는 1층 티 룸에 있었다. 전통 있는 구운 과자와 홍차도 평판대로 훌륭하지만 인테리어 ── 천장의 창을 통해 빛이 쏟아져 내리는 중앙에 있는, 한층 더 눈길을 끄는 거대한《새장》의 존재야말로 그 주인공이라 할 수 있었다.

　그랜드 피아노와 테이블 하나를 완전히 감싸는 '우리' 라고 성왕구 가이드북에 실린 물건이다. 관상용 덩굴 식물이 줄기를 뻗어서, 천장에서 들어오는 빛에 꽃잎이 빛나는 모습은 주위의 테이블에 앉은 부인들로 하여금 "호오……." 하는 탄식을 흘리게 하기에 충분했다.

말하자면 특별석인 그 장소에, 두 명의 《천사》가 앉아 있었다.

천사처럼 사랑스러운 살라샤 쉬크잘과 뮬 라 모르다.

"봐 봐, 사라."

고상함을 잊지 않는 청초한 손가락 놀림으로 뮬은 친구의 소매를 당겼다.

티 룸 내 모든 테이블에는 이미 킹스 회의에 초대받은 참가자가 착석해 환담을 나누기 시작했다. 오른쪽을 봐도 왼쪽을 봐도 신문이나 포스터, 잡지로 낯익은 얼굴뿐. 프란돌 전역에서 신문사 카메라맨이 몰려와 있고, 한 장 한 장이 보물이라도 되는 것처럼 셔터를 마구 누르고 있다.

이렇게 말하는 뮬이나 살라샤도 《특별석》에 앉을 만큼의 지위는 되지만.

"저쪽 테이블에서 의자를 셋이나 점령하고 있는 거, 밤부 사의 버시몬 사장이야. 소문대로 멧돼지처럼 호쾌한 사람이네……. 아, 저쪽에서 인터뷰에 응하고 있는 건 여배우인 아리아 씨! 작년의 왕작 순례 생각난다……. 더비 극단의 루실 씨랑 라일라 씨, 다시 극단에서 활약할 수 있게 되어서 정말 다행이지 않니."

"응…… 응, 그러게."

살라샤 또한 어딘가 거북해하면서도 회장을 둘러보는 중이었다.

이따금 자신들에게도 렌즈가 향한다. 《새장에 갇힌 공작 가문 영애》의 구도는 퍽 그림이 될 것이다. 하지만 살라샤는 주위의 시선에 긴장하고 있는 것은 아닌 듯했다.

오른쪽에서 왼쪽까지 모든 테이블을 바라보고는 다시 시선을 오른쪽으로 되돌린다. 몇 분마다 계속 이것을 반복한다. 뮬이 화제를 돌려도 건성이다. 흑수정 머리칼을 가진 요정은 손바닥으로 깍지를 끼고 주변을 파헤치는 듯한 눈초리가 된다.

"……저쪽 테이블. 어머니도 참, 술 마시고 싶어서 안절부절못하고 있는 게 훤히 보이네. 페르구스 아저씨와 열심히 이야기하시는 노인은…… 《검성》 더웬트야! 수많은 영웅 이야기의 모티프가 됐다고 학원장님이 이야기하셨잖아."

"정말로…… 대단한 사람들뿐이구나."

"공작 가문이라는 이유만으로 우리가 여기에 있어도 되는 걸까?"

기자들의 흥미가 벗어나 있는 타이밍을 골라 뮬은 홍차를 머금는다.

그에 비해 살라샤는 테이블 위 과자에 하나도 손을 대지 못했다.

"리타나 엘리도 분명 초대받았을 거라 생각했는데."

뮬은 비장의 카드를 꺼냈다. 살라샤의 시선은 여전히 먼 곳을 향하고 있다.

"그러면 다 함께 쿠퍼 선생님을 가지고 놀 수 있었을 텐데 말이지?"

"그러게⋯⋯."

살라샤의 시선이 겨우 자신의 무릎으로 향했다.

"쿠퍼 선생님에게 상담할 수 있으면⋯⋯."

기다림에 지친 뮬은 적극적으로 나서기로 했다. 가장 가까운 테이블도 꽤 멀다.

카메라의 플래시도 설마 대화 대용까지는 기록하지 못할 것이다.

"사라, 조금 전부터 대체 누구를 찾는 거야?"

"⋯⋯아버지와 어머니."

"어?! 부모님, 돌아오셨어?"

"『오늘 만날 수 있다』고 오빠가 말했어."

그렇게 말하는 살라샤는 평소와 다르게 침울한 표정이었다.

"『그러니 꼭 회의에 참가해 줘.』라고⋯⋯."

"여어, 살라샤! 뮬. 내 자랑인 여동생들아."

당사자인 세르주 쉬크잘이 두 사람의 테이블을 방문했다. 그 즉시 사방팔방에서 현기증이 날 정도로 정신없이 플래시가 터진다.

휘황찬란한 왕작의 의복을 입은 그는 여유작작하게 카메라 렌즈에 응했다.

촬영이 일단락될 때까지 어렵게 참고서 살라샤가 오빠에게 묻는다.

"오빠⋯⋯ 부모님 테이블은 어디 있어?"

"다 준비해 놨어. 안심해."

"하지만 오라버니, 회의 참가자 리스트에 아저씨와 아주머니의 이름은 없었는데요?"

"서프라이즈거든."

구름을 잡는 듯한 목소리로 말하면서 세르주는 테이블에 살며시 얼굴을 가까이 댔다.

"회장에 있는 모두가 깜짝 놀라 뛰어오를 만한 빅 서프라이즈 말이야. ――알겠니, 살라샤, 뮬. 지금부터 주변의 참가자들이 아무리 큰 소동을 피워도 절대 이 《새장》에서 나오면 안 된다? 걱정 마, 무서워할 건 하나도 없으니까."

"오빠……?"

"세리머니의 막을 올려야겠군!"

쾌활하게 웃은 세르주 쉬크잘은 곧장 위풍당당하게 돌아갔다.

여동생이 뻗은 손은 역시나 그에게 닿는 일은 없었다――.

"……혁신파(오페라시옹)를 해산한 뒤로."

뮬은 찻잔으로 입가를 가리면서 왕작의 뒷모습을 바라본다.

"오라버니, 우리한테도 숨기는 일이 참 많아졌지?"

"…………."

세르주의 뒷모습은 두 사람의 테이블에서 순식간에 멀어졌고 금세 본래의 상석에 착석했다. 회의장의 모두가 주목하고, 서로 나누던 의논을 중지하고 유리잔을 들어 올린다.

""총명한 젊은 왕작님께!!""

"고마워요. 여러분, 정말 고마워요."

세르주도 유리잔을 들어 화답하고 샴페인을 한입 마신다.

우아한 동작으로 유리잔을 되돌리고, 참가자들에게 호소하기
시작했다.

"벌써 회의가 열기를 띠고 있는 듯한데 어떠신지요. 다시금
이 1년을 돌이켜보면 프란돌의 살림살이는? 이 미숙한 사람의
정치에 부족한 점은 없습니까?"

"수완이 어지간히 훌륭하셔야 말이죠!"

세르주에게 아첨하고 싶은 관료 하나가 제일 먼저 흥분한 소
리를 질렀다.

"《황금시(黃金詩)의 군주》라 칭송받은 저 이디스 라 모르 여왕
폐하를 능가하는 정치, 통치! 용맹함으로 고명한 쉬크잘 가문이
문무에도 또한 뛰어나다는 사실이 증명된 1년이었습니다!"

알메디아가 시무룩하게 입술을 구부린 것이 딸인 뮬에게는 보
였다. 아무래도 저 관료는 왕작의 임기가 《3년》이며 시기가 돌
면 다시 라 모르 가문의 알메디아가 왕좌에 오르게 된다는 사실
을 잊고 있는 모양이다.

다른 참가자는 그자만큼 경솔하진 않았지만, 저마다 갖가지
어휘를 구사하여 왕작을 칭송했다. 어떤 자는 예산을 끌어내는
것을 목표로, 또 어떤 자는 사업 개척의 발판으로 그리고 어떤
자는 단순한 공명심 때문에……

"민초 한 명 한 명의 탄원서도 빠짐없이 훑어보시고──."

"왕작님이 대책을 세워주신 덕분에 하층 거주구의 물류도 원
활합니다!"

"그렇게 생각해서인지 몰라도 사원들이 아주아주 활기찬 기

분이 듭니다요."

"사진에다 소원을 빌었더니 중요한 시합에 이겼어요!!"

세르주는 손을 슥 들어 찬사의 폭풍을 눌렀다.

급격히 조용해진 회장 안에 미성이 울려 퍼진다.

"그렇게 생각해주시니 천만다행입니다! ……하지만. 사실 저 자신은 왕으로서의 성과에 납득하고 있진 않습니다."

참가자들은 서로 얼굴을 마주 보았다. 페르구스 엔젤의 눈꺼풀이 꿈틀 흔들린다.

불온한 기미를 맨 먼저 느낀 것은 살라샤다.

"오빠……?"

물론 그의 테이블까지는 닿지 않는다. 아까 그 관료는 잊지 않고 두 손을 비비며 말했다.

"아, 암요! 향상심 넘치시는 왕작님께서 왜 아니 그러시겠습니까. 남은 2년은 더욱 충만한 빛으로——."

"남은 2년? 그런 느긋한 소리를 하고 있을 수는 없습니다!!"

느닷없이 세르주의 큰소리에 참가자들은 부르르 몸을 떨었다.

——이게 『서프라이즈』? 뮬과 살라샤는 의아해하며 얼굴을 마주 본다.

두 손을 비비는 관료는 그래도 입을 다물지 않았다.

"그, 그, 그, 그 말씀인즉슨……?"

"다시 한번 잘 생각해보세요—— 지난 1년 동안 정말로 평온했습니까? 우선 제 대관식을 테러리스트가 노렸고, 직후에는 하층 거주구 상가르타가 하마터면 란칸스로프에게 괴멸될 뻔했습

니다. 그리고 여름에도 여러분에게 밝힐 수 없는 대사건이 일어
났고── 정점은 바로 얼마 전 있었던 강철궁 박람회였죠!!"

과열된 세르주의 연설에 회장 내 사람들의 눈이 못 박힌 듯 고
정되었다.

그러나 여전히 무슨 말을 하고 싶은 것인지 알 수가 없다. 스스
로 자신을 깎아내려서 무엇을 어쩌자는 것인가?

세르주는 진심으로 애처로운 듯이 왼쪽 가슴을 부여잡는 동작
을 해 보였다.

"……국위를 나타내야 하는 제전이 범죄조직의 표적이 되어
까딱하면 많은 사상자를 낼 뻔했습니다……. 저는 그날 뼈저리
게 실감했습니다. 프란돌은 수많은 적에게 둘러싸여 있음을.
국민의 평화는 살얼음판 위에 이루어져 있음을!!"

"하, 하, 하지만 박람회 사건 때는 사전에 대책을 세우지 않았
습니까……?"

"대책이 한 시간이라도 늦었다면요? 여러분의 가족이나 친구
가 단 한 명이라도 희생됐다면요? 『앞으로 2년』 같은 잠꼬대를
하고 있을 순 없습니다. 지금!! 바로 오늘! 이 자리에서! 구체적
인 해결책을 취할 것을 국민은 바라고 있습니다!!"

페르구스 공이 의자에서 막 일어나려 했다. 그러나 세르주는
지체 없이 손바닥을 들어 그것을 제지했다.

《세계회의》라는 것은 이름뿐이고, 오늘 이곳에 초대받은 저
명인들 대부분은 정치와 관계가 없다. 젊은 왕작이 어떤 전망을
이야기하고 있는 것인지 이해하는 자는 한 명도 없었다. 경비

중인 기사들조차 얼굴을 마주 보고, 페르구스 공은 매섭게 눈살을 찌푸린다.

하지만 어쩌면 《그녀》만은 눈치채고 있었을지도 모른다.

살라샤만은.

오빠가 또, 아무도 바라지 않는 터무니없는 짓을 시작하려 하고 있음을———.

안 좋은 예감의 한복판을 꿰뚫으며 세르주는 손바닥을 높이 들었다.

"저는 이에 감히 제안합니다. 프란돌의 평화를 영구히 지키기 위해서. 방어체제의 근본적인 재검토를! 역대 왕 누구도 단행하지 못한 진정한 개혁을!"

"무슨 말씀을……."

"란칸스로프와의 융화, 라는 선택을!!"

따악! 손가락에서 드높은 소리가 울렸다.

동시에 티 룸의 문이 성대하게 열어 젖혀졌다.

"안녕들 하시오! 방금 소개받은 자요. 내가 바로 란칸스로프이외다!"

페르구스를 필두로, 반응이 빠른 자부터 즉각적으로 뒤돌아본다.

회의 참가자 중 비능력자들은 깜짝 놀라 눈을 부릅떴다. 그 표정을 맛보듯이, 문 앞에 선 《남자로 보이는 짐승》이 찢어진 입을 씨익 추켜올린다.

"———야계의 주민."

급사를 시작으로 여성진 참가자가 비단을 찢는 듯한 비명을 질렀다. 연달아 몇 마리의 《짐승》이 티 룸으로 뛰어들어와 테이블 사이를 빠져나간다.

《짐승》── 늑대로 보였다. 하지만 그들은 회의장의 사방으로 흩어지더니 두 다리로 벌떡 일어섰고, 그제야 확인하니 재봉이 잘된 정장을 입고 있었다. 머리 부분도 짐승과는 판이한, 야성미가 넘치는 인간에 가까운 형상으로 변해 있다.

뮬과 살라샤는 교본의 지식을 떠올리면서 의자를 차고 일어났다.

""《워울프》족?!""

직후, 장식인 줄 알았던 울타리가 예고도 없이 움직여 거대한 새장의 출입구를 가로막았다. 살라샤와 뮬은 황급히 달려갔으나 이미 울타리는 꿈쩍도 하지 않는다.

"오빠?!"

꼼짝없이 포로가 된 두 사람은 세르주를 불렀지만, 당연히 소리가 들릴 거리에 있는 오빠에게 목소리는 닿지 않았다.

회의장이 어수선했다. 맨 먼저 나타난 워울프족 남자는 한층 더 좋은 정장을 입고 있다. 부하들을 규합하는 리더인 모양이다. 잘 닦인 가죽구두를 뚜벅뚜벅 울리며 테이블로 다가오자 참가자들은 "히이익?!" 하고 의자에서 굴러떨어졌다.

늑대남은 한쪽 팔을 들고 정중하게 인사를 한다.

"이 자리에 모이신 여러분!!"

곱슬곱슬한 장발에 다박수염. 짐승같이 찢어진 입가를 추켜

올리고 송곳니를 과시하며 껄껄댄다.

인간의 기준으로 판단하면 마흔 살은 넘어 보이는데 늘씬하게 뻗은 키나 차분하지 않은 장난스러운 동작은 마치 신참 피에로 같았다. 인상이 뒤죽박죽인 남자다.

"이 내가 이번 킹스 회의, 최후의 참가자……이자 란칸스로프 첫 초대 손님! 달의 상징, 품격 있는 늑대의 후예…… 워울프족!! 모쪼록 친애를 담아 나를 《매드 골드》라고 불러주면 좋겠소. 크, 크크크!"

"매, 매드 골드……?"

"야계에서는 제법 높은 자리──《테스터먼트(야계 추기경)》의 지위를! 지니고 있지……. 크큭."

골드라고 이름을 댄 남자는 말을 부자연스럽게 끊어 하기도 하고, 단숨에 지껄여대기도 해서 그 목소리를 매우 알아듣기 힘들었다.

다만 음량이 컸다. '란칸스로프' '워울프족' '추기경'이란 단어에 반응해 임페리얼 호텔에 대기하고 있었던 경비원들이 회의장에 급히 달려왔다.

"이것은……?!"

붉은 기사복에 훈장을 단 경비대장은 콧수염을 파르르 떨면서 검을 뽑았다.

"보초는 뭘 하고 있었나?! 어디에서 숨어든 거지, 저 악마놈들은!"

대장이 제일 먼저 바닥을 차고 일곱 명의 부하가 연달아 달려

든다. 군화로 테이블을 짓밟고 한 명이 천장 높이 날아올랐다. 유리잔이 튀고 참가자들이 비명을 지른다.

그러나 골드 이하 워울프족들은 변변한 태세도 갖추지 않았다.

"난폭하구만!"

매드 골드는 옆의 테이블을 손톱이 뾰족한 집게손가락으로 통통 두드렸다.

그러자 세상에, 불과 그 동작에 테이블이 바닥에서 튀어 올랐다. 호화로운 디자인에 비해 단단하고 무거운 테이블은 엄청난 기세로 회전하면서 기사 한 명의 턱을 정통으로 때렸다.

입안에서 피를 뿜으며 기사는 후방으로 팽 날아갔다.

"자~자, 착석들 하시게."

골드의 걸음걸이는 여유로웠다. 가는 도중 남겨진 의자를 하나씩 집게손가락으로 튕겼다.

포탄 같은 속도로 의자는 날아갔다. 달려드는 기사들을 깔끔하리만치 정확하게 요격하여 벽까지 굴린다. 경비대장은 단숨에 경계를 강화했다.

오랫동안 쓴 애검을 허리에 대고 자세를 잡는다.

공간이 뒤틀릴 정도로 강력한 마나가 해방됐다.

"《디토네이⋯⋯————!! ⋯⋯윽, ⋯⋯⋯⋯⋯?!"

어썰트 스킬 선언이, 그러나 도중에 사라졌다.

무슨 일이 생긴 걸까? 경비대장은 자신의 목을 자신의 손으로 졸라 필사적으로 목소리를 쥐어짜 내려 하고 있다. 그의 애검

끝에 처량하게 모인 마나는 안개가 되어 공기 중에 사라졌다.

매드 골드는 자못 상식적인 태도로 입가에 집게손가락을 대며 말했다.

"쉿, 쉿, 쉬잇—!《침묵》. 회의장에서는 조용히 해야지……!"

경비대장이 숨을 쉬는 것조차 힘겨워졌을 무렵 골드는 반대쪽 손바닥으로 테이블을 하나 더 날려버렸다.

대장은 칼끝을 올려야 한다는 판단조차도 늦었다.

대신 충돌 직전에 끼어든 백은의 기사가 장검으로 의자를 물리쳤다.

"페, 페르구스 공작님……!"

이제는 헐떡이기까지 하는 경비대장이 눈앞에 있는 등을 올려다보았다.

페르구스 엔젤은 온몸에 빈틈없이 마나를 충실히 두르면서 강적을 노려본다.

"초급(超級) 경계종(테스터먼트)…… 야계의 대지주가 프란돌에 무슨 볼일이냐."

"그야 물론! 올해 킹스 회의에 초대받아서지. 늦어서 미안하군……!"

페르구스는 매드 골드보다 더 뒤에 서 있는 세르주 쉬크잘을 힐끔 노려보았다.

그 세르주의 배후에 신중히, 조금씩 다가가는 그림자가 보였다.

기사복조차 입지 않은 젊은 급사였다. 그 정체는 바로 페르구스가 만일을 위해 회의에 숨겨놓은 복병으로, 오른쪽 손바닥에 식사용 나이프를 보이지 않게 쥐고 있다.

기척을 지우고 미끄러지듯이 다가간다. 그것도 모르고 사냥감은 해맑은 미소만 띠고 있을 뿐——.

직후 급사는 희미하게 보일 정도로 신속히 움직였다.

최소한의 움직임으로 세르주의 목덜미에 나이프를 가져가고, 그 손바닥이 번쩍인다. —— '잡았다!!' 그의 속내를 페르구스도 또렷하게 읽었다.

그러나 칼날은 종이 한 장 차이로 세르주의 사선에는 닿지 않았다.

세르주 본인이 움직여서 피한 것은 아니다.

대신에 등 뒤에서 솟아오른 《그림자》가 엄청난 질량을 가진 팔로 급사를 후려갈겼다. 안면을 강타당한 급사는 날아갔다. 손바닥에서 떨어진 나이프가 힘차게 바닥을 굴렀고, 다시 한번 참가자들은 날카로운 비명을 질렀다.

"이럴 수가……!"

급사는 코피를 흘리면서 경악한 표정으로 상체를 일으켰다.

기습에 실패해서, 그 때문에 놀란 것이 아니다.

세르주가 조종한 《그림자》의 정체에 놀랐다. 인간의 상반신을 연상케 하는 그 모습은 근육이 울퉁불퉁한 악마 같은 실루엣을 하고 있었다. 검은 연기를 걸치고 매서운 살의를 내뿜는다.

《그림자》는 움푹 들어간 눈구멍으로부터 망집이 들린 시선을 보내왔다. 부들부들 떠는 급사.

"그 힘은 마나가 아니군……! 란칸스로프의 아니마 아닌가?!"

"안 되지, 자기 왕에게 칼날을 들이대면."

세르주는 이제야 그를 돌아다본다.

평소와 하등 다르지 않은 미소가, 젊은 급사에게 뼛속 깊은 한기를 느끼게 했다.

"──너, 국왕 살해의 십자가를 짊어질 각오는 되어 있어?"

"드디어 가면을 벗었구나, 세르주."

여성의 미성이 이 터무니없는 압박감 속에 울려 퍼졌다.

알메디아 라 모르가 참가자들의 시선을 끌면서 걸어 나온다. 하지만 그녀는 아랑곳하지 않고 《새장》 속 특별석을 힐끔── 딸들이 무사함을 확인하고 나서 팔을 높이 들었다.

경비대장이 그에 반응해 애검을 던졌다.

여공작의 왼손으로 칼자루가 멋지게 빨려 들어간다. 능란한 손가락 놀림으로 검을 잡고 돌리면서 알메디아가 걸어 나온 자리는 페르구스의 옆이었다.

늠름하게 내민 검 끝은, 히죽거리며 마냥 비웃는 매드 골드와 어둠의 그림자를 걸친 세르주 쉬크잘의 심장을 정확히 겨냥하고 있었다.

"평의회의 일원으로서 요구한다── 순왕작의 지위를 지금 당장 반납하고 심판을 기다려라. 융화라고? 기사 공작 가문으로서 란칸스로프와 손을 잡는다는 것은 발상조차 할 수 없는 일이다."

"난감하군요."

세르주는 아무것도 없는 공간에서 스르르 무언가를 끄집어냈다.

바로 그가 애용하는 창이다. 그는 이제 이단의 힘을 조금도 숨기려 하지 않았다.

"지금, 이 나라의 왕은 나요. 당신들의 행위는 프란돌에 대한 반역입니다만?"

"그럼 가리기로 할까."

페르구스 엔젤은 흔들리지 않는 어조로 대답하고, 장검을 정안자세로 쥐고 허리를 낮췄다.

"어느 쪽이 국민에게 있어서 《정의》인지를……."

"크큭! 이래서 인간은 재미있다니까!"

골드는 불쾌하기 짝이 없는 태도로 비웃으며 털북숭이 양손에 아니마를 내뿜었다.

바들바들 떨며 움직이지 못하는 참가자들을 향해 그는 엔터테이너같이 소리쳤다.

"이해하시게, 프란돌의 제군! 이제 마나의 힘만으로 도시를 지킬 수 있었던 시대는 끝났어! 지금부터는 좋은 친구와…… 요컨대 그래, 우리 워울프족과! 같이 발전하고, 고생을 함께 나눠서, 마나와 아니마가 융합된 아무도 본 적 없는 빛으로 이 《밤》을 비추자고!! 혁명의 때가 다가온 거야!!"

"헛소리를 참 그럴싸하게 하는군……."

알메디아는 칼자루를 꽉 쥐고 도신을 얼굴 옆으로 끌어당겼다.

한쪽은 엔젤 가문과 라 모르 가문의 당주. 다른 한쪽은 《영웅》 쉬크잘 가문의 최연소 당주와 테스터먼트의 지위를 지닌 초현실적 존재 워울프족……. 결투의 행방이 어떻게 될 것인지, 이 자리에 모인 회의 참가자들은 아무도 예상할 수 없었다.

공작 가문의 일가도 마찬가지였다.

"세상에……."

뮬 라 모르는 닫힌 울타리를 움켜쥐고 요정 같은 미모를 떨고 있다.

그 친구 살라샤는 이미 오빠에게 호소하는 것을 포기한 상태였다. 시야 한복판에 비치는 오빠는 평소와 같은 온화한 표정으로, 일찍이 본 적도 없는 어둠의 그림자를 조종하고 있었다. 그 격차가 소녀의 마음을 잡아 찢는다.

그는—— 세르주는 어린 시절부터 한시도 떨어지지 않고 자신을 지켜봐 주고 있다고 생각했었는데, 사실은 훨씬 전에 이미 여동생을 내버리고 그녀가 모르는 장소로 떠난 것이었다.

대체 언제부터?

1년 전 사촌 자매인 쿠샤나 쉬크잘과 왕작의 왕관을 둘러싸고 싸웠을 때였을까? 그보다 더 전인, 혁신파라는 깃발을 들고 많은 귀족을 끌어들였을 때였을지도……. 혹은, 어쩌면 당주의 자리를 이어 쉬크잘 가문을 마음대로 조종하기 시작했을 때부터——.

살라샤의 커다란 비취색 눈동자의 좌우로 그들이 움직인다.

세 명의 전사와 괴물 하나가 양쪽에서 격돌하여 중간점에 불꽃을 낳는다.

　직후, 폭발적으로 부풀어 오른 광채가 소녀들의 시야를 새하
얗게 물들였다——.

† † †

　프란돌 2월, 네 번째 주, 킹스 회의의 이튿날이 되는 2일째.

　도시의 제1층부터 5층, 인간이 사는 전 지역에 한 뉴스가 널리
알려졌다. 소식이 전하기를, 순왕작은 회의장에서 란칸스로프
와의 융화를 통한 혁명을 선언했고 동시에 회의장에 나타난 워
울프족 집단에 의해——.

　성왕구는 함락됐다고.

LESSON: II ～영웅이라 불릴 각오～

"빅 뉴스!! 빅 뉴우우스으으————————!!"

이른 아침 카디널스 학교구에, 큰길을 달려나가는 소년의 모습이 있었다.

전형적인 뉴스 보이 모자를 쓴 신문팔이다. 상점가에 다다르자마자 가방에 빵빵하게 담은 전단지를 마구 뿌리기 시작했다. 길 좌우에서 주민이 모여들었다.

대금을 받지 않고 신문팔이는 닥치는 대로 상대의 손에 전단지를 들이밀었다.

"세르주 국왕이 새로운 정책을 시행하셨다! 온 나라에 두루두루 알리라는—— 참사회(參事會)의 지시요! 자, 가져가요, 가져가! 어린애고 어른이고 머릿속에 땅땅 넣어두쇼!"

"어디 보자……? 프란돌은 오늘을 끝으로 영지의 수비를 철폐하고——."

"장인도 상인도 관리도! 성왕구에서 오는 《특사》가 하는 말에 따르래요! ——아아, 저기요, 거기 가는 메이드 누나!"

인파를 피해서 재빠르게 지나가려고 하는 한 소녀의 모습이 있었다.

바로 메리다의 저택에서 일하는 메이드장 에이미다. 무거워 보이는 시장용 바구니를 양손에 들고 있다. 신문팔이 소년이 그 앞으로 돌아 들어간다.

"자요! 호외 가져가!"

"……아니에요, 괜찮아요."

에이미는 시선이 맞지 않도록 얼굴을 숙이고 옆을 지나갔다.

그러나 돌바닥을 비추고 있었던 그 시야에 누군가의 구두가 들어온다.

퍼뜩 얼굴을 들었다. 멈추어 서지 않으면 부딪칠 뻔했다.

키가 2미터를 넘는 거한이다. 여러 명이 동행하고 있고, 모두 같은 트렌치코트를 입고 있다. 에이미는 저도 모르게 숨 쉬는 것도 잊고 할 말을 잃었다.

머리 부분이 늑대이기 때문이다.

워울프족 거한이 커다란 입을 초승달처럼 찢으며 실실거린다.

"어이구, 아가씨……. 그 무거워 보이는 짐 좀 들어드릴까요?"

"……윽."

에이미는 두세 발자국 뒷걸음질 친 다음 길 반대쪽으로 뛰기 시작했다.

워울프족 남자들은 그것을 지켜봤다. 토끼를 쳐다보는 늑대나 다름없는 눈동자로──.

멀리 우회하며 메리다의 저택까지 돌아온 에이미는 단단히 대문을 닫았다.

……군이 호외 따위 받지 않더라도 프란돌의 현 상황은 이골이 날 만큼 잘 알고 있다. 빗자루를 들고 대문 앞에서 청소만 하고 있어도, 장거리 달리기라도 하는 양 질주하는 신문팔이들이 조간을 들이밀며 갔기 때문이다. 어느 신문이고, 1면 기사는 똑같았다.

넓은 식물원을 지나 작은 강에 걸친 다리를 건너 우리 집, 메리다의 저택으로.

뒷문을 통해 주방에 들어간 다음 에이미는 이세야 "하아……." 하고 안도의 한숨을 쉬었다.

"어서 와, 에이미……!"

바로 맞이해준 메이드 동료인 마일라가 시장용 바구니를 넘겨받았다.

'무겁다.'가 그녀의 감상이었다. 그렇다……. 왠지 모르게 평소보다 많은 양을 사들이고 와 버린 것이다. 에이미는 컵에 물을 붓고 단숨에 들이켜고 나서 의자에 앉았다.

"……거리의 분위기는 어땠어?"

메이드 동료 중 한 명인 그레이스가 묻는다. 빗자루를 단단하게 움켜쥐고 있는데, 무장이라도 한 셈일까. 동료 여성진에서 가장 키가 크고 힘이 센 그녀답다.

기분은 이해하지만 괜한 힘 낭비다.

"평소와 같아."

에이미는 피곤한 것처럼 말하고서 이마를 손바닥으로 눌렀다.

"그래서 더 기분 나빠! 프란돌이 이 지경이 됐는데도 왜 우리

생활은 여느 때와 같은 걸까……. 늑대 얼굴을 한 무서운 사람들이 온 마을을 서성이고 있는데, 그들은 누구한테도 위해를 가하지 않아!"

마일라가 살며시 어깨에 손을 댄다. 에이미는 그 온기를 받아들였다.

"……물론 전쟁을 하는 게 좋다는 얘긴 아니야. 그냥, 어떤 얼굴을 하고 그들을 마주하면 좋을지를 모르겠어. 교대하듯이 기병단분들은 거리에서 사라져 버렸고……. 도대체 뭐가 어떻게 된 거지?"

버석. 종이가 스치는 소리가 울린다.

주방의 테이블에는 이른 아침에 던져진 신문이 활짝 펼쳐져 있었다. 네 번째 메이드 동료인 니체가 독서용 안경을 쓰고 꼼꼼히 읽고 있다.

"……기병단은 세르주 왕작의 신정책에 반발해 셀레스트텔레스 개선문 지구에 틀어박혀 저항하고 있는 모양이에요. 이전에 강철궁 박람회가 열린 요새군요. 으음, 『워울프족 외교대표가 끈질기게 설득을』……? 각 캠밸에 남겨진 기사들은 상층과의 연락이 끊겨서 꼼짝도 못하는 것 같네요."

"주인님은?"

"페르구스 공…… 엔젤 공작 가문…… 여기 있다."

니체는 기사의 해당 부분을 찾아내고서 소리 내어 읽는다.

"페르구스 엔젤 및 알메디아 라 모르는 회의장을 망치고 저항한 후 도주. 한 명은 중상을 입고, 한 명은 행방불명. 워울프족 매드 골드 추기경은 그들의 안부를 걱정해 행방을 쫓고 있다━━."

거기까지 읽고서 니체는 신문지를 테이블에 놓았다.

"이건 틀림없이 거짓말이에요. 주인님은 기병단에서 가장 강하다는 말을 듣는 분이니까요. 어떤 적이 상대일지언정 질 리가 없어요. 알메디아 님도……."

"맞아."

에이미는 자신을 타이르듯이 고개를 끄덕이고, 창문을 보았다.

창밖의 풍경은 평소와 다르지 않았다━━.

"하지만 모든 신문이 입을 모아 같은 말을 하고 있어."

침울한 공기가 익숙한 주방에 자욱이 낀다.

세상이 불과 하룻밤 만에 급변해 버렸거늘, 사람들의 생활은 어제까지와 하나도 다르지 않았다. 아침이 되니 가게는 문을 열고, 통행인은 저마다의 직장으로 서두르고, 아이들은 밥을 먹으며 옷을 입고서 지각하지 않도록 통학로를 더듬어 간다.

언니나 다름없는 에이미는 걱정이 되어 견딜 수가 없었다.

"메리다 아가씨랑 쿠퍼 씨, 별일 없을까……."

창문 건너편. 들리지 않을 수업 시작종이 성 프리데스위데로부터 울려 퍼졌다.

† † †

그날 성 프리데스위데 여학원에서는 급거 전교집회가 열리고 있었다.

대식당(그레이트 홀)에 3개 학년 3백 명의 학생들이 모여 연단의 목소리에 귀를 기울였다.

연단에는 지금 수도복을 입은 한 여성이 서 있다.

다만 머리가 늑대였다.

미소를 띤 것 같은데 여학생들에게는 그 표정이 흉악하게만 보였다.

"나는…… 막달라…… 《성모》 막달라……."

끝에서 끝까지 여학생들을 한 바퀴 둘러본다.

그리고 느닷없이 소리쳤다.

"어쩜 이리도 귀여울까!"

1학년 집단이 몸을 움찔 떤다.

깃털로 빗질하듯이 속삭이더니만, 갑자기 심장에 안 좋은 날카로운 소리를 낸다. 학원의 강사들조차 그녀를 어떻게 대우하면 좋을지 망설이고 있다. 블랑망제 학원장 또한 눈빛이 불안해 보였다.

막달라라고 이름을 댄 성모는 개의치 않고 인사를 계속했다.

"우리 워울프족은…… 야계에서 《무혈주의자》라고, 불리고 있어요. 란칸스로프 중에서…… 여러분, 인간에게 가장 다가간 일족이라고, 할 수 있겠죠…… 후훗! 우후후후후!"

"무혈주의자라고요?"

블랑망제 학원장조차 그런 이야기는 들은 적이 없는 것 같았다. 막달라는 조금씩 천천히 강사진의 열을 돌아다본다.

"우리는…… 인간과의 분쟁을, 바라지 않아요! 워울프족도 인간도 피 한 방울 흘려선 안 됩니다……. 그것을 이해하지 못하는 야계의 강경파 세력을, 우리는 이제까지 수차례, 설득하고 눌러왔어요."

강사들은 서로 얼굴을 마주 보았다. 모두 기병단 출신 기사뿐이다.

……그 열 속에 라클라 마디아의 모습은 없다. 그녀는 며칠 전부터 휴가를 보내는 중이었다.

막달라는 다짐하듯이 말했다.

"친구입니다."

그리고 학생들의 집단을 뒤돌아본다.

몸짓 손짓을 섞어 연설을 계속하는데, 수도복 소매 밑으로 확실히 다섯 개의 손가락이 달린, 그러나 날카롭게 손톱이 자란 늑대 같은 손바닥이 보일락 말락 한다.

"우리 《성모》는…… 성 프리데스위데뿐만 아니라, 프란돌 전체 기사학교에 파견……되었습니다. 여러분이 우리 《무혈주의》를 이해해줄 수 있도록, 교육고문으로서! 일해 나가고……싶습니다."

그녀가 이야기하는 말의 내용.

그리고 그 알아듣기 힘든 억양에 3백 명의 여학생들은 혼란스러웠다.

하지만 그 붉은 장미 교복의 중심—— 유달리 키가 큰, 검은 옷을 입은 쿠퍼만은 알아챌 수 있었다. 저들 워울프족의 억양이 엉망진창인 까닭은 《인간의 말을 모르는 생물이 벼락치기로 익혀 이야기하고 있기 때문)임을.

성모 막달라는 신탁을 고하는 것처럼 양팔을 펼쳤다.

"친애의 증거로…… 여러분에게 선물하고 싶군요."

힐끔, 후방으로 시선이 향한다.

몇 명의 강사가 마지못한 표정으로 걸어 나왔다. 양팔에 무언가를 잔뜩 안고 있다.

학생들의 열의 끝부터 차례로 그 《선물》로 보이는 물건이 돌려졌다. 메리다와 그 옆의 엘리제도 물건을 받고서 양 손바닥에 올려본다.

덧붙여 평소의 멤버 중 로제티만이 지금 이 자리에 없었다. "빠질 수 없는 용건이 있어."라며 통학로에서 헤어졌기 때문이다. 그녀가 신신당부하기도 해서── 쿠퍼는 메리다와 엘리제의 등에 손을 댄 채 《선물》을 들여다보았다.

새빨간 *윔플이었다. 그야말로, 수녀들이 흔히 쓰는 평범한 윔플.

전교생의 손에 건네진 것을 가늠하고서 막달라는 만족스럽게 웃었다.

"우리가…… 손수 만든 것입니다. 프리데스위데의 교복은 《빨강》이라고 해서, 빨갛게, 물들여봤어요……. 후훗."

학생들은 우물쭈물했다. 그러자 막달라는 또다시 갑작스레 소리쳤다.

"머리에 써!!"

---

*윔플(Wimple): 중세 유럽 여인들이 머리와 머리털을 가리기 위해 목과 턱에 둘러 쓰던 커다란 천 가리개.

학생들은 퍼뜩 움직이기 시작했다. 메리다와 엘리제도 윔플의 안팎을 황급히 확인하고 나서 자그마한 머리에 씌운다.

전 학년에게 같은 것이 지급돼서 사이즈가 제각각이었다. 발육이 좋은 3학년은 갑갑해 했고, 반대로 1학년인 티치카 스타치 등은 명백히 헐렁헐렁해서 흘러내리지 않도록 고심하고 있다.

하지만 이 부분은 막달라의 미소를 보건대 사소한 문제인 듯했다.

"——교복이에요. 오늘부터 학원 내에서는 그 윔플을 반드시 쓰도록. 교칙위반에는 엄격한 벌을…… 후후훗! 뭔가 갑자기 내가 선생같이, 되었네요……?"

수긍하면 되는 걸까—— 학생들은 윔플 때문에 옆에 있는 같은 반 친구와 시선을 맞추는 일조차 애먹고 있었다.

"내가 이 학원에서 여러분에게 가르치고 싶은 것은…… 하나."

막달라의 말은 순조롭게 계속됐다.

"절제."

강사들조차 얼굴을 마주 본다. 성모 막달라는 연단에서 내려왔다.

학생들의 열을 붉은 장미밭을 헤치고 나아가는 것처럼 걷는다. 그 손가락 동작은 춤추는 듯, 꿈을 꾸고 있는 듯해서 나쁘게 표현하면 어쩐지 불길했다.

"조신함을 갖고…… 욕망을 경계하고…… 자신의 마음을 청렴하게 갈고 닦는 일을 기쁨으로 삼는 것……! 그것이 바로 성 프리데스위데 여학원의 신조에 다가가는 일이겠죠?——그렇죠?!"

"히익!"

갑자기 멈추어 선 막달라에게 질문을 받은 2학년 여학생이 연신 고개를 꾸벅이며 수긍했다.

확실히 『현모양처를 배출한다』라는 학원의 표어와 성모 막달라의 교육방침은 모순되지 않아 보였다. 성모는 그 이상 묻지 않고 다시 거침없이 걷기 시작했다.

"난…… 여러분과 아주 친해질 수 있다고 생각해서…… 기대하고 왔어요——————그런데 왜."

꾸우욱. 구두 소리를 내며 멈추어 서서, 손바닥을 뻗었다.

그 손이 어루만진 것은, 쿠퍼의 턱이었다.

맨살을 타고 흐르는 섬뜩한 감촉에도 그는 미동조차 하지 않는다.

"왜 당신 같은 훼방꾼이…… 이 아리따운 여학원에 섞여 있는 거람……?"

메리다는 부아가 치밀었다. 쿠퍼는 그런 주인을 한쪽 팔로 살며시 제지했다.

막달라는 좌우 손바닥으로 다짜고짜 청년의 어깨와 가슴팍을 쓰다듬기 시작했다.

"옷을 보니, 군인이네……? 지금까지 몇 명이고, 몇 명이고…… 야계의 동포를 죽여왔겠지……만 안심하세요. 이제 우리—는, 친구니까요……?"

"……송구스럽습니다."

"그래도 방해돼."

막달라는 짐승의 아가리를 쿠퍼의 귓가까지 가져갔다.

속삭인다.

"나가."

결국 참지 못하고 메리다는 두 사람 사이에 끼어들었다.

워울프족의 신장은 대체로 크다. 자그마한 메리다가 밑에서 노려보자 막달라는 호들갑스럽게 놀란 듯한 동작을 했다.

"알고 있어……. 엔젤 가문……. 너를 알고 있어, 메리다 엔젤……."

"……."

"네 어머니는…… 닳고 닳은 걸레 같은 여자. 남편을 버리고, 욕망을 탐했지! 후후후……. 하지만 딸인 너는 길을 잘못 들지 않도록…… 내가 이끌어주마……!"

머리에 피가 거꾸로 솟은 메리다는 한 발자국 더 내디디려고 했다.

그런데 어떻게 된 일일까.

"으윽……!"

그 직전, 메리다가 갑자기 머리를 누르며 웅크리고 주저앉는 것이 아닌가. 쿠퍼와 엘리제는 즉각 좌우에서 그녀를 떠받쳤다. "아가씨!" "리타?!"

"머리가……!"

메리다는 말 그대로 머리를── 정확히는 뒤집어쓴 윔플을 움켜쥐고 있었다.

쿠퍼도 손을 대고서 깨닫는다.

윔플이…… 천이라곤 생각되지 않을 만큼 무거워져 있었다. 그 무게에 머리가 수그러진 것이다. 쿠퍼는 끈을 풀려고 했지만 곧바로 목소리가 쏟아졌다.

"교복이야! 벗기면 안 돼!"

쿠퍼는 막달라를 노려보았다. 그녀는 그야말로, 성모처럼 미소 짓고 있었다.

"그 윔플은…… 네가 간악한 생각을 품었을 때…… 벌을 내려 가르쳐준단다. 『마음을 다잡아라』 하고…… 올바른 목소리로…… 속삭여주지, 후훗."

"기다려주세요, 성모 막달라."

이때까지 정관하고 있었던 블랑망제 학원장도 더는 참을 수 없었는지 끼어들었다. 안쓰럽게 지팡이를 짚으며 생각처럼 움직여주지 않는 발을 질질 끌며 왔다.

전사로서 완전한 상태라면 막달라를 쫓아 버릴 텐데, 라고 안광이 말하는 듯했다.

"성 프리데스위데에서는 고통을 주어 학생을 지도하는 일은 결단코 없습니다."

"하지만 이것이, 내 교육방침입니다."

성모는 양피지 한 장을 훌쩍 들었다.

틀림없이 도시 참사회로부터 발행된 위임장이다. 현 왕작 세르주 쉬크잘의 사인도 있다. 입을 다물어야 하는 것은 블랑망제 학원장 쪽이었다.

"당신을, 학원장 자리에서, 내쫓는 일도, 가능해."

"······!!"

"소중한 집을 지키고 싶지 않은가 봐?"

구두 소리가 울렸다.

안간힘을 쓰며 바닥을 밟고 일어선 메리다다.

"괘, 괜찮아요, 학원장님. 저라면 걱정 마세요."

"리타······."

"엘리도! 쿠퍼 선생님도 너무 걱정하지 마요?"

윔플은 여전히 무겁다. 메리다는 땀을 글썽이면서도 싱긋 웃었다.

끝으로 성모 막달라를 다시 한번 노려본다.

"이런 건 아무것도 아니에요."

성모의 미소가 사라졌다.

본성인 쪽이 분명한, 잔인한 눈동자를 하고 몸을 굽힌다.

"그럼 수업에 가거라── 그대로."

"······!"

그렇게 전교집회는 끝났다.

그 후 성모 막달라의 감시 아래, 블랑망제 학원장과 가정교사에게 약속한 대로── 메리다는 방과 후까지 윔플의 집요한 무게를 계속 견뎌야만 했다.

† † †

"오빠, 어떻게 된 일인지 설명해줘!!"

살라샤는 몇 번이고 몇 번이고, 일찍이 낸 적 없는 큰 목소리로 호소했다.

　그런데도 세르주 쉬크잘은 동생 쪽을 보지도 않고 실내를 왕복하기만 할 뿐이었다.

　장소는 아직 킹스 회의의 회장, 성왕구 임페리얼 호텔의 최상층.

　"다 설명해주고 있잖아. 이 층은 전부 네 것이야. 욕실은 이쪽에서── 와우, 레크리에이션 룸도 있어! 나는 그다지 상태를 보러 올 수 없겠지만…… 걱정 마, 결코 지루하진 않을 거야."

　《왕궁의 별장》이라고도 일컬어지는 호텔답게, 임페리얼 호텔의 최상급 스위트룸은 그야말로 호화롭기 짝이 없는 공간이었다.

　세르주는 객실의 설비를 대강 확인한 후 거실 창문을 열었다.

　전망은 발군이지만 도저히 지상으로 내려갈 수 있을 만한 높이는 아니다…….

　두 사람 다 킹스 회의에 참가했을 때 입은 왕작의 망토와 드레스 차림 그대로였다.

　"내가 걱정하는 건 다른 일이야! 무슨 생각으로 란칸스로프를 ──."

　"필요한 건 전부 나르게 할 거고 도움이 필요하면 벨을 울리면 돼. 그렇지만 이 층에서 내려오면 안 돼. 알았지?"

　오빠가 전혀 이야기를 들어주지 않자 결국 살라샤의 인내는 한계에 이르렀다.

세르주의 뒤를 쫓는 것을 관두고 힘껏 바닥을 밟는다.

"오빠!! 나를 봐!!"

세르주는 놀란 것처럼 그제야 이쪽을 뒤돌아보았다.

살라샤는 자기가 당장에라도 울 것 같은 얼굴을 하고 있음을 자각했다.

"왜 이런 짓을 하는 거야……?"

"살라샤…….."

세르주는 진심으로 안쓰러운 듯한 표정으로 다가온다.

어깨에 손을 올린다. 그대로 전부 소상하게 밝혀준다면 얼마나 좋을까. 하지만 그는 평소와 같이 본심에 가면을 쓴 채 웃었다.

예전—— 어린 여동생을 달래던 시절처럼 변함없이 다정하게.

"이제 나를 믿을 수 없겠지? 하지만 나는 해낼 거야. 언젠가 이 몸이 단죄의 불길에 불탄다고 해도—— 살라샤, 네가 행복하면 돼."

"오빠…….."

"다녀오마. 또 보러 올게."

쪼옥. 동생의 이마에 입맞춤을 하고.

세르주는 돌아섰다. 왕작의 망토를 흔들며 망설임 없는 발걸음으로 방을 나갔다.

문이 단단히 닫히고 잠긴다——. 살라샤는 무릎부터 두터운 융단 위에 무너져 내렸다.

"난 오빠를 믿어……!!"

부둥켜안아 그를 말릴 수 있었다면 얼마나 좋았을까.

하지만 그런 아이 같은 태도로는 아무것도 바꿀 수 없을 것 같은 기분이 들었다.

분명 자기 혼자 있는 방인데, 목소리가 들렸다.

——착각하면 안 됩니다, 살라샤 님. 『믿는다』는 것은 과연 무엇인가?

살라샤는 눈물을 참고 눈을 뜬다. 왕작 세르주 쉬크잘을 연모하는 자는 전국에 있지만, 그 본인이 마음을 허락하는 자는 적다. 본심은 언제나 수수께끼다. 그럼에도 《그 청년》은…… 오빠의 본질을, 그 양심을 믿는다고 말했었다.

——이건 제가 당신에게 내는 단 하나의 숙제입니다.

대답을 듣고 싶은 충동에 사로잡힌다.

그의 첫 번째 제자가…… 살라샤의 친구인 그 황금색 천사가 진심으로 부러웠다.

"쿠퍼 선생님……. 저는 어떡해야……?"

지금 당장 그의 가슴에 뛰어들어 전부 잊어버리고 어리광을 부리고 싶다.

혹은 이 높은 건물의 창문 밖으로, 왕자님처럼 데리고 나가줬으면 좋겠다.

……하지만 그런 공상에 도피하는 한 결코 오빠를 구할 수 없다는 것을 살라샤는 충분히 알고 있었다.

그런 동생의 고뇌를 세르주 쉬크잘은 어깨너머로 헤아리고 있었다.

손잡이에서 열쇠를 뽑고서 복도를 걷기 시작했다.

별로 멀지 않은 벽에 기대고 있는 소녀의 모습이 있었다.

"나는 가두지 않아도 되는 거예요?"

뮬 라 모르. 회의할 때 입은 드레스가 아니라 사복 차림이다. 여전히 빈틈이 없다고 해야 할까……. 확보해둔 객실에서 어느 틈엔가 옷을 갈아입은 모양이다.

알메디아 공의 딸인 그녀를 방치해 놓는 것은 확실히 위험하다고도 볼 수 있다.

그러나 세르주는 고개를 가로저었다.

"네게는 부탁하고 싶은 일이 있어."

"어머."

뮬은 뾰로통하고 새침한 얼굴로 외면해 보인다.

"나는 이제 혁신파가 아닌데요? 오라버니의 명령을 들을 이유가 있나요?"

"일생의 부탁이다."

세르주는 힘차게 뮬의 어깨에 손을 얹는다.

단어가 단어였던 만큼 뮬은 신묘한 표정이 되어 그를 쳐다본다.

"……일생의?"

"응, 그렇고말고."

세르주는 여러 번 조금씩 고개를 끄덕였다.

"내가 너에게 무언가를 부탁하는 건, 진정 이것이 마지막이 될 테지——."

† † †

한편 그 임페리얼 호텔의 1층에서는 어제부터 이어진 회의로 격론이 오가는 중이었다.

그렇다 해도 열변을 토하고 있는 것은 주로 상석에 앉아 있는 한 사람이지만.

"요컨대 우리 《무혈주의자》의 계획은——."

수차례 반복된 연설에 다른 참가자들이 간신히 이해를 보이기 시작했다.

하나같이 프란돌을 대표하는 저명인사뿐이다.

"이 프란돌을 거점으로 삼아…… 새로운 비즈니스를 개척한 다……?"

"바로 그거야!"

매드 골드는 경쾌하게 웃으며 테이블 위에서 양발을 내린다.

주름투성이인 얼굴과 중년의 외모와 다르게, 여전히 경박한 젊은이 같은 태도를 보였다.

하지만 바로 이자가 《무혈주의자》 워울프족의 대표다.

"야계에는 다양한 사상의 패거리가 있어—— 인간계도 마찬 가지지? 프란돌에 어떻게 대처할까, 하는 부분은 특히나 섬세 한 문제라서 말이야……! 인간이 사는 대지 따윈 송두리째 날 려버려!! 하는 과격한 놈들도 있기는 한데."

참가자 한 명이 파르르 떨었다. 골드는 짐승처럼 생긴 주둥이 로 빙긋 웃는다.

"……그런 놈들은 하나도 몰라. 제군들이 가진 가능성이라는 것을 말이지. 하지만 《우리》는 그것을 잘 알고 있어. 만약 융화를 받아들인다면—— 워울프족은 좋은 친구로서 함께 인간계의 영토와 주권을 지킬 것을 약속하지."

"오, 오오……."

누군가가 감탄 섞인 한숨을 내쉬었다.

임페리얼 호텔의 티 룸—— 회의장에는 장절한 전투의 흔적이 남아 있었다. 대리석 바닥이 종횡무진으로 갈라졌고, 쓸모없게 된 테이블의 파편이 흩어져 있다.

회의에 초대받은 참가자들은 호텔에 구속된 채 외출도 뜻대로 못했다.

벽 쪽에는 어제와 똑같이 신문사 기자들이 늘어서 있다. 그들만은 이따금 취재의 성과를 가지고 회의장에서 뛰어나가고 있다—— 참으로 훌륭한 저널리스트 정신이다.

카메라의 플래시가 터지고 참가자 한 명은 긴장한 얼굴로 허리를 폈다.

"아, 아무리 융화라고는 하지만 우리는 오랫동안 적대하고 있었던 다른 생물……. 국민을 납득시키려면 시간이 필요할 거 같다만?"

"가장 빠른 방법은 이쪽과 그쪽이 《혈연》이 되는 일이다."

이제야 이야기를 진행할 수 있겠다는 듯이 골드는 말했다.

그러나 내용이 의미불명이었다. 참가자들은 서로 얼굴을 마주 보았다. 인간과 워울프족으로는 아이를 만들 수 없다, 바꿔 말해 소위 《정략결혼》의 효과가 적다.

물론 잘 알고 있다는 듯이 골드는 짐승 같은 손바닥을 들었다.

"이미 세르주 왕작과 최적의 방법을 생각해 두었지. ──들어와!"

따악! 손가락으로 소리를 낸다.

꼭 세르주가 그를 불러들였을 때를 재현한 것 같았다. 다시 티룸의 문이── 이번에는 얌전하게 열렸고, 그 건너편에 서 있었던 소녀에게 사람들의 시선이 집중되었다.

그 빛나는 미모에 기자들은 저도 모르게 셔터를 눌렀다.

나이는 15세 전후로 보인다. 머리카락은 연두색. 엷게 화장을 하고 기품 있는 드레스를 입고 있다. 또각, 구두 소리를 내며 파괴된 티 룸으로 발을 들여놓는다.

인상은 전혀 다르지만── 메리다나 쿠퍼가 이 자리에 있었다면 알아봤으리라. 한랭지용 장비로 옷을 갈아입히고, 스나이퍼 라이플을 들게 하면 일목요연하겠다.

세르주 쉬크잘의 《파수견》. 그로부터 '프리지아' 라고 불렸었던 저격수다.

변함없이 사냥꾼 같은 날카로운 눈동자를 하고, 그녀는 무표정으로 회의 중인 테이블에 다가갔다.

매드 골드는 무척이나 친한 듯이 그녀의 어깨를 안고 맞이했다.

"이 아이 프리지아는 확실히 인간이긴 하지만, 우리 워울프족이 애지중지하는 자식이라서 말이야."

"…………."

"그녀와 세르주 왕작을 혼인시키고, 우리 대신에 아이를 낳게 한다. 그리고 태어난 아기를 이 내가 《깨뭄》으로써——."

번쩍, 골드는 탁한 이빨을 참가자들에게 과시했다.

"왕작의 아이를 늑대인간으로 다시 태어나게 만든다. 바로 이것을 우호의 증표로 삼는 거지……!"

"뭐, 뭐라고……."

참가자들 대부분은 전율했다. 신문기자는 엄청나게 심각한 얼굴로 수첩에 펜을 놀린다.

그리고 당사자인 프리지아는 매드 골드가 '세르주와의 혼인' 이야기를 털어놓은 순간에도 그 날카로운 무표정을 조금도 움직이지 않았다.

쾅! 누군가 테이블을 쳤다.

"잠자코 듣고 있으려니……!!"

정확히 골드와 대면한 자리에 앉아 있었던 참가자였다. 기병단 현역 시절에는 《검성》이란 찬사까지 들은 더웰트 옹이다.

지팡이 대신에 검이었다면 지금 당장 골드에게 달려들었을 것 같은, 험악한 표정을 하고 있다.

"왕작의 자녀를 워울프에게 준다고……?! 되도 않는 소리 좀 작작해라!! 저런 어디서 굴러먹던 개뼈다귀인지도 모르는 계집애 따위가 왕작의 반려가 된다는 게 가당키나…… 아니, 그 이전에!"

앙상한 집게손가락을 내밀고 소리 높이 골드를 규탄한다.

"나는 알고 있다, 워울프족이 야계에서 어떻게 탄생하는지를 말이야! 네놈들은 란칸스로프 놈들 사이에서도 매우 혐오받는, 역사가 일천한 벼락출세한 상놈……! 으윽, 오, 윽……?!"

"호오?"

더웬트 옹의 날카로운 호통은 볼품없게도 도중에 끊어졌다.

매드 골드가 잔인하게 웃으며 손바닥을 쑥 내밀었기 때문이다.

테이블 반대쪽, 전혀 닿지 않는 거리에서 공기를 움켜쥔다.

더웬트 옹의 한쪽 팔이 허공으로 질질 끌려 올라가고 찌익, 찌익, 찌익 살이 찢어지는 소리가 울려 퍼졌다. 그 광경이 너무나 끔찍해서 양옆에 앉아 있었던 참가자들이 의자에서 굴러떨어졌다..

더웬트 옹은 필사적인 얼굴로 비명을 참았다. 자못 유쾌한 듯이 웃는 골드.

"그러면 네 뼈는 과연 얼마나 버틸까?"

짐승 같은 손가락에 힘이 한층 더 실린다.

──직전. 옆에서 뻗은 청년의 손이 골드의 손목을 붙잡았다.

어느 틈엔가 회의장을 찾은 세르주 쉬크잘이었다.

"매드 골드, 당신들은 《무혈주의자》 아니었습니까?"

"아차! 그랬지. 맞아……!"

골드는 장난스럽게 웃으면서 손바닥을 흔든다.

더웬트 옹의 팔은 눈에 보이지 않는 압력으로부터 간신히 해방되었다. 상처를 감싸면서 그는 증오스럽다는 듯이 테이블 반대쪽을 매섭게 노려본다.

회의장에 막 돌아온 세르주였으나, 참가자들의 분위기가 심상치 않음은 곧바로 파악할 수 있었다. 타고난 쾌활함을 발휘해 배우같이 양팔을 펼친다.

"여러분! 무척이나 얼떨떨할 겁니다. 무리도 아니지요."

골드의 쉰 목소리와 달리 듣기 좋은 왕작의 음성은 구석구석까지 울려 퍼졌다. 테이블의 모든 참가자뿐만 아니라 벽 쪽에 늘어선 취재진의 시선도 한 몸에 끌어당겼다.

카메라 플래시가 터진 것을 가늠하고서 세르주는 설명을 계속한다.

"혁명에는 급격한 변화가 따르는 법입니다. 여러분은 지금 그것이 올바른 길인지 잘못된 길인지 판단하기 어려운 부근에 있다고 생각합니다. ——따라서! 어떻습니까. 이쯤에서 《우리 이외》의 객관척이고도 운명척인 시점(視點)을 받아들여 보는 것은?!"

"그, 그 말씀은……?"

"잊으셨습니까? 비블리아 고트의 예언서의 존재를!!"

예외 없이 모두가 깜짝 놀라 눈을 부릅떴다.

왕작의 말마따나 완전히 잊고 있었다. 금년 킹스 회의에는 커다란 이슈가 있었다——. 미궁 도서관 비블리아 고트에서 발굴된, 미래의 사건을 기록한 예언서의 단편이다. 그 해금이 참가자들과 초대된 신문기자들의 큰 관심사였을 터.

이미 혁명의 대파란에 의해 많이 식기는 했지만…….

모두의 생각이 정리될 틈을 충분히 가진 다음 세르주는 매혹적인 미소를 지었다.

　"예언서에는 이 일도 쓰여 있을 겁니다. 우리와 워울프족과의 융화가 어떤 미래를 가져올 것인지. 지금이야말로 예언서의 봉인을 풀 때라고는 생각지 않습니까?"

　"과연 왕작님, 훌륭한 아이디어야!"

　맨 먼저 갈채를 보낸 것은 다름 아닌 매드 골드.

　빛나는 미래를 의심하지 않는다는 태도다.

　"주제넘지만 그 역할, 이 나에게 맡겨줄 수 있을까?"

　"물론입니다."

　세르주는 이미 겨드랑이에 그 《예언서》를 끼고 와 있었다.

　국가문서에 어울리는 멋진 함에 예언서는 들어 있었다. 세르주는 지극히 신중하게 상자째 테이블에 올려놓은 다음 자물쇠를 풀고 뚜껑을 들어 올려 보였다.

　온 테이블의 모든 이가 관심을 보이고, 집어삼킬 듯한 시선이 집중된다.

　"오오, 이것이⋯⋯!"

　함에는 전혀 다른 분위기의 고풍스러운 끈으로 묶인 종잇조각 몇 장이 담겨 있었다――.

　《단편》이라는 말답게, 원래의 책에서 떨어져 나간 것으로 보이는 페이지들이다. 반쯤 썩다 말아서 끈을 풀기만 했는데도 마른 잎처럼 바스러질 뻔했다.

　매드 골드는 의기양양하게 첫 번째 종잇조각을 집어 든 다음 가슴을 스읍 하고 부풀렸다.

"『푸른 용이 왕관을 머리에 이는 해——』"

회의 참가자도 취재진도 모두 마른침을 삼키며 귀를 기울인다.

골드의 낭독은, 상당한 수준급으로 들렸다.

"『등불의 도시에 고결한 수렵민족이 찾아올지니. 도시의 왕은 그들에게 우호를 맹세하고, 수렵일족은 위대한 결실을 도시에 가져오리라. 병정들의 분노는 곧 미주(美酒)에 의해 사그라질 것이다. 등불의 도시는 달의 도시로 다시 태어나, 사람들은 재탄생의 노래를 기뻐하며 부르리라.』……!"

테이블에 술렁이는 소리가 번졌다. 기자들은 반복하여 셔터를 누르고, 수첩이 찢어질 듯한 기세로 예언의 내용을 옮겨 적는다. 더웬트 옹은 한탄스러운 듯이 이마를 눌렀다.

모든 반응에 만족하면서 매드 골드는 상자에서 두 번째 페이지를 집어 들었다.

예언에는 아직 이어질 내용이 있는 것이다. 눈으로 더듬어 가면서 숨을 깊이 들이쉰다.

"『다만——………. ……?』"

최초의 한 마디에서 골드의 목소리가 끊어졌다. 참가자들도 의아해하며 얼굴을 마주 본다.

——『다만』?

골드는 몇 번이고 시선을 왕복시키면서 자신도 타이르는 것 같은 목소리로 이어지는 내용을 읊었다.

"……『다만 그 노래가 끝까지 들리는 일은 없다. 새로운 날과 함께 빛이 나타나기 때문이다. 빛은 하얀 옷의 전사들을 이끌고 횃불을 밝히며 달의 도시를 돌 것이다. 취기에 사로잡혀 있었던 병정들도 검을 되찾는다. 머지않아 불길의 기세는 왕좌를 태워버리고, 도시의 정상에 태어난 태양은 어리석은 자들을 깨닫게 하리라. ……날개를 뽑힌 푸른 용은 땅에 쓰러져 있다.』"

골드의 목소리는 이미 현실감을 잃고 있었다. 손톱이 뾰족한 손가락으로 최후의 문장을 덧그린다.

"『사람의 모습을 한 빛. 새벽과 함께 찾아올 황금색 빛. 그 신의 자식의 이름은——.』"

골드는 얼굴을 든다. 예언을 마지막까지 읽은 것이다. 사람들의 시선이 집중된다.

그의 갈라진 입술이 공허하게 말했다.

"……『메리다 엔젤』."

LESSON: III ~베르세르크 형제~

"어이, 읽었어?! 오늘 신문…… 킹스 회의 속보 말이야!"

그날은 카디널스 학교구의 모든 거리에서 똑같은 광경이 펼쳐지고 있었다.

주민들이 신문지를 손에 들고서 아침 업무를 내팽개치고 길가에 모여 있다. 1면 기사를 독점한 《그 아이》는 이 마을에 있고, 심지어 통학로에서 스쳐 지나가는 일도 있으니 그럴 법도 하다.

단골 문방구점을 경영하는 마담이 콧김을 쉭쉭거리며 신문을 손가락으로 두드렸다.

"그 메리다 엔젤 님이 순왕작의 혁명에 종지부를 찍을 《예언의 아이》래!"

"그런데 왜 메리다 님이지……?"

목소리를 낮추고 회의적인 표정을 짓는 자도 많다.

"메리다 님은 아직 학생이잖아? 더구나 바로 요전까지만 해도 마나를 쓸 줄 모르는 《무능영애》라는 소문이 파다했고. 무엇보다 강철궁 박람회 때 기사에 따르면…… 메리다 님은 엔젤 가문임에도 불구하고 팔라딘이 아니라 사무라이 클래스를 가지고 있다더라."

"그, 그 말은 역시 공작 가문 안에서는 낙오자라는 게……."

부정적인 두 젊은이의 등을 위세 좋은 영감이 퍽하고 냅다 때린다.

"이 멍청아, 모르겠냐? 《공작 가문 4자매》라 하면 그 강철궁 박람회에서 일어난 테러를 해결한 주역이잖아! 그중에서도 메리다 님은 다른 세 명을 이끌고 싸워서 주범 격을 물리친 장본인이라고!"

"저, 전투에 관해선 문외한입니다만——."

다른 주민들도 화제에 달려든다. 대학에서 서사(書士)를 하는 청년이 물어보듯이 말했다.

"공작 가문의 3대 클래스는 분명 격이 다른 힘을 가지죠? 그, 그래서 가장 높은 《공작》인 거고……. 메리다 님은 하위 클래스인 사무라이인데도 다른 자매들의 팔라딘, 드라군, 디아볼로스와 동등한—— 초월하는 힘이 있다는 말인가요?!"

"그러면 예언을 아주 헛소리로 치부할 수도 없겠…… 우, 우왓?!"

군중에 부딪칠 듯한 기세로, 낮은 위치를 《무언가》가 달려나갔다.

바로 늑대다. 어제부터 제집인 양 도시에 눌러앉기 시작한 그들을 주민들은 아직 순순히 받아들이지 못했다. 그러나 지금은 늑대 측도 개의치 않고 바람을 가르며 계속 뛴다.

눈이 핑 돌 만큼 빠른 속도로 풍경을 뒤편으로 내버리며 도시의 남동쪽을 향한다.

이윽고 늑대가 찾아간 곳은 성 프리데스위데 여학원이었다. 돌바닥을 난폭하게 쾅쾅 구르며 정문에 뛰어들자 등교 중인 여학생들이 "꺄아악?!" 비명을 질렀다.

전원 새 교칙에 따라 붉은 윔플을 쓰고 있다. 늑대는 두 다리로 일어섰다.

그러자 어느 틈엔가 늑대는 트렌치코트를 입고 있었다. 짐승과 반짐승의 모습을 필요에 따라 취할 수 있는 것이 워울프족의 아니마, 이능이다. 인간 같은 손으로 중절모를 쥔다.

"아아, 아가씨들! 그렇게 무서워하지 않아도 돼. 나는 《무혈주의자》니까!"

고작 그 말로 안심시키기라도 한 것처럼 늑대남은 짐승의 아가리로 빙긋 웃었다.

"내 이름은 스픽스 로저……. 《기록하고, 전하는 자》야! 워울프족의 홍보를 담당하고 있지. 올바른 정보를…… 모두에게 평등하게! 알려나갈 생각이야── 잘 부탁한다!"

한층 더 입을 치켜세우지만, 여학생들에게는 그 표정이 사악하게밖에 보이지 않았다.

로저라고 이름을 댄 그는 확실히, 억양이 곧잘 흐트러지는 워울프들 중에서는 남다른 달변가로 보였다. 인사도 하는 둥 마는 둥 코트 자락을 휘날리며 걸어갔다.

정문 앞 터널에는 수도복을 입은 여성이 버티고 서 있었다.

──아니, 《늑대녀》다. 어제부로 교육고문으로 취임한 성모 막달라. 등교 중인 여학생들은 그 좌우를 꽤 거리를 두고서 대

부분 고개를 숙이고 지나갔다.

로저는 곧장 그녀에게 바짝 다가섰다.

"──메리다 엔젤이라는 애는 어딨어?"

"등교했으면 금방 알았을 거야."

막달라는 거의 입을 움직이지 않고 말했다.

그 때문에 아침부터 이 자리에 서 있는 것이다. 막달라의 무표정은 흡사 조각상 같았다.

"아직 모습을 나타내지 않았어."

로저는 뒷걸음쳐 천천히 물러났다.

"그렇다면 마중하러 가지."

발길을 돌림과 동시에 늑대로 변화한다. 온 길을 무시무시한 속도로 다시 뛰기 시작했다.

거리 전체에 지나간 발자국인 양 통행인들의 놀란 목소리가 울려 퍼졌다──.

이미 사전조사를 끝내놓은 로저는 메리다 엔젤이 하인들과 산다는 교외의 저택으로 향했다. 불과 몇 분 만에 그가 다다랐을 때 대문 앞에는 동일한 트렌치코트를 입은 워울프족 몇 명의 모습이 있었다.

로저도 반짐승인 이족보행이 되어 남은 거리를 마저 걸어가, 다섯 손가락으로 대문을 잡는다.

──튼튼해 보이는 자물쇠가 채워져 있었다.

힘껏 비틀어 열려고 생각한 순간 늑대의 코가 움찔하고 위화감을 감지한다.

먼저 도착해 있었던 동지 하나가 옆에서 말했다.

"텅 비었다."

"보면 알아."

문 안쪽에는—— 메리다 엔젤이 사는 저택의 부지 안에서는 인간의 기척을 전혀 감지할 수 없었다. 아무도 없다. 그 저택은 빈집인 양 조용했다.

로저는 뒤돌아 카디널스 학교구의 시가지를 바라보았다.

짐승의 손바닥으로 짜증 난 것처럼 대문을 때린다.

"그럼 대체 놈들은 어디로 사라졌지?!"

† † †

"아가씨들, 이쪽으로 오세요……. 되도록 서둘러주십시오."

카디널스 학교구의 선로를 따라 아이리스터 거리를 바삐 걷는 4인조의 모습이 있었다. 잘 어울리는 장신 커플과, 손을 맞잡은 의좋은 자매다.

선도하는 청년의 정체는 아무리 마을의 지인이라 해도 한눈에 알아보지 못할 게 틀림없다. 왜냐면 평소의 군복이 아니라 좀처럼 입지 않는 사복 차림이기 때문이다.

청년은 물론 쿠퍼다. 군복이 아닌 것은 신분을 숨기기 위해. 믿음직한 애도는 등의 옷 속에. 한쪽 손에는 자신과 메리다의 여행 짐을 가득 담은 트렁크를 들고 있다.

원래대로라면 지금은 성 프리데스위데에서 1교시 수업을 받고 있어야 할 시간대다.

그러나 상황이 그것을 허락하지 않는다는 사실을 그들은 새벽이 옴과 함께 확신했다. 킹스 회의 소식이 도시 전체에 뿌려질 무렵에는 이미 메리다와 엘리제 둘 다 부리나케 여행 준비를 갖춰서 각자의 저택을 뒤로하고 있었다.

물론 그녀들도 당연히—— 아니, 오히려 메리다와 엘리제야말로 평상복을 입어 신분을 감출 필요가 있었다.

당분간 성 프리데스위데의 교복과는 작별이리라……. 덧붙여 즐겨 입는 스커트 대신 쿠퍼의 지시로 움직이기 편한 숏 팬츠를 선택했다. 거기에 메리다는 남의 시선을 끄는 금발의 인상을 조금이라도 누그러뜨리기 위해서 캐스캣 모자를 쓰고 있다.

스타킹을 신은 다리를 부단히 움직이면서 메리다가 말한다.

"에이미 일행은 괜찮을까요……."

"지금쯤 다른 루트로 도시를 탈출하고 있을 겁니다."

쿠퍼는 약간 빠른 어조로 대답했다.

이 점은 로제티에게 감사해야 했다. 쿠퍼는 어제 시점에서 공작 가문인 메리다와 엘리제가 이대로 평온 무사하게 지낼 수 있을 턱이 없으리라 확신했다. 그래서 '빠뜨릴 수 없는 용건'이란 이름으로 로제티에게 미리 손을 써달라고 부탁해 두었다.

지금쯤 메리다의 전속 메이드—— 에이미, 마일라, 니체, 그레이스 네 명도 똑같이 사복으로 신분을 감춘 채 미세스 오셀로가 이끄는 엘리제 저택의 메이드들과 안전한 장소로 이동하고 있을 것이다. ……본가의 백업이 있으면 이런 때 든든하다.

그렇지만 전투능력이 없는 자들만으로 별개행동 중인 것이 메리다는 못내 불안했다.

그래서 쿠퍼는 양날의 검이라 할지라도 이렇게 타이를 수밖에 없다.

"지금은 오히려 우리와 함께 있지 않은 편이 안전합니다."

"…………."

메리다는 그 말의 의미를 되새기고, 엘리제는 깍지 낀 손가락에 힘을 꽉 넣는다.

전방을 경계하고 있었던 로제티가 말했다.

"보인다."

네 사람이 향하고 있는 곳은 역이 아니었다.

병설된 역무원의 숙소다. 깊은 풍취가 우러나는 붉은 벽돌 건물.

그 건물 앞에 차장 모자를 쓴 사람이 한 명 서 있었다. 중년에 약간 풍풍한 편이다. 1초 간격으로 길의 좌우로 시선을 보내면서 좌우 손가락을 정신없이 깍지 끼고 있다.

뭔가 진정이 되지 않는 모양이다.

쿠퍼 일행이 미행을 경계하면서 곧장 다가가자 약간 풍풍한 차장은 덜컥 안도의 한숨을 토해냈다. 기다리던 구세주를 마침내 영접한 표정이다.

"아아, 아아, 여러분! 기다리고 있었습니다……!"

"협력 감사합니다, 차장님. 바로 본론으로……."

"네, 그, 진심으로 죄송할 따름입니다."

응대한 쿠퍼에게 띠동갑이 넘어 보이는 차장은 연신 머리를 숙인다.

"원래라면 특별 귀빈 차량을 준비해야 할 것을, 송구스럽게도 공작 가문 여러분을 이 같은…… 아이고, 아이고."

"신경 쓰지 마십시오. 그보다도 지금은 일각을 다투는 상황이라."

"그, 그랬었죠!"

차장은 호들갑스럽게 몸을 낮추고 "이쪽입니다."라며 일행을 선도한다.

카디널스 학교구에 남아 있으면 독 안에 든 쥐. 하지만 역은 틀림없이 감시 중일 것이다.

따라서 쿠퍼 일행이 선택한 탈출 루트는 역의 조차장이었다. 발차를 기다리는 차량이나 임무를 마친 열차가 비좁게 늘어서 있는 장소. 여기라면 우선 남의 눈에 띄지 않는다.

게다가 로제티 덕분이라고 해야 할지 그곳에서는 든든한《호위》가 기다리고 있었다.

휴직 중이라곤 해도 기병단의 최고봉 성도 친위대(크레스트 레기온)에 소속되어 있는 그녀가 아니고서는 힘든 일이다.

"──왔군요."

화물차량에 기대고 있었던 세 남녀가 차장과 그를 따라온 쿠퍼 일행 네 명을 보고 몸을 일으킨다. 로제티의 표정이 확 훤해졌다.

"글레나 선배! 아덴…… 거기에 갈레오 씨도!"

"지각하는 버릇은 고친 모양이군, 로제티."

쾌활하게 맞이해주는 세 남녀 또한 수수한 색조의 사복 차림이다. 비록 순백의 기사복을 입지는 않았지만 엄연히 로제티의 성도 친위대 선배다.

리더로 보이는 안경을 쓴 여성이 쿠퍼에게 돌아선다.

"작년에 딱 한 번 뵈었었지요……."

"비블리아 고트 사서관 인정시험 이후 처음이군요. 오랜만입니다, 글레나 씨."

바로 대답하자 글레나는 기쁜 듯이 미소 지었다.

"여전히 빈틈없는 분이야."

지금으로부터 정확히 1년 전, 메리다가 사서관 자격을 얻기 위해서 미궁 비블리아 고트를 탐험한 날의 일이다. 그때도 엄청난 사건이 일어났었다……. 아무튼, 같은 날 같은 시각에 페르구스 엔젤 공작이 학원을 방문했고 그 수행원 중 한 자리를 맡고 있었던 것이 바로 글레나.

그녀를 포함해 《3대1》 결투를 했을 때의 광경이 생생하게 떠오른다…….

쿠퍼와 인사를 나눈 글레나는 집단 속에서 한결 더 자그마한 자매 앞으로 걸어갔다.

메리다와 엘리제의 눈동자를 교차로 쳐다보고 친위대식 경례를 한다.

"메리다 님, 엘리제 님. 글레나 이하 성도 친위대의 세 명이 두

분을 셀레스트텔레스 개선문 지구까지 안내해 드리겠습니다!"

자매는 잠깐 얼굴을 마주 본 후 주뼛주뼛 화답한다.

"자, 잘 부탁드려요……."

인사가 끝나는 것을 조급한 마음으로 기다리고 있었던 차장이 성급한 손짓으로 부른다.

"그, 그럼 여러분, 이쪽 차량으로 오십시오……! 아이고, 너무 누추해서 정말 죄송합니다만……!"

믿음직한 아군이 단숨에 늘었다. 해치가 열려 있었던 한 화물차로 우선 글레나가 올라탄다. 이어서 메리다를 에스코트하면서 쿠퍼가, 엘리제의 어깨를 안으면서 로제티가 잇따르고 아덴과 갈레오라는 이름의 기사들이 뒤돌아 상황을 보며 출구를 지킨다.

물론 글레나 이하 세 기사 모두 천에 숨겨서 각자의 무기를 지니고 있었다.

쿠퍼는 바로 묻는다.

"글레나 씨, 성왕구는 지금 상황이 어떻게 돌아가고 있습니까?"

"우리도 자세한 건……."

냉정 침착하게 보이는 글레나도 괴로운 빛을 드러내고 있었다.

"이미 기병단의 연락망이 기능하지 않고 있어요. 우리 세 명은 혁명의 순간, 마침 하층에 있는 도시에 내려가 있어서…… 오히려 운이 좋았지요. 로제티에게서 연락을 받고 이렇게 메리다 님 일행과 합류했으니까 말이에요."

화물차량은 불빛도 충분하지 않고 먼지도 쌓였지만, 불평하는 자는 있을 리 만무했다.

곧 플랫폼을 통과하는 이 차량에 섞여 도시를 탈출하게 된다.

"이후의 예정을 확인하죠."

글레나는 곧바로 바닥에 프란돌 전 지역의 노선도를 펼쳤다. 상당히 크다.

바깥 경계를 아덴과 갈레오에게 맡기고 남은 다섯 명이 노선도를 들여다본다.

"일단 아쿠아리무스 천경구로 가고자 합니다. 거기에서 한 층 위인 제2층으로——."

글레나의 집게손가락이 노선도 위에서 빙그르르 원을 그린다.

"셀레스트텔레스 개선문 지구에서는 기병단과 워울프족이 서로 적대하고 있다는 정보가 있습니다만, 요새에는 우리만 아는 진입로가 있습니다. 그곳을 이용해 본대에 합류합시다."

쿠퍼에 로제티, 두 공작 가문 영애에게 이론이 있을 까닭도 없다.

그런데 거기서 의견을 낸 것은 후방의 남성기사들이었다. 한쪽의 아덴이라는 기사가 빈틈없이 바깥을 응시하면서 불안요소를 말한다.

"하지만 그 개선문 지구의 상황을 확신할 수 없어. 신문기사를 그대로 믿고 있을 뿐이잖아."

"그럼 네 의견은?"

"그 전에 어딘가에서 일단 자리 잡고 있을 수 없을까? 정보를 모으고 싶어."

이야기가 조금 복잡해지기 시작했다. 메리다와 엘리제는 은근슬쩍 얼굴을 마주 본다.

약간 짜증이 났는지, 글레나의 어조가 흐트러졌다.

"일단은 공작가 두 분의 안전이 최우선이야."

"안전하게 모셔드리기 위해서이기도 해. 실제로 우리도 경황 없이 여기까지 막 돌아온 참이고, 지금의 프란돌이 어떤 상황에 빠져 있는지 아무것도 몰라. ──아무 계획도 없이 나아갔다가 만약 길이 막혀 있으면?"

글레나는 말문이 막혔다. 맨 뒤에 있는 기사 갈레오가 나른한 듯이 턱수염을 쓰다듬는다.

"지금은 개선문 지구도 고립된 상태 같으니까 말이야."

"……본대야말로《바깥》의 정보가 부족할 가능성이 있다는 말인가."

글레나는 팔짱을 끼고 숙고하는 자세가 되었다. "고민이네……." 하는 혼잣말이 새어 나왔다.

쿠퍼나 로제티도 의견을 말할 타이밍을 재고 있는 것 같았다. 이렇게 되기 시작하면 학생이 참견할 수 있는 일은 아무것도 없다. 메리다는 씩씩하게 아랫입술을 꽉 깨물었다.

친애하는 은발의 사촌 자매가 옆에서 손을 살며시 포개어 왔다.

메리다는 그녀의 푸른 눈을 쳐다보고 강한 척하며 웃는다.

"……사라와 미우, 지금쯤 어떻게 됐을까?"

예언자도 아니고, 엘리제는 애매하게 고개를 저어 응답할 수밖에 없었다.

침묵을 깬 것은, 더듬거리는 남성의 목소리였다.

"아아, 아아……. 죄송합니다…… 죄송합니다……!"

해치 바깥쪽에서 꼼짝 안 하고 있었던 차장이다. 뚱뚱한 편인 몸을 구부리고 여전히 송구스럽다는 듯이 머리를 연신 숙이고 있다.

그 동작이 너무나 과해서 친위대 기사들도 그를 돌아보았다.

공작 가문의 사람을 화물차량에 밀어 넣은 일이 어지간히 가슴 아픈 모양이었다.

메리다는 눈살을 찌푸렸다.

──아무리 그래도 너무 마음에 두는 거 아닌가?

결국 차장은 머리를 숙인 채 움직임조차 보이지 않게 되어버렸다.

"죄송……합니다……. 어쩌다…… 어쩌다 이렇게 됐는지."

뚝뚝. 이마에서 지면으로 땀방울이 떨어졌다.

그리고 그 눈에서는 눈물이.

"……뭐라 사죄의 말씀을 드리면 좋을지."

직후, 차 안에 있었던 전원이 총알처럼 움직였다.

먼저 아덴과 갈레오가 입구를 막고 있었던 차장을 걷어차 쓰러뜨렸다. 이어서 쿠퍼가 메리다를, 로제티가 엘리제를 껴안고 열차 밖으로 뛰쳐나간다. 마지막으로 글레나가 노선도를 방치하고 바닥을 찬 순간── 천장이 부서졌다.

몇 초 전까지 일행이 논의 중이었던 장소에 철의 파편이 쏟아졌다.

한꺼번에 떨어져 온 늑대가, 소리쳤다.

"놈들이 알아챘다!!"

이미 쿠퍼 이하 다섯 명의 기사 모두 각자의 무기를 뽑은 상태였다.

열차 바깥은 이미 전후좌우, 거기에 열차의 지붕, 퇴로라는 퇴로를 셀 수 없을 정도의 늑대가 모조리 메우고 있었다. 자신의 부주의함을 저주하면서 글레나는 칼끝을 올린다.

"함정이야!!"

늑대들이 일제히 달려들었다. 쿠퍼는 메리다의 허리를 정면에서 끌어안았다.

이제는 익숙해지고 만 자세에서, 메리다는 방해가 되지 않도록 쿠퍼의 목덜미에 양팔을 세게 감는다. 자유로워진 한쪽 손으로 쿠퍼는 손쉽게 검은 칼을 휘둘렀다.

첫 번째 늑대의 턱을 바로 밑에서 푹 쳐올리고, 칼끝을 빼내 두 번째 늑대를 가로로 베어 넘긴다. 그러나 이어서 내려친 세 번째 공격은 이빨에 막혔다. 다리의 스텝을 이용해 억지로 끝까지 휘두른다.

한쪽 팔로 엘리제를 보호하는 로제티도 공격에 애를 먹고 있었다.

살점을 자르는 소리와 칼날이 막히는 소리가 반반이다. 갈레오가 소리쳤다.

"이 자식들, 만만치 않은데!"

자랑하는 메이스로 몇 번이고 힘껏 내려치지만 늑대는 갑옷 같은 피부로 그것을 견딘다.

그렇다면, 하고 손잡이로 쑥 들어 올렸다가 공중에서 힘껏 후려갈긴다. 그러나 적은 수부터 방대하다.

"워울프족에서 힘 좀 쓰는 일을 전문으로 하는 패거리인가?!"

"그래 봐야 우리의 적수는 아니야!"

글레나는 수직으로 검을 세운 후 기계처럼 정밀한 검술을 보여주었다.

두 번 연속으로 내려치고, 질풍 같은 세 발째를 날린다. 2미터 거리를 단숨에 전진하면서 도상에 있었던 늑대들을 한꺼번에 날려버렸다.

"길을 열어라!!"

늑대들 가운데 한층 존재감을 발하는 한 마리가 있었다.

반짐승 상태로 이족 직립한, 트렌치코트를 입고 중절모를 쓴 스픽스 로저다. 다름 아닌 그가 《힘 좀 쓰는 패거리》의 지휘관을 겸하고 있었다.

"기사놈들, 제법인데! 저게 바로 《백의의 전사》…… 성도 친위대라는 녀석들인가! 숫자로 에워싸 뭉개버려!! 한 놈씩 확실하게 숨통을 끊어라——!! 아니, 우옷?!"

돌연 발밑에서 무언가가 코트에 매달렸다. 눈물로 얼굴이 엉망이 된 차장이다.

"저는 했습니다! 말한 대로 했습니다!"

"무, 무슨 짓이냐, 인간! 이거 놔!"

"가족한테 손대지 말아 주세요! 아내와 아이는 무사합니까?!"

절망에 찬 쉰 목소리로 차장은 묻는다.

"『거스르면 늑대인간으로 만들겠다』고⋯⋯⋯⋯."

로저는 그런 그를 걷어차 넘어뜨렸다. 그리고 흐트러진 코트 자락을 턴다.

"안심해라, 너는 이제 필요 없어. ──지금 필요한 건 이쪽이지, 《베르세르크》!!"

예고도 없이 부른 다음 로저는 손가락으로 휘파람을 힘껏 분다.

그 불길한 음색이 쿠퍼와 글레나 일행의 주의를 끌었다.

"오랜만의 싱싱한 사냥감이다! 너 하고 싶은 대로 다 부숴버려!!"

로저의 부름에 호응해, 화물차량 하나가 안에서부터 작렬했다.

차량 안에 숨어 있었던 《누군가》가 무시무시한 파괴력으로 철판을 꿰뚫은 것이다. 벽에 큰 구멍이 나고 차량 하나가 통째로 허공에 날아올랐다 싶더니 아득한 높이에서 정지.

20미터 정도 되는 높이에서 쇳덩어리가 되어 낙하했다.

지면에 격돌하고 지진과 같은 진동과 함께 모래먼지가 부풀어 올랐다.

쿠퍼 일행은 얼굴을 가리고 연막의 너머 쪽에 나타난 그림자를 매섭게 노려보았다.

"뭐야, 저 녀석은⋯⋯?!"

글레나가 저도 모르게 신음한 것도 당연했다.

새로이 나타난 적은 커다란 워울프족 중에서도 더더욱 거구였기 때문이다. 로저와 똑같은 트렌치코트를 입고 있으나 두꺼운 벨트가 여러 개 감겨 있어 《구속복》과 같은 인상을 주었다——. 재판을 기다리는 죄인 같은 분위기다.

안면도 색달랐다. 기다란 입에까지 벨트가 감겨 있는데, 그것을 어떻게든 비집어 열려고 하는 입 양쪽 끝에서 끊임없이 으르렁거리는 소리가 새어 나왔다. 안구는 충혈되어 동공이 보이지 않았다.

글레나는 전사로서의 감인지 선수를 치고자 칼끝을 올렸다.

그 어깨를 옆에서 걸어 나온 아덴이 막았다.

"——안 좋은 예감이 들어."

그렇게 말하고 그는 한 발 먼저 뛰쳐나갔다. 글레나의 제지는 늦었다.

"아덴?!"

아덴의 무기는 롱 소드였다. 도중에 있는 늑대 셋을 척척 때려 눕혔다. 칼끝이 모래 먼지를 털고, 검무를 난폭하게 물들였다. 거한의 늑대남은 태세도 갖추지 않았다.

——《베르세르크》라고 하는 모양이다.

그 이름과 함께 일도양단해 주겠다는 듯이 아덴은 지면을 박찼다.

공중에서 몸을 비틀고, 비튼 그 힘을 고스란히 칼에 더했다.

"즈에잇!!"

무저항의 트렌치코트를 비스듬히 베었다.

피가 솟구쳤다.

롱 소드가 파고든 베르세르크의 왼쪽 어깨와——.

검도 개의치 않고 튀어나온 라이트 훅으로, 아덴의 옆구리에 커다란 구멍이 났기 때문이다.

"커헉, 크으……?!"

괴로운 소리가 새어 나오는 것은 아덴 쪽뿐이다.

가공스럽게도 베르세르크의 공격은 주먹이 아니었다. 《손가락》. 두 손가락을 창처럼 찔러 카운터처럼 옆구리를 타격한 것이다.

보통 사람이 그랬다면 마나의 수호와 근육에 막혀 손가락 쪽만 부러졌으리라.

요컨대 베르세르크라는 놈은 손가락의 힘만으로 그것을 웃돌았다는 이야기가 된다——.

로제티가 비명을 질렀다. 글레나는 곧장 달려가려고 했다.

상대의 손가락 두 개에 꽂혀 허공으로 올라간 아덴은, 오기를 발휘해 칼자루에 힘을 넣었다.

"당장 안 놔…… 커헉!"

하지만 검을 뽑을 수 없었다.

지층과 같은 두꺼운 근육이 도신을 단단히 물고 있기 때문이다.

상대방의 고통도 어마어마하리라.

그런데도 베르세르크는 전혀 망설이지 않았다. 아덴의 바람대로 왼 주먹을 들어 올리더니—— 자신의 오른손과 함께 때린다.

포탄처럼 날아간 아덴의 장신이 지면에 처박혔다.

균열과 꿍음. 그리고 충격파가 사방으로 좍 퍼졌다.

"아, 아덴……!"

그에게 달려가려고 한 글레나였으나 무의식중에 다리가 얼어붙었다.

아덴은 의식을 잃었다. 얻어맞은 옆구리 아래로 뼈가 기역자로 부러져 있었다. 베르세르크는 공격받는데 망설임이 없거니와 공격에도 가차가 없었다.

베르세르크는 그의 다리를 붙잡아 질질 끌어 일으켰다.

그리고 힘을 꽉 넣는다.

"《환도(幻刀)》!!"

마나의 칼날이 일직선으로 날았다. 쿠퍼가 순간적인 진입과 함께 칼을 가로로 휘둘렀다.

어썰트 스킬이라고도 부를 수 없는 간소한 일격이었으나 빗나가지 않고 좌우 안구를 때렸다. 회피를 모르는 베르세르크는 정면으로 공격을 받고서야 아주 약간 상체를 기울였다.

바로 그 순간을 노려 아군이 일제히 공세에 나섰다.

글레나와 갈레오가 기세를 올려 결사의 돌격으로 좌우에서 무기를 내려쳤다. 베르세르크는 미동도 하지 않는다. 하지만 그 손에서 아덴의 다리가 스르르 미끄러져 떨어졌다.

스픽스 로저는 환희의 외침을 지르며 그 광경을 카메라에 담고 있다.

"갸하하하하! 봐라, 봐라! 저게 프란돌 최고의 기사들인 모양이다! 내 《동생》한테 쩔쩔매는데!! 못난 것들, 꼬락서니하고 는!"

남은 늑대들도 여봐란듯이 웃음을 터뜨렸다. 쿠퍼와 로제티는 각자의 주인을 끌어안은 채 등을 맞댄다.

……확실히, 스테이터스를 따지자면 다섯 명 전부 수치적으로는 큰 차이가 없다.

오히려 자신들 이상으로 뛰어난 실력자는, 기병단에 손에 꼽을 정도밖에 없을 것이다.

그것을 손쉽게 일축하는 저 베르세르크라는 녀석은 대체 누구인가……?!

로저는 카메라를 내리고 위압적으로 말했다.

"옳지, 베르세르크! 자그마한 인간놈들에게 네 파워를 보여줘라!"

"……그, 으, 으으……!"

그가 하는 말만은 듣는 모양이다.

베르세르크는 구속복 때문에 마음대로 안 되는 몸을 어색하게 움직였다.

글레나는 허점투성이인 등에 몇 번이고 검을 때려 박지만 피부를 찢는 것이 고작…….

트렌치코트에서 뻗은 손바닥이 무슨 생각을 했는지 화물차량의 외판을 건드렸다.

──아니, 《쥐었다》.

그리고 들어 올렸다.

눈을 의심할 만한 광경. 레일에서 열차 바퀴가 떠올라 강철의 뱀 같은 거대한 몸이, 팔 하나에 떠받쳐져 있다. 근육이 터지려 하지만 베르세르크는 아랑곳하지 않았다.

"뭐, 야……?!"

올려다보는 글레나 위로 그림자가 쏟아졌다.

로저는 폭소했다.

"돌려라!!"

베르세르크는 기계처럼 그것을 수행했다. 쿠퍼는 즉각 메리다의 머리를 감싼 채 지면을 굴렀다. 로제티도 같은 요령으로 제자를 지켰다. 갈레오는 의식을 잃은 아덴을 안고 재빨리 뒤로 물러났고, 아연실색하고 있었던 글레나가 마지막으로 지면을 찼다.

강철의 뱀이 윙윙 소리를 냈다.

6량의 열차가 머리 위를 쓸었다. 정차하고 있었던 다른 열차를 끌어들여 요란한 금속음과 함께 도미노가 쓰러지듯이 넘어 갔다. 전장이 너무 좁다는 듯이 베르세르크는 짖었다. 지면을 깎으면서 더 많은 열차를 끌어들이고, 마치 채찍인 양팔을 휘둘렀다.

천장을 향해 한쪽 손이 번쩍 들렸다.

그 손에 잡힌 엄청난 중량의 열차가, 천벌을 내리는 창과 같이 하늘로 뻗었다.

이 세상의 것이라곤 생각되지 않는 광경에 성도 친위대 기사들도 할 말을 잃었다.

"괴물이란 게 바로……ㅡㅡㅡㅡㅡ."

열차가 내리쳐졌다. 중량, 바꿔 말해 관성을 아랑곳하지 않는 속도.

조준이 엉터리였던 것이 유일한 행운이었다. 아무도 없는 일직선 거리를 열차의 머리부터 꼬리가 단숨에 으깨버린다. 좌우에 충격이 부풀어 올랐다. 이 세상의 끝을 고하는 듯한 굉음.

다른 늑대들은 관중인 양 주변을 에워싸고 있었다. 쿠퍼 일행은 퇴로의 방향조차 갈피를 잡지 못했다.

의복은 흙으로 더러워지고, 볼에는 피가 달라붙었다. 로저는 더욱더 기세를 올렸다.

"좋다! 좋아! 저놈들 다 한꺼번에 뭉개버려어어어어어!!"

베르세르크는 그 말 그대로 실행에 나섰다.

이미 고철이 된 열차를 이번엔 양손을 써서 머리 위로 들어 올렸다.

무슨 짓을 할 셈인지 전원이 바로 알았다. ㅡㅡ내던질 작정이다.

하지만 여기서 당황한 것은 다름 아닌 스픽스 로저였다.

"앗! 잠깐, 잠깐, 형제! 그럼 안 돼!"

왜 말리는 건가 하고 글레나는 그를 주의 깊게 살폈다.

로저는 그녀가 엿듣고 있다는 사실까진 생각이 미치지 않고, 계속 지껄였다.

"그 위치에서 그러면 역까지 휘말린다! 도시의 인간들에게 피해가 발생하면 보스한테 혼쭐날 거야!!"

쿠퍼, 로제티 그리고 남은 두 기사들의 눈동자가 활로를 찾아 반짝였다.

순식간에 서로 눈짓을 주고받고서 몸을 돌렸다. 목표는 바로 카디널스 학교구의 주민으로 붐비는 역이다. 이쪽의 속셈을 알아채고 로저는 절규했다.

"아앙?! 제기랄, 저놈들이!"

그의 목소리에 반응해 베르세르크가 신음하면서 발을 내디디려고 했다.

그것을 로저는 허겁지겁 막았다.

"안 돼! 안 된다! 네가 가면 피해가 너무 커져!! 에잇, 나머진 다 쫓아가! 단 도시의 인간들은 말려들지 않게끔――이라니, 더럽게 까다롭네!!"

이러지도 저러지도 못하게 된 로저는 발을 동동 굴렀다.

그러는 동안에 기사들의 모습은 벌써 열차 뒤로 사라지고 없었다.

역 구내는 갑자기 소란스러워졌다. 그럴 만도 했다, 피가 뚝뚝 떨어지는 무기를 든 기사들이―― 지금은 군복조차 입고 있지 않으니, 보기에 따라선 완전히 수상한 사람으로 보일 것이다. 아무튼 차표도 없이 멋대로 들어온 것도 모자라 다른 승객을 밀어제치며 열차로 향하고 있다.

"비켜! 미안하지만 비켜줘! 급해서 그래!!"

"와―오! 뭐야, 당신들……!"

"히이익?! 죽었어……?!"

누군가가 아덴의 모습에 기겁했다. 동료를 어깨에 짊어진 채 갈레오가 입을 비쭉인다.

"살아 있거든. ——간신히 말이지."

"놓치지 마라! 바싹 뒤쫓아!!"

직후에 워울프들이 우르르 들이닥쳐서 마침내 플랫폼은 대혼란에 빠졌다. 인파가 소용돌이치는 바다와 같은 기세로 우왕좌왕하여, 친한 사람의 모습마저 잃어버린다.

"……엘리! 엘리 어디 있어?!"

메리다는 필사적으로 사랑스러운 은색의 색채를 찾았다.

반짝.

어느 틈엔가 인파에 가로막혀 따로따로 떨어지고 말았다. 후방에서는 워울프들이 뒤쫓아 오고 있어 발걸음을 멈추고 있을 순 없다. 구내의 승객은 모두 앞다투어 출구로 향하고 있어서 진로를 양보해주는 사람은 한 명도 없다.

이쪽에는 메리다, 쿠퍼, 친위대의 글레나.

저쪽에는 엘리제, 로제티 그리고 아덴을 안은 갈레오.

친위대 기사들 사이에서 순간적으로 시선이 오갔다.

"……갈라집시다!"

쿠퍼는 메리다의 그리고 로제티는 엘리제의 어깨를 안고 반대 방향으로 뛰기 시작했다. 워울프들은 어떻게 추적해야 할지 망설였다. 마침 움직이기 시작하려 하는 열차가 두 대.

전후 반대 방향으로, 두 열차가 동시에 역을 발진하려 하고 있다. 그중 하나에 로제티 일행이 올라탔다. 이미 충분한 속도에 달해 있었던 그 열차는, 아슬아슬한 타이밍에 워울프족의 추격을 뿌리치고 플랫폼을 미끄러져 나갔다.

그리고 쿠퍼 일행이 후부 발판에 올라탄 열차는 반대방향으로 가는 것이었다.

타자마자 기적이 울리며 열차 바퀴가 돌기 시작한다.

——하지만 너무 늦었다.

발차 자체도 늦었지만, 느릿느릿 운행에 필요한 속도까지 이르는 동안에 추격대가 맹렬하게 따라붙는다.

타이밍으로 보아 틀림없이 올라탈 수 있을 것 같다.

차내에서 결판을 볼 수밖에 없나, 하고 쿠퍼는 칼을 힘껏 쥐었다.

그 순간, 무슨 생각을 했는지 천천히 이쪽을 뒤돌아본 글레나가 쿠퍼의 가슴팍에 손을 댄다.

"——부탁합니다."

쿠퍼에게는 되묻는 것도 눈살을 찌푸릴 시간도 주지 않았다.

글레나는 승강구 발판을 걷어찼다.

차량 밖으로 튀어나가 달려드는 늑대들을 향해 도리어 검을 꽂았다.

"이야아아앗!!"

기합과 함께 하나를 꿰고 플랫폼을 구른다. 낙법을 취하면서 두 번째 늑대를 베어 물리친다. 열차에 매달리려고 한 세 번째 늑대의 뒷다리를 붙잡아 질질 끌어 쓰러뜨리고, 등에서 심장으로 칼끝을 깊숙이 찌른다.

검을 뽑은 그녀의 배후에, 바닥을 모조리 메울 정도로 많은 늑대 무리가 보였다.

쿠퍼의 냉정한 가면도 결국 흔들렸다.

"글레나 씨!!"

"오지 마! 그대로 가!"

검을 휘두르며 글레나는 이쪽에 등을 돌렸다.

칼끝에서 선혈이 고결하게 퍼졌다.

"《예언의 아이》를 지켜!!"

그 말에 메리다의 눈동자가 휘둥그레졌다.

무정하게도 목소리를 싹 지워버리는 것처럼 기적이 울려 퍼진다. 열차는 단숨에 속도를 올렸다. 글레나는 결사적으로 검을 계속 휘둘렀다. 늑대의 털가죽이 그 주위를 가득 메운다. 이내 전장의 풍경은 점점 작아졌고—— 열차의 기적 소리와 함께 건물 뒤로 가리어졌다.

메리다의 가냘픈 무릎이 덜거덕거리다 승강구 바닥에 무너져 내렸다.

제정신을 되찾은 쿠퍼가 무릎을 꿇고 그녀의 어깨를 떠받친다.

"아가씨……."

메리다는 사양 않고 부둥켜 안겼다.

지금만은 레이디를 주장하는 여자애도, 수습기사도 아니라, 나이보다 훨씬 어린 유아로 보였다. 고사리 같은 손이 사랑하는 사람의 가슴팍에 매달린다.

눈물을 참을 수 없다.

"선생님, 어째서?! 어째서 제가 예언에 선택받은 건가요?! 제게는 아무런 힘도 없는데……!"

답을 가르쳐줄 수 없음을 이처럼 안타깝게 느꼈던 적이 일찍이 있었을까?

쿠퍼는 그저 메리다를 꼭 껴안아줄 수밖에 없었다. 메리다도 사랑하는 사람의 등 뒤로 양팔을 돌리고, 이대로 녹아버리면 좋겠다며 뜨거운 눈물을 뚝뚝 흘린다.

열차는 이제 되돌아가지 않는다. 카디널스 학교구의 친숙한 시가지를 횡단하고, 이윽고 건물도 뜸해진 교외를 지나 단숨에 캠벨 바깥으로 뛰쳐나간다.

야음 속에서 소녀가 흘린 눈물 한 방울이 한결 고귀한 빛을 발한다.

"아무도 도와줄 수 없는데……."

사그라질 것 같은 목소리는, 거듭 울려 퍼진 기적 때문에 쿠퍼의 귀에 띄엄띄엄 닿았다.

베르세르크

종족:워울프

HP	10327(※)		AP	1183		
공격력	2145(※)		방어력	1610	민첩력	743
공격지원	—			방어지원	—	
사념압력	???%					

주요 스킬 / 어빌리티

광혈의 숙명 Lv? / 강피(鋼皮) Lv? / 종생낭패(終生狼狽) LvX / 인파이트 / 차지 / 헤드비트

※인간의 기준과 대조한 경우의 예측 최저치다.

아덴 레니오스

클래스:펜서

HP	5801		MP	414		
공격력	412		방어력	590	민첩력	475
공격지원	—			방어지원	0~25%	
사념압력	46%					

주요 스킬 / 어빌리티

견뢰 Lv8 / 연기공(練氣功) Lv7 / 사이퍼 가드 Lv7 / 새크리파이스 Lv9 / 수검사(修劍士)·초급연무검(超級連舞劍)《라인즈 데토네이터》 / 수검사(修劍士)·초급수위법(超級守衛法)《개런드 나이츠》

대중신문지 일간 《등불지기》 호외

워울프족과 동맹을 맺지 않더라도 프란돌을 지킬 수 있다――라는 것이 등화 기병단의 논조이지만, 본지에 올린 두 스테이터스 표를 비교해주길 바란다.

이 베르세르크는 결코 야계에서 가장 강한 생물이 아니다. 그런데도 프란돌의 최고전력인 성도 친위대와의 사이에 커다란 힘의 차이가 있음을 알 수 있을 것이다.

과연 이것을 보고도 방비는 만전이라 할 수 있을 것인가? 우리는 고개를 갸웃하지 않을 수 없다. 기병단의 의도와는 달리 시민들의 생활을 지키는 성벽의 나약함만 드러난 꼴이다.

(집필자 : 스픽스 로저)

LESSON : IV ～깊이 잠든 밤에～

  그곳에는 프란돌 제1층부터 제5층까지, 그 어디의 캠벨과도 닮지 않은 이채로운 광경이 펼쳐져 있었다.

  도시 전체에 옅게 퍼지는 증기. 늘어선 거대한 탱크에 광산 같은 굴뚝들. 굴뚝의 끝에서는 형형색색의 불길이 피어올라 바람에 나부끼고 있었다.

  올려다보니 《초대형 규모의 샹들리에》라고 일컬어지는 프란돌의 전체 모습을 바로 밑에서 파악할 수 있었다. 중앙을 관통하는 중심 기둥에 황금색의 버팀목. 각각을 잇는 철도의 선로를 비교해보면 현기증이 날 정도로 어마어마한 규모를 어렴풋이나마 감지할 수 있다.

  버팀목의 요소요소에는 랜턴 모양의 거주구 캠벨이 세워져 있고, 개중에는 친숙한 카디널스 학교구도 있을 것이다. 평소 자신은 저 정도의 높이에서 자고, 생활하고 있다는 사실에——지금의 쿠퍼는 어딘가 감회가 깊었다.

  이곳은 프란돌 직하(直下)・홍유(虹油) 정제구 《오하라》.

  광맥에서 퍼 올린 《태양의 피(넥타르)》의 원액을 정제해 프란돌 전국으로 공급하는 장소다. 하층 거주구의 대표격으로 그 규모 또한 상당하다.

프란돌의 중심 기둥을 축으로 해서 빙 둘러싼 원형으로 공장가가 펼쳐져 있다. 고가선로가 방사형으로 뻗어 있고, 끊임없이 화물열차가 오간다. 그 고가다리를 경계 삼아 1번가부터 8번가로 구분된다.

그리고 지금 쿠퍼로 말할 것 같으면, 그 2번가 시장에서 물건을 사는 중이었다.

일부러 얼굴을 숨기거나 해서 수상하게 여겨질 만한 짓은 하지 않았다.

"최근 오하라에서 별일은 없습니까?"

일용품을 잔뜩 사들인 노점에서 쿠퍼는 계산하는 김에 물어보았다.

잔돈으로 은화와 동화를 건네면서 풍채 좋은 여주인이 대답한다.

"아니, 평소랑 같은데. 《위》에서 무슨 일이 일어나든지 여기는 상관없어."

"……《위》라고 해서 말인데, 순왕작의 신정책을 알고 계세요? 이쪽에서의 생활에 영향은요?"

"그러고 보니 이틀인가 사흘 전이었나? 나라에서 뿌린 전단지가 붙었었지."

이미 대금만큼은 대답했다는 듯이 주인은 펼친 잡지에 시선을 떨군다.

"조만간 홍유 플랜트 쪽에 《위》에서 관리가 온다고 해. 여러

모로 방식이 바뀌는 모양인데…… 우리 남편 월급에는 영향이 없으면 좋겠군."

쿠퍼는 종이봉투를 안고 생긋 미소를 만든다.

"감사합니다."

"그래! 또 사러 와."

서둘러 노점을 뒤로하는 쿠퍼였다.

카디널스 학교구를 탈출한 다음 날, 이제 어디의 캠벨에도 안전한 장소는 없다고 판단한 쿠퍼는 내쫓기듯이 이 홍유 정제구까지 내려오고 말았다. 오면서 얼마 안 되는 정보를 모아보긴했으나 위화감만 늘 뿐이었다.

사람들의 생활은 아무것도 변하지 않았다――.

워울프족은 《무혈주의》를 내걸고 평화적으로 인간의 생활에 녹아들려 하고 있다. 그들은 정녕 프란돌과의 대등한 동맹관계를 바라고 다가온 것일까? 그렇다면 거기에 무턱대고 반발하려고 하는 것이 잘못――?

그럴 리는 없으리라.

그것을 확신하게 만드는 사건이 다름 아닌 카디널스 학교구 탈출극이다. 특히 이해할 수 없는 일이 있었는데…… 추격대가 어떻게 우리의 탈출 루트를 앞지를 수 있었느냐 하는 점이다. 차장이 협박당하고 있었다는 것만으로는 설명이 되지 않았다.

무엇인가, 더더욱 시키면 것이 배후에서 조종하고 있었던 것같은 예감이 들지만…….

그렇다 해도 최고의사 결정기관인 평의회가 추진하는 것이라면 달리 대응할 방도가 없다. 왜냐면 그 《톱》이 워울프족과 친밀한 관계를 바라고 있기 때문이다.

세르주 쉬크잘……. 그는 무슨 생각으로 이 혁명을 시작한 것일까?

쿠퍼는 쇼핑객 사이를 누비며 나아가 혼잡한 시장을 스르륵 빠져나갔다.

경계를 소홀히 하는 일은 결코 없지만, 현재 미행의 낌새는 없다.

다소 과거를 돌이켜봐도 무방하리라…….

세르주와 관계를 가지면서 수상한 분위기는 여태까지 수차례 감지한 바 있다. 하지만 그의 본성이 극악한가? 하고 자문하면 쿠퍼는 결국 고개를 갸웃거리고 만다.

세르주 덕택에 위기를 벗어난 일도 적지 않았다.

그렇다면 그는 왜 이런 짓을 하는 것인가…….

누군가가 '그는 바람과 같다.' 라고 평했었다.

시원하고 상쾌하다는 의미일까 아니면 종잡을 수 없다는 의미일까.

쿠퍼에게는 그가 바람은커녕 날개가 묶인 새로 보였다──.

"도통 알 수 없는 사람이야."

특별히 친구로서 좋아하는 건 아니다.

그렇다고 미워하는 것도 아니었다.

기병단의 모든 기사가 그에게 칼날을 겨누게 된 지금도 그랬다.

사무라이 클래스인 자신의 경계망으로 감지 못하는 적은 없다.

딱히 우회할 필요도 없이, 물건을 다 산 쿠퍼는 곧바로 《은신처》로 돌아왔다. 오하라에서는 흔히 볼 수 있는, 건물 하나를 세로로 썬 듯한 홀쭉한 주택.

백야 기병단의 활동거점 중 하나이다.

종으로 긴 구조상 각 플로어에 방은 하나씩만 있다. 1층 주방에 봉투를 놓고 쿠퍼는 계단을 오른다.

인기척은 3층에 있었다.

문을 열자 앤티크 느낌이 나는 가구가 놓인 방 안에, 메리다의 모습이 있었다.

침대에 걸터앉아 머리를 숙이고 있다.

"지금 돌아왔습니다, 아가씨. 별일은 없었습니까?"

메리다는 느릿느릿 고개를 젓는다.

아니, 지금 보니 쿠퍼가 외출했을 때와 자세가 조금도 바뀌지 않았다.

줄곧 생각에 잠겨 있었던 모양이다.

"선생님이야말로 거리의 상황은 어땠나요……?"

"이상 없습니다."

오히려 김이 빠졌다는 듯이 쿠퍼는 어깨를 으쓱한다. 메리다는 눈을 치켜떴다.

"……이곳에는 언제까지?"

"있을 수 있는 한은 있을 겁니다. 우리만으로 개선문 지구로 향하는 것은 위험해요."

"그래도 되는 건가요?"

뜻밖의 말이 되돌아왔다. 쿠퍼는 눈살을 찌푸린다.

메리다는 자신의 가냘픈 몸을 세게, 꼬옥 껴안는다.

"제가 사라의 오빠를…… 쓰, 쓰러뜨려야 하는 거 아닌가요?"

"아가씨――."

쿠퍼는 지체 없이 침대로 걸어가 그녀의 어깨에 손을 올렸다.

씩씩한 소리를 하지만 정작 몸은 떨고 있다.

"아가씨가 그런 생각을 할 필요는 없습니다. 어차피 이런 상황이 오래가지는 않을 거예요. ……쉬크잘 공과는 언젠가 기병단이 결판을 지을 터. 아가씨는 그때까지 안전하게 몸을 숨기는 것만 생각하십시오."

"…………."

그런 말을 들었다고 "그렇게 할게요."라고 냉큼 대답하는, 그런 아가씨가 아님은 안다.

쿠퍼는 몸을 구부려, 스스럼없는 자기들 관계에서는 곧잘 있는 일―― 쪼옥, 메리다의 옆머리에 입맞춤한 다음 금발을 몇 번인가 빗겨 준 다음 돌아섰다.

"배고프시죠? 제가 실력 한번 발휘해 보겠습니다."

한동안은 움직일 기분은 들지 않을 것 같은 메리다를 놔두고 방을 뒤로했다.

1층으로 내려가는 도중 벽에 걸린 시계와 그림의 뒤쪽, 창문의 홈 등을 점검했다.

……어느 쪽 《창구》에도 회신은 없었다.

사실 이 주택에는 백야 기병단의 연락망이 몇 군데 설치되어 있다. 어쩌면 접촉할 수 있을지도 모른다고 기대했는데, 공교롭게도 이쪽의 일방통행이었다.

《라클라 마디아 선생》이 휴가를 간 시점에서 뻔했던 일이지만—— 이미 그들은 예의 대형임무를 진행 중인 모양이다. 하지만, 정말로 한 명도 남기지 않고?

——누군가, 단 한 명의 백야의 기사도 남아 있지 않다는 말인가?

고립무원이 이토록 불안했었던가, 하고 쿠퍼는 저도 모르게 나약해질 뻔했다.

현관 문단속을 다시 한번 확인하고 나서 주방으로.

하다못해 맛있는 밥을 만들자——.

머릿속에서 레시피를 정렬하면서 사 온 식재료를 음미한다.

그러자 계단이 삐걱거리는 소리가 천장에서 울렸다.

샤워라도 하는 줄 알았더니 기척은 그대로 1층까지 내려와 주방의 문을 끼익 열었다.

쿠퍼는 특별히 의식하지 않은 척을 하며 수도꼭지를 마주 보며 넌지시 말했다.

"이런, 아가씨, 벌써 배가 고파서 참을 수 없어지셨습니까?"

메리다는 곧장 대답하지 않고 옆까지 걸어온 다음 차분히 쿠퍼에게 몸을 맡겼다.

옆구리에 양팔을 돌린다.

"선생님이랑 함께 있고 싶어서요."

쿠퍼는 쾌활하게 웃으며 대답했다.

"그러면 저와 함께 요리하시죠."

메리다는 가슴팍에서 그를 올려다보고, 아주 살짝 울먹이는 소리를 낸다.

"……왠지 신혼부부 같아요."

그러고 나서야 겨우 볼 수 있게 된 그녀의 미소에 쿠퍼의 입가도 저절로 벌어졌다.

——선생님이랑 함께 있고 싶어서요.

메리다의 마음은 진실이었고, 쿠퍼는 식사 후에도 계속 그녀의 희망에 어울려 주었다. 평소에는 「귀축」 소리를 듣는 가정교사일지언정 이런 때 정도는 실컷 응석을 받아준다 해도 벌은 받지 않으리라.

밤, 각자의 방에서 따로 자는 것마저 메리다는 무섭다고 했다.

함께 누운 침대 위, 쿠퍼의 가슴 쪽에서 흐느끼는 소리가 들렸다.

"이대로 세상이…… 선생님과 저, 이렇게 둘만 있게 된다면 좋을 텐데……."

쿠퍼는 그것을 못 들은 척하고서 그저 그녀의 금발을 계속 어루만졌다.

이 소녀의 고독을 자신이 곁에서 자는 정도로 누그러뜨릴 수 있다면 응당 그렇게 해야 한다.

껴안고 머리를 쓰다듬는 동안 힘든 일을 잊을 수 있다면 영원히 그러고 있자.

다만, 아아, 현실이란 이처럼 무정한 것이었던가──.

메리다가 돌연 '성왕구로 가자'며 주장하기 시작한 것은 그로부터 3일이 지난 후의 일이었다.

† † †

"선생님, 부탁이에요, 외출을 허가해 주세요."

허가라고 말하지만 쿠퍼가 현관 앞을 지키고 있지 않으면 메리다는 당장이라도 뛰쳐나갈 듯한 분위기였다. 얄궂게도 요 며칠 동안 본 것 가운데 독보적인 기백을 보였다.

당연히 그냥 넘어갈 수도 없었다. 쿠퍼는 끈질기게 그녀를 말렸다.

"진정하세요, 아가씨……! 갑자기 왜 그러십니까?"

"역시, 저, 이대로 숨어 있으면 안 될 것 같아요."

"무슨 일이 있으셨죠? 솔직히 이야기해주세요."

"……이게 바람에 날려 왔어요."

그렇게 말하고 메리다는 네모나게 접힌 무언가를 내밀었다.

받아 펼쳐보니 신문이었다. 『주간 핫 헤드 타임즈』 최신호…….

1면에 실린 무척이나 눈에 띄는 사진을 보고 쿠퍼도 눈을 부릅뜬다.

"엘리제 님……?!"

거기에는 드레스 차림의 엘리제 엔젤이 찍혀 있었다. 장소는…… 성왕구 임페리얼 호텔. 티 룸에 있는 명물《새장 속 특별석》······.

몇 개나 되는 울타리 너머에서, 사로잡힌 천사와 같은 엘리제가 의자에 앉아 있었다.

기사 내용은 이렇다──.

『일전, 카디널스 학교구에서 등교 중인 엘리제 양을 성도 친위대가 납치했다. 기사 공작 가문의 영애인 그녀를 기병단의 기치로서 추대하기 위함이었던 듯하다.

그러나 셀레스트텔레스 개선문 지구에 도착한 직후에 《무혈주의자》들이 그녀를 탈환해 지금은 성왕구에서 세르주 쉬크잘 왕작의 비호 아래에 들어와 있다. 엘리제 양은 사촌 자매인 메리다 엔젤 양의 안부를 걱정해, 하루라도 빠른 재회를 바라고 있다고 이야기했다······.』

"붙잡힌 거예요."

기사 내용 중 그것만이 메리다에게는 사실이었다. 카디널스 학교구에서 갈라진 후 엘리제 일행은 자신들과는 반대로 상층을 향했고, 그 후 개선문 지구의 기병단 본대에는 합류하지 못하고 워울프족 추격대에게 붙잡힌 것이다······.

그렇다면 구하러 가야 한다. 자신만 숨어 있는 건 있을 수 없는 일이다.

"그 애는 제 자매예요."

당장에라도 울음이 터질 것 같았지만 메리다는 말했다.

"제가 뒤처지고 괴롭힘당하는 동안에도, 제가 심한 소리를 하며 뿌리쳤을 때도 그 애는 계속 제 옆에 있었어요."

마음이, 하고 메리다는 왼쪽 가슴을 눌러 그것을 가리켰다.

"그 애를 저버리는 것은 저를 버리는 것이나 마찬가지예요."

그것만 말하고 메리다는 막무가내로 현관으로 향하려 했다.

쿠퍼는 완강히 그것을 만류했다. 메리다는 쿠퍼의 팔 속에서 날뛰었다.

"로제티 님도 지금은 어떻게 됐을지──."

"진정하세요, 아가씨, 이것을 잘 보세요!"

메리다의 코앞에 신문을 들이댄다.

말하지 않아도 다 안다고 하는 듯한 그녀에게 쿠퍼는 강한 어조로 쏟아냈다.

"이 엘리제 님의 사진── 어딘가에서 본 기억 없습니까?"

"네……?"

그 말을 듣고── 그다지 직시하지 않으려 했었던 사진을 찬찬히 본다.

드레스의 종류, 앉은 모습, 의자의 높이. 엘리제의 자세, 손가락의 동작, 카메라를 의식하지 않도록 새침하게 돌린 얼굴 각도. 그 모든 것을 프레임에 담은 카메라의 위치──.

《자신의 반쪽》이라고까지 단언하는 사이답게, 메리다는 금세 알아챘다.

"앗! 이거는 작년…… 비공정을 타고 티르 나 포우르 대해구에 《성묘》하러 갔을 때의……?!"

"프란돌을 출발하기 전 기자단용으로 공작 가문 사람들이 친목회를 했을 때의 사진입니다."

"그게 무슨 말이에요……?"

"요컨대 이 사진은——."

겨우 진정되기 시작한 메리다에게서 팔을 떼고 쿠퍼는 단정한다.

"《합성》입니다. 엘리제 님의 사진과 임페리얼 호텔의 사진, 두 장을 겹침으로써 엘리제 님이 그 자리에 있는 것처럼 실감 나게 꾸민 것이지요. 그리고 이런 가짜를 만들었다는 것은, 거꾸로 말하면 엘리제 님은 놈들의 수중에는 없다—— 붙잡히지 않았다는 뜻입니다."

쿠퍼는 신문을 앞면으로 뒤집어 날짜를 확인했다. 기사의 발행일은 틀림없이 오늘이다.

"오히려 놈들은 아무런 단서도 잡지 못한 거겠죠. 이 기사는 그래서 실린 《함정》입니다. 메리다 아가씨가 엘리제 님을 구하러 모습을 드러내게 하거나, 그것을 막기 위해서 엘리제 님이 꼬리를 드러내게 하거나. 어느 한쪽의 효과를 노리고 있음이 틀림없습니다."

"그럼 만약 엘리제가 이 기사에 낚이면……!"

"로제가 이 사실을 알아채지 못할 리 없습니다. 무슨 일이 있어도 엘리제 님을 막고 있을 겁니다—— 지금 저처럼. 아시겠습니까? 지금은 두 분 다 절대 움직이지 않는 것이 맞습니다."

"…………."

메리다는 고개를 숙였다. 이해해 준 걸까? 아직은 현관문을 내주지 않는다.

이윽고 황금색 머리에서 중얼거리는 소리가 울린다.

"선생님은 프로 사진가인가요?"

"……아니요."

"그 사진이 가짜라고 무슨 일이 있어도 100퍼센트 단언할 수 있나요?"

"아가씨……."

제 입으로 말하고 괴로워지기 시작한 모양이다. 메리다는 울컥하며 눈가를 덮는다.

"선생님이 하는 말은 전부 믿어요!! 믿지만, 그래도, 만약…… 으윽……!!"

쿠퍼는 설득을 포기하고 조용히 메리다의 어깨를 안았다.

카디널스 학교구를 나온 이래 지독히 추적당하는 상황에서, 신변의 안전을 생각한다면 틀어박혀 있는 것이 정답이다. 하지만 이대로는 머지않아 메리다의 정신 쪽이 버티지 못하고 무너질지도 모른다…….

그녀의 어깨를 가볍게 팡팡 두드리고서 쿠퍼는 말했다.

"──알겠습니다, 아가씨. 그럼 확인하러 가 볼까요?"

"네……?"

"적어도 그 사진이 진짜인지 가짜인지, 그것만은 확실히 하게 해드리죠. 그러면 안심할 수 있겠죠?"

메리다는 눈물 자국을 남기면서 이쪽을 쳐다보았다. 당장에라도 볼에서 흘러내릴 것 같은 물방울을 쿠퍼는 손수건을 꺼내 닦아준다.

"어, 어떻게 확인하나요……?"

"이 기사를 쓴 신문사 사람과 접촉을 취하는 겁니다. 마침 딱 한 명 연줄이 있고요……. 그자와 비밀리에 접촉해서 진실을 알아내죠."

휴우. 메리다는 가슴을 쓸어내리기 시작했다.

쿠퍼는 곧바로 "다만." 하고 못을 박는다.

"이것은 매우 위험한 행동입니다. 쫓기는 처지인 우리가 스스로 『여기에 있다』라고 증거를 뿌리는 것이나 마찬가지니까요. 누군가와 한 번 접촉하면 그걸로 끝입니다. 다시는 이 은신처에 돌아올 수 없게 됨을 각오해주세요."

"……!"

"저로서는 가능한 한 이 안전한 환경에서 움직이고 싶지는 않습니다. 지낼 만한 다른 은신처가 없는 건 아닙니다만……. 아가씨, 모쪼록 저를 위해서 재고해주실 수 없겠습니까?"

메리다는 곧바로 쿠퍼의 배려를 깨달았다.

그도 엘리제나 로제티가 걱정될 것이다. 하지만 자신이 비정해짐으로써 메리다에게 도망갈 길을 열어주고 있는 셈이다.

메리다는 그의 손바닥에 살며시 손을 포개면서 천천히 고개를 저었다.

쿠퍼는 예상외로 환한 표정을 지으며 입술을 벌렸다.

"그렇습니까."

"미안해요, 선생님. 힘들어지는 건 선생님 쪽인데……."

"괜찮습니다."

진심으로 그렇게 대답하고 쿠퍼는 허리를 편다.

"아가씨의 그런 점 때문에 저는 지금 이렇게, 이 자리에 있는 겁니다."

메리다의 어깨에 올린 손의 위치가 작년보다 조금 높다. 키가 컸다는 증거다.

그러나 이전까지와 변함없이 그는 제자의 지그마한 머리를 자랑스러운 듯이 쓰다듬었다.

† † †

주간 핫 헤드 타임즈——.

하층 거주구 오하라를 거점으로 삼고 있는 유일한 신문사다. 만약 좀 더 높은 층으로 거점을 옮긴다면 신선하고 자극적인 정보를 실시간으로 취재할 수 있을 테지만 그 대신 경쟁률이 높아진다. 정보는 신선도가 생명. 말로야 누군들 못할까.

핫 헤드 타임즈 신문사는 경쟁자가 북적대는 프란돌 상층을 피해, 발족 당시 어느 신문사도 뒷전으로 미루고 있었던 하층 거주구를 커버하기 위해 이곳에 거점을 차렸다. 결과, 일주일에 한 차례 발행하는 것이 한계이긴 하지만 노동자 계급에서 매우 중히 여겨지는 존재가 되었다……. 틈새 산업으로 큰돈을 벌고 있는 좋은 예라 할 수 있으리라.

더구나 하층 거주구 사건에 관해서는 그들 쪽이 손쉽게 움직일 수 있다.

　백야 기병단조차 때로는 정보수집에 그들의 신문을 이용하고 있다──.

　실제로 백야의 연줄을 의지해 접촉을 시도하자, 신문사 사람에게서 응답이 있었다.

　직접 만나 정보를 교환하고 싶다고 한다…….

　"가시죠, 아가씨."

　여행 짐을 전부 트렁크에 넣고, 은신처의 흔적을 지운 후 쿠퍼와 메리다는 현관을 나선다. 약속장소는 5번가의 바 《나인즈 헬》.

　이동 중 세심한 주의를 기울였지만 이번에는 잠복도 미행도 전혀 없었다.

　바 입구에는 과묵한 경호원이 서 있었다. 아이가 나타난 게 신기한지 메리다를 물끄러미 쏘아보지만 나무라지는 않는다. 고개를 숙이고 걷는 메리다는 모자로 표정을 숨기고 있다.

　문을 열고 가게 안으로.

　뜻밖에도 깔끔한 공간이었다. 성인들을 위한 시크한 음악이 흐르고 있다. 쿠퍼는 그다지 잘 알지 못하지만…… 오하라에서 인기를 누리는 가수나 악단일까.

　지정된 창가 쪽 자리에 등을 돌리고 앉아 있는 남자가 한 명.

　이렇게 말하긴 뭐 하지만 바의 분위기에 어울리지 않는 촌스러운 느낌이 물씬 난다.

"베스퍼 씨죠?"

쿠퍼가 말을 걸면서 그의 맞은편에 앉는다. 메리다가 그 옆에 바싹 붙어 긴장한 표정으로 다소곳이 앉았다.

이 남자, 베스퍼는 소위 센세이셔널한 '기획' 기사로 이름을 떨치고 있는 사내였다. '진실은 무엇인가'가 아니라 '얼마나 흥미를 끌 수 있는가'로 기사를 쓴다. 아주 작은 얼룩을 요란하게 과장하여 선동하고, 적합하지 않다 싶으면 사실일지라도 찢어발긴다.

일부에서 열광적인 지지를 얻는 대신 대다수로부터 벌레 같은 취급을 받고 있다. 하지만 그가 쓴 기사는 좌우간 높은 발행부수를 거두기 때문에 중용되고 있는…… 그런 기자다.

대낮인데도 벌써 테이블에는 텅 빈 위스키 병이 있었다.

그 옆에는 메리다에게 공포를 안겨 준 핫 헤드 타임즈 최신호도…….

쿠퍼와 메리다가 자리에 앉자마자 그는 그 탁한 눈동자로 품평하기 시작했다.

"당신들의 목격정보에 현상금이 금화로 5백 냥이나 걸려 있어."

메리다의 어깨가 덜컥 튀어 올랐다. 쿠퍼는 특별히 동요하지 않고 품에 손을 넣는다.

테이블에 놓은 것은 커다란 보석이 달린 반지였다. 베스퍼는 당연하다는 얼굴로 그것을 받고서 눈과 코앞까지 가져가 꼼꼼하게 바라보았다.

저 반지가 어느 정도의 가치를 가지는 것인지, 메리다는 모른다.

하지만 얼마 안 있어 베스퍼는 코트 주머니에 반지를 푹 질러 넣고 말했다.

"――엘리제 엔젤에 관한 기사는 가짜야."

"저, 정말인가요?!"

역시 후각이 남다르다고 해야 할까. 이미 이쪽의 용건은 감지하고 있었던 모양이다.

메리다는 허겁지겁 얼굴을 들지만 쿠퍼는 아직 신중했다.

"그렇게 생각하는 근거는?"

"신문이 발행되기 전날에 《윗선》에서 뜬금없이 이 사진을 보냈거든. 1면에 이러이러하고 이런 기사를 실어 오하라 전체에 뿌리라고 했지. 근데 사진 합성 수준이 너무 조악해서――."

테이블에서 바로 그 신문을 집어 들어 1면을 보고 코웃음을 친다.

"직접 취재하고 싶다고 신청했더니 퇴짜를 놓더군. 위의 캠벨에서 발행되는 타사의 신문도 구해서 봤지만 어느 신문이나 사용하는 사진, 기사의 내용이 완전히 똑같았어. 누구 하나 엘리제 엔젤을 취재하기는커녕 그 모습을 직접 보지도 않은 거지. ――아마 당신들이 조금도 꼬리를 드러내지 않아서, 기사를 날조해 함정을 치는 걸 거야."

베스퍼는 신문을 테이블에 내던졌다. 메리다는 마음속으로 휴우 하고 숨을 돌린다.

쿠퍼도 마음을 놓고 싶은 기분을 누르고 지금이라는 듯이 적극적으로 나선다.

"베스퍼 씨, 프란돌은 지금 대체 어떤 상황이 된 겁니까?"

"아무렇지도 않아. ——아니, 아무것도 하지 않고 있어, 놈들은."

쿠퍼와 메리다는 눈살을 찌푸렸다. 베스퍼는 비꼬듯이 입꼬리를 올린다.

"설마 그 《무혈주의자》인가 하는 놈들이 정말로 난짝이나 되려고 왔다고 생각하지는 않겠지? 보나 마나 무슨 꿍꿍이가 있을 거야. 다만 녀석들은 그것을 뒤로 미루고 일단은 프란돌 국민의 지지를 얻는 것을 우선하고 있는 것 같아."

"국민의 지지를……."

"그러기 위해서 녀석들은 프란돌의 매스미디어를 지배했어. 라디오와 신문, 잡지, 이제는 전부 늑대인간 놈들의 나팔수야. 주도하고 있는 것은 스픽스 로저라는 남자……!"

분명 그자가 엘리제의 날조 기사를 만든 장본인일 것이다. 메리다는 테이블 아래, 무릎 위에다 쥔 주먹에 더욱 힘을 넣는다.

베스퍼는 절반은 감탄하면서, 다른 절반은 재미없다는 식으로 말했다.

"수법이 아주 환상적이야. 신문으로 연일 『워울프는 이런 선한 짓을 했다』『그에 비해 기병단은 이토록 칠칠치 못하다』라고 밤낮없이 선전하고 있어. 그런 기사를 매일같이 읽으면 민중은 점점 이렇게 느끼기 시작할 거야. ——『어쩌면 기병단보다 워울프족이 더 강하고 올바른 거 아닐까?」라고 말이지."

"세상에……."

메리다는 무의식적으로 고개를 저었지만 베스퍼는 귀족계급 앞에서도 거침이 없었다.

"어허, 아가씨도 남 말은 못할 텐데? 친구의 날조 기사를 홀딱 믿을 뻔했잖아. 세상은 넓지만 개개인의 시야는 좁아. 누군가가 알려주지 않으면 전부《없었던 일》이나 마찬가지지. ……신문은 절대 보도하지 않아. 늑대인간 놈들이 뒤에서 얼마나 지독한 짓을 하고 있는지. 기병단의 기사가 민중 한 명 한 명의 안전을 지키기 위해서 얼마나 자기 몸을 희생하고, 애를 쓰고 있는지를 말이야."

메리다는 결국 머리를 숙였고 반론할 수 없게 되어 버렸다.

베스퍼는 유리잔에 조금 남아 있었던 호박색 액체를 단숨에 목구멍으로 흘려 넣었다.

"불합리하게 느껴져? 암, 그런 불합리한 짓을 척척 저지르는 놈들을《악당》이라고 부르는 거야."

유리잔을 놓고 입술을 구부려 덧붙인다.

"이 나를 포함해서 말이지."

……쿠퍼로서는 그다지 메리다에게는 들려주고 싶지 않은 종류의 이야기였다.

필요한 정보는 이미 얻었다. 쿠퍼는 메리다를 재촉하며 자리에서 일어났다.

마지막으로 금화 한 닢을 테이블에 딱 놓고 작별을 고한다.

"여기 계산은 우리가."

이로써 거래는 끝인가 싶었는데, 자리를 뜨는 메리다와 쿠퍼의 등 뒤로 베스퍼는 다시 한번 말을 걸어왔다.

"당신들은 어디로 돌아가는 거지?"

쿠퍼는 저도 모르게 발걸음을 멈춘다. 베스퍼는 이쪽을 쳐다보지는 않고, 대가로 받은 아까 그 반지를 꺼내 새삼 찬찬히 바라보고 있었다.

살피는 듯한 침묵에 베스퍼는 말을 기듭해온다.

"받은 게 좀 과분해서. 뭔가 움직임이 있으면 알려주지."

"……2번가 반레스 거리. 12번지에 세워진 아파르트망입니다."

"알았다."

쿠퍼는 그것을 끝으로 뒤돌아보지 않고 메리다의 어깨를 안으며 바를 떠났다.

물론, 정보교환을 마친 쿠퍼와 메리다가 다음으로 향한 곳은 2번가가 아니다.

8번가 가장 외곽, 무너져 방치된 상태가 된 성벽 바깥쪽에 있는 폐교회였다.

지금은 이미 관리하는 사람도 없다. 건물의 형태만은 남아 있지만 지붕이 무너져 있다.

다만 그 구멍이 난 천장으로부터———.

빛이 쏟아져 내려오고 있었다. 프란돌로부터 오는 휘황찬란한 넥타르의 불빛이다. 오하라는 어디나 할 것 없이 증기 때문에 어둑어둑하지만 여기만은 절묘한 입지 덕분에 햇볕의 은혜를 입을 수 있다. 마치 천사가 내려오는 계단처럼…….

"우와앗, 근사해라!"

문을 연 순간 메리다가 기뻐해 준 것이 무엇보다 다행이었다.

쿠퍼는 미소를 지으면서 트렁크를 가져와 문을 닫는다. 그리고 빗장을 걸었다.

당연하다고 해야 할까, 언제 란칸스로프가 덮칠지도 모르는 이런 성벽 바깥쪽에 굳이 출입하는 자는 없어 보였다. 집이라고는 할 수 없지만, 안쪽에는 작은 방도 있고 벽으로 구분되어 있다. 교회 뒤편에는 지금도 용수가 콸콸 흐른다.

텐트를 치고 캠프 도구를 갖추면 숲속에서 야영하는 것보다 백배는 쾌적할 것이다.

메리다 쪽도, 몇 번인가 쿠퍼와 체험한 서바이벌 레슨과 아무 차이 없다는 태도였다.

"선생님, 용케 이런 장소를 알고 계셨군요?"

"이 장소는 말이죠——."

쿠퍼는 의식하지 않으려 하는 자신을 깨닫고 살짝 미소 짓는다.

"프란돌에 온 지 얼마 안 됐을 무렵 어린 저와 어머니가 살았던 장소입니다."

"네……?"

"그렇다 해도 고작 일주일 정도였지만 말이죠."

쿠퍼는 부식되어 균열이 일어난 긴 의자의 등받이를 어루만진다.

정말로 그 시절과 비교해 하나도 변하지 않았다. 사람의 출입이 전혀 없었던 모양이다.

메리다는 흥미가 있는 듯한 표정을 지으면서도 섣불리 발을 들여놓지 못하는 것 같았다. 특별히 숨길만 한 일도 아니라는 생각에 쿠퍼는 가벼운 어조로 계속한다.

"이전에도 조금 이야기했습니다만, 야계에서 흘러든 떠돌이에게는 차별의식이 있기 마련이니까요. 목숨이나마 부지한 채 이곳까지 도착한 건 다행이었지만, 저와 어머니는《입시(入市)심사》라는 명목 아래 계속 기다려야 하는 처지가 됐습니다. 그동안 묵을 적당한 장소가 제공될 리도 없었고…… 오하라 전체로부터 차가운 눈초리를 받은 저와 어머니가 심사결과를 기다렸던 곳이 바로 이 폐교회입니다."

"세상에, 너무해요……."

"저희 모자에게는 충분했습니다. 이 도시에 도착할 때까지 빛이라고 하면 손에 드는 랜턴뿐이었거든요. 잠자리는 늘 딱딱한 바위 위. 차가운 바람에 시달려 밤중에 몇 번이나 잠을 깨고, 괴물의 울음소리를 들을 때마다 심장이 오그라들었죠……. 그것이 당연했던 저는 이 교회의 문을 열고 처음 알았습니다."

예전처럼 걸어 나온다.

통로 한복판에 서서 올려다보니, 무너진 천장을 통해 축복의 빛이 퍼부어졌다.

"태양이란 게 이토록 따뜻한 것이었다는—— 사실을."

"선생님……."

"벽이 있고 지붕이 있다. 근처에는 청결한 물이 샘솟는다. 우리를 못살게 굴 것 같은 인간은 굳이 접근하지 않는다. 여기는 어쩌면 저와 어머니가 꿈꿨던 낙원이었을지도 모르겠습니다."

쿠퍼가 어렴풋이 그 옛날 어머니의 인상을 떠올릴 때, 그녀의 평온한 미소 뒤로 항상 이 폐교회의 광경이 떠오르는 것도 관계가 없진 않으리라.

……다만 낙원에서의 나날은 그리 오래 지속되지 않았고, 쿠퍼 모자를 도시에 들이는 것을 사람들이 몹시 꺼린 끝에, 개척하는데 일손이 부족하다는 이유로 지저도시 샹가르타행을 명령받고 말았지만.

메리다가 살며시 곁에 다가왔다. 축복의 스포트라이트 아래 둘이서 자리 잡는다.

"오래전부터 선생님께 물어보고 싶었던 것이 있어요."

"무엇이든 물어보십시오."

"선생님의 아버님은……."

아아. 쿠퍼는 말 중간쯤에서 고개를 끄덕였다.

쿠퍼의 본성을 알고 있다면 당연히 궁금할 것이다. 어쨌든 그의 반신·뱀파이어라 하면 《최강》이라는 이미지만이 침투해 있는 전설의 란칸스로프니까.

그렇지만 공교롭게도 쿠퍼가 가르쳐줄 수 있는 부분은 적다.

"유감스럽지만 그에 관해 어머니에게 물어본 기억은 없습니다. 그게, 저는…… 《부친》이라는 개념조차 오랫동안 모르는 채로 살았기 때문에."

"아……."

"단 이것은 어디까지나 제 직감입니다만——."

그렇게 서두를 떼면서 샤프한 턱에 손가락을 댄다.

"그는 이미 살아 있진 않을 것 같은 기분이 듭니다."

"그렇게 생각하세요?"

"네. 무엇보다 이제 와서 『아버지』라며 나타나 봐야 저는 아무런 감정도 품을 수가 없습니다만."

말투가 비정하게 들렸던 걸까, 메리다는 아랫입술을 조금 깨문다.

쿠퍼는 애써 경쾌한 동작으로 메리다의 어깨를 끌어안았다.

"《지금에 만족한다》라는 뜻입니다. 제게 가족은, 주제넘지마는 에이미 씨를 비롯한 메이드 여러분과 메리다 아가씨라서 말입니다."

"서, 선생님……."

메리다는 뺨을 확 붉히고 머리를 숙였다.

곧 어떤 결심을 굳혔는지 두 주먹을 꽉 쥐어 보인다.

"조, 좋~아……. 그러면 제가 선생님의 응석을 최대한 받아 줘도 되는 거겠죠? 오늘은 제가 직접 만든 요리를 대접할 테니 기대해 주세요!"

"아니, 그거 영광입니다. 그럼 보답으로 샤워 대신 몸을 닦아 드릴까요?"

메리다는 얼굴이 빨개져 가슴을 홱 감싼다.

"지, 진짜 선생님도 참! 아이 취급하지 마세요."

"아니? 그 외로움을 잘 타던 아가씨는 어디로 가버린 걸까요. 『불안해서 못 자겠다』라며 제 침대에까지 숨어들어 와서……."

"와— 와— 와—!! 그건 잊어 주세요오오~~~!"

툭탁툭탁 어깨를 때리는 사랑스러운 메리다의 모습에 쿠퍼는 이제야 마음속으로 가슴을 쓸어내렸다.

엘리제의 무사함를 확신했기 때문일 것이다. 상황이 호전된 점은 하나도 없지만, 메리다는 조금이나마 기운을 되찾아준 것 같다.

남은 것은 《기다림》—— 이 장소를 추격대가 찾아내지 못하기를 바라는 수밖에 없다.

그렇게 메리다와의 공동생활이 계속되고, 다시 또 사흘, 나흘, 닷새—— 어느덧 일주일이 지났다.

폐교회에서의 캠프 생활도 익숙해졌을 무렵, 아무런 예고도 없이 《손님》이 찾아왔다.

천장의 구멍을 통해 쪽쪽대는 지저귐과 함께 날아 내려온, 정확히는 아기 새다.

아기 새는 한쪽 발에 기구(器具)를 달고 있었다. 쿠퍼는 내방을 알아채자마자 깜짝 놀라 눈을 부릅뜬다.

백야 기병단 연락망 중 하나다! 혹시 회신이 온 것일까?

하지만 그렇지는 않았다. 메시지에 쓰인 용지 종류가 달랐다. 따라서 이것은 2번가 반레스 거리의 아지트에 누군가가 보낸

연통으로, 무인인 그 장소에서 이 새가 그것을 물어 이곳까지 가져와 준 것이다. 쿠퍼는 기구에서 내용물을 꺼내면서 아기 새에게 빵 부스러기를 대접했다.

연락용지로는 신문 조각이 사용되어 있었다.

일단 제일 먼저 이렇게 쓰여 있다.

『좋지 않다』

가십 기자 베스퍼였다. 신문사 쪽에 뭔가 움직임이 있었던 걸까. 약간 초조하게 쓴 듯 작은 조각에 읽기 힘든 문자열이 이어졌다.

『날조기사에 당신들이 걸리지 않아서 놈들은 더 무식한 수단을 들고 나왔다. 본보기로 5번가의 광장에서』

거기서 메모는 거의 가득 찼고, 마지막에 조그맣게 이렇게 덧붙여져 있었다.

『아가씨한테는 알리지 않는 편이 좋겠어』

바로 거기까지 다 읽은 단계에서 뒤쪽으로부터 메리다가 다가왔다.

좁은 교회, 둘만의 생활. 액시던트는 금방 알 수 있는 모양이다.

"선생님? 무슨 일 있었나요……?"

쿠퍼는 약간 망설이다 곧 손에 든 메모를 쥐어 뭉개버렸다.

"……아가씨, 외출 준비를 해주십시오."

도피 중인 신세에 배부른 소리겠지만, 그래도 이대로 잠시 쉬고 싶었다.

하지만 아무래도 《기다림》의 기간은 끝을 맞이한 모양이었다
──.

† † †

도시 전체에 어린이 한 명조차 보이지 않는다. 기이할 정도로
고요하다.

넥타르 정제 플랜트까지 가동을 멈췄다. 상점에는 모조리
【CLOSE】 팻말이 걸려 있고, 길가에 마차나 자동차가 문도 잠
그지 않은 채 방치되어 있었다.

이쯤 되면 도둑들에게는 그야말로 대목일 테지만, 그런 불한
당들의 기척마저 없다.

너무나 썰렁한 광경에 메리다도 두 팔을 문질렀다.

"대체…… 이곳 주민들은 어디로 가버린 걸까요?"

역시 메리다는 두고 왔어야 했을까.

아니, 이 명백한 이상 사태 속에 아무것도 모르고 몸을 숨기고
있는 것도 위험할 것이다.

아마 주민들은 사라져버린 것이 아니라──.

《모여 있는》 것이리라.

편지에 기록되어 있었던 5번가의 광장에서 본보기로 당하고
있는 무언가를 확인하기 위해서.

"……가시죠, 아가씨."

좋지 않은 예감이 쿠퍼의 가슴속에서 급격하게 부풀었다.

아무래도 눈에 띄는 사람 없는 큰길이 아니라 만일을 위해 복잡한 뒷골목을 선택해 쿠퍼와 메리다는 손을 잡고 달린다. 사무라이 클래스로서 갈고닦은 어빌리티를 유감없이 구사해 자신들의 기척을 지우면서 주위상황을 살핀다.

광장에 다가감에 따라 인간의 숨결이 서서히 늘어나기 시작했다…….

예상대로 광장을 모조리 메울 만큼 많은 인파가 북적이고 있었다. 다른 한 길 가까이에 임박해 쿠퍼는 메리다를 벽 뒤로 숨기면서 광장으로 얼굴을 슬쩍 내밀었다.

이곳에 올 때까지는 워울프족이 무언가를 벌였겠거니 생각하고 있었다.

하지만 광장에 그 특이한 늑대 머리의 형상은 눈에 띄지 않았다.

대신 와인레드색 군복을 입은 기사들의 모습이 많이 보였다.

"등화 기병단……?!"

상황이 이해가 안 간다.

일단 예상대로 마을 전체의 주민이 광장에 모여 있는 것 같았다. 다만 광장의 중앙은 군인들이 빙그르르 만든 벽 때문에 접근이 허용되지 않았다.

중앙에는 조각상이 있었다. 조각상의 발밑에는 《장작》이 쌓여 있다.

그리고 조각상에는 5번가의 주민으로 보이는 한 소녀가 끈으로 꽁꽁 묶여 있었다.

소녀는 두려움에 덜덜 떨고 있다. 군중으로부터 여성의 날카로운 비명이 들렸다.

"우리 애 좀 풀어줘요!! 나쁜 짓은 아무것도 안 했어요!"

모친으로 보이는 그 여성을 기병단의 군인은 말없이 제지하고 있다.

아무래도 이상한 분위기를 감지하고 메리다도 쿠퍼의 등에서 얼굴을 내밀었다.

"대체 무슨 일이 일어나고 있는 건가요……?"

쿠퍼가 불길한 예감을 입에 담기에 앞서, 엄청나게 큰 목소리가 그 답을 들려주었다.

"이제부터 《재판》을 시작한다!!"

조각상 옆에 진을 치고 있는, 상당히 비만체형인 중년 기사였다. 반짝반짝하게 닦은 훈장 하나를 가슴에 매달고 있다. 저 기사대의…… 대장인 듯하다.

대장은 큰 소리로 연설을 계속했다.

"오하라의 주민이 《마녀》라는 사실이 발각됐다! 마녀는 인간을 홀리는 악의 화신이다. 그 죄는 바로…… 메리다 엔젤의 행방을 알면서도 숨기고 있는 것이다!!"

"몰라!! 그 아이는 아무것도 몰라요! 불에 올려놓을 거면 나를 올려!!"

"물론이지! 이 계집애는 첫 번째일 뿐이다. 만약 이 계집애가 자기의 죄를 고백하지 않는다면 여자, 다음은 모친인 너를 화형

시켜 주지……. 우하하하하하하!"

"세상에…… 몰라요……. 아무것도 모른다고요……!"

모친으로 보이는 여성은 절망에 쓰러져 울었다. 주민들로부터 노성이 날아왔다.

"횡포다————!"

"닥쳐, 저속한 노동자 놈들아!!"

대장은 장식이 과다한 검의 칼집을 돌바닥에 꽂았다.

그 비만 체형으로부터 마나의 불길이 하늘하늘 솟아오른다.

"우리의 방식이 마음에 들지 않는다면 언제든지 폭력으로 맞서면 돼. 내 전력으로 응해줄 테니 말이야……!"

"그, 그런 당치않은 소릴……."

"메리다 엔젤의 행방에 짚이는 데가 있는 자는! 빨리 신고하거라. 그렇지 않으면 머지않아 오하라는 유령도시가 되고 말 거다……. 으하하하하!!"

저것이 평민을 지켜야 할 귀족계급의 모습인가.

메리다의 몸이 너무 앞으로 기울어져 있어서 쿠퍼는 일단 그녀를 껴안은 채 뒷골목으로 되돌아간다.

둘 다 심장이 좋지 않은 리듬을 연주하고 있었다.

"서, 선생님……. 저 사람들은 도대체 뭐가 목적인가요……?"

"……우리의 행방을 너무나 잡지 못한 탓에 강경한 수단을 동원한 거겠죠. 입으로는 저리 말하지만 주민들로부터 정보를 얻을 수 있으리라고 생각하진 않을 겁니다. 저건 단지…… 아이가 장난감을 찾아내기 위해서 장난감 상자를 뒤집으려 하는 격이죠."

그 결과 목표한 보물 외에 다른 것이 부서져 버려도 상관없다는 것인가.

쿠퍼는 눈동자를 예리하게 가늘게 떴다.

"뒤에서 움직이고 있는 건 틀림없이 워울프족일 겁니다. 역에서의 공방을 기억하십니까? 그들은 《무혈주의자》임을 자칭한 탓에 프란돌의 인간에게 대놓고 위해를 가할 수 없습니다. ── 저 기사들은 워울프족이 하기 힘든 《궂은 역할》을 맡은 장기판 위 말입니다."

"어, 어째서 기병단의 기사가 워울프가 시키는 대로 하는 거예요?!"

쿠퍼는 메리다를 안은 채 광장 쪽으로 얼굴을 살짝 내밀었다.

기사로서는 있을 수 없는, 비만체형인 대장을 본다.

"……추측건대 저자는 오하라의 경비를 담당하고 있을 겁니다. 야심가의 경우, 하층 거주구 방어로 밀려나는 일을 《불명예》로 여기는 자도 있습니다. 틀림없이 한직으로 좌천됐다며…… 현 상황에 불만을 품고 있는 거겠죠."

"……."

"그래서 기병단을 포기하고 워울프족에게 붙기로 한 겁니다. 그들에게 협력하면 혁명 후 신체제에서 반드시 요직에 발탁된다── 같은 달콤한 말에 넘어갔을 테고요."

감언이설이라고 단언할 수 있다. 워울프족에게 철저히 이용당하고 있음이 분명하다.

냉정하게 생각할 수 있다면 진실을 깨달을 수 있을 테지만——

기사대장의 눈동자는 망집으로 흐려져 눈앞의 광경이 보이지도 않는 모양이다.

"불을 들어!"

부하를 시켜 불씨를 옮긴다. 산제물 소녀는 떨고, 모친은 절망에 울부짖는다.

메리다는 고요한 얼굴로 뒷골목에서 걸어나가려고 했다.

쿠퍼는 한 번만 손을 살짝 쥐어 만류한다.

"아가씨?"

메리다는 편안하게 이쪽을 올려다보고, 그 눈빛을 통해 의도를 전했다.

쿠퍼도 두세 번 고개를 끄덕이고 살며시 손을 놓는다.

메리다가 광장에 모습을 드러냈다. 사람들은 모두 중앙의 조각상에 주목하고 있어 알아채지 못한다.

"마녀에게 단죄를!!"

기사대장은 광희에 차 온몸을 떨었다.

"《환도일섬(幻刀一閃)……》"

메리다는 매끄럽게 오른팔을 당기고——

가로로 휘둘렀다.

"《풍아(風牙)》!"

황금색으로 부풀어 오른 불길이 칼날이 되어 일직선으로 날아갔다. 바늘귀를 통과하듯이 군중을 빠져나가 기사들의 벽을 스쳐서 대장의 불룩 나온 배를 살짝 스치고——.

"으히이익?!"

기겁을 한 그의 눈앞에서 조각상에 격돌했다.

충격이 반대 측에까지 꿰뚫고 나가, 크고 작은 돌조각들이 사방에 튀었다. 모래 먼지가 요란하게 날아오르고 사람들이 놀라 소리를 지른다. 조각상을 망가뜨려 버린 것은 면목 없는 일이지만…….

덕분에 산제물인 소녀는 자유의 몸이 되었다. 모친이 곧장 뛰어나가 딸을 끌어안는다. 기사대가 동요하고 있는 사이에 마을 남정네들이 모녀를 군중 속으로 숨겼다.

대장은 아직 정신을 못 차리고 눈만 깜빡거리고 있다.

"뭐, 뭐, 뭐야?! 무슨 일이냐! 누구 짓이야?!"

순간적인 일이었지만 섬광이 인 방향은 모두 알고 있었다.

주민들, 기사대 군인 모두 일제히 뒤돌아본다.

바람이 불었다――.

소녀의 머리에서 캐스캣 모자가 날아가 늠름하게 나부끼는 금발을 드러냈다. 요 1년, 부쩍 신문을 떠들썩하게 만들었던 얼굴이다. 그 어린 미모에 누구나 목구멍이 떨린다.

"메, 메리다 님이다…….'

"메리다 엔젤……! 진짜야……?"

"《예언의 아이》가 저 소녀를 구했어…………."

웅성거리는 소리가 서서히 퍼지고, 군인들조차 메리다의 안광에 기가 죽어 두세 발자국 주춤거린다.

대장은 뛰쳐나갈 듯이 눈을 부라리더니 얼마 안 있어 어깨를 떨기 시작했다.

"우하……우하하하하하하!! 드디어 모습을 드러냈구나, 《예언의 아이》야!"

"…………."

"공훈이다…… 내 공훈이야! 이걸로 나는 프란돌에 복귀하는 거다아아아!!"

오뚝이가 다시 서듯 대장은 벌떡 일어났다. 곁눈질 한 번 안 하고 돌격해왔다.

그러나 메리다가 자세를 갖추기도 전에 그 옆을 바람이 앞질러 갔다.

뒷골목에서 튀어나온 쿠퍼가 대장의 안면을 정면에서 걷어찼다. "커허헉?!" 대장은 비명을 지르며 갈지자로 뒷걸음질 치다 벌러덩 나자빠졌다.

넘어진 위치가 마침 조각상의 발밑으로, 이미 불붙일 준비를 마쳤던 그곳에서 검은 연기가 피어오른다…….

"아, 뜨거! 아, 뜨뜨뜨뜨뜨거워!! 네, 네 이놈들! 냉큼 나를 도와라아아아!"

"대, 대장님!"

"코가 아파! 뜨거워! 머, 멍청히 있지 말고! 당장 저 계집애를 붙잡아!!"

기사대의 절반이 당황하면서도 각자의 무기에 손을 댔다.

더 이상 감추는 의미도 없을 것이다. 쿠퍼도 칼을 뽑아 들고서 천을 내던졌다.

메리다를 후방으로 감싸면서 부채꼴로 포진한 기사들을 노려본다.

"이, 이야앗!"

고무하는 듯한 기합과 함께 기사가 달려들었다. 연달아 두 명이.

──칼을 뽑을 필요도 없다.

쿠퍼는 기사들이 들이댄 칼끝을 칼집으로 처리했다. 억지로 기세를 죽이지 않고 적을 앞으로 기울어지게 한 다음 스쳐 지나가면서 그대로 숨골을 때렸다. 첫 번째 기사는 달려든 속도 그대로 지면을 굴렀다.

두 번째 기사는 긴장한 나머지 몸에 힘이 너무 들어가 있었다. 수직으로 내려친 칼날을 정확히 반대각도에서 칼자루 끝으로 받는다. 정반대로 작용한 힘을 버티지 못하고 허공에 뜬 적의 동체에 급소 찌르기를 먹였다.

대자로 뻗은 두 번째 기사는 흰자를 부라린 채 꼼짝도 못하게 됐다.

"으윽……!"

남은 기사들은 말문이 막혔고, 무기를 쥔 손에 필요 이상의 힘을 넣었다.

쿠퍼는 그들이 스테이터스를 제대로 발휘하지 못하는 이유를 간파하고 있었다.

"망설이고 계신 것 같군요, 자신들 행동의 정당성에."

움찔하고 몇 명인가가 어깨를 떤 것이 그 증거다. 쿠퍼는 더욱

다그쳤다.

"란칸스로프에게 가담하는 일이 옳습니까? 우리끼리 반목하고 있을 상황이 아닙니다. 지금이야말로 전원이 하나로 뭉쳐 이 프란돌의 위협에 맞서야 할 때가 아닌지?"

"이 쓸모없는 놈들!! 안 덤비고 뭐 해! 쉬지 말고 공격해라!"

대장은 아직도 장작에 파묻힌 채 떠들고 있었다. 여전히 목소리와 몸 하나는 크다.

"우하하하! 젖비린내 나는 기사 자식아, 이미 프란돌은 워울프족의 것이다! 그들에게 일찌감치 들러붙은 자가 다음 시대의 실권을 쥐게 돼 있어! 그런 밤톨만 한 계집애가 왕작의 혁명을 무슨 수로 막겠냐!! 공격, 공격해! 반역자를 싹 다 태워 버려라 아아아아!!"

군인의 천성이라고 해야 할지, 기사들은 비지땀을 흘리면서도 무기를 든다.

쿠퍼는 결국 칼자루에 손을 댔다. 그 옆으로 메리다도 걸어 나와 격투술 자세를 취한다.

그리고―― 예기치 않게도 또 한 명.

군중으로부터 마을의 젊은이가 앞으로 나온 것이다. 바들바들 떨면서도 두 주먹을 단단히 쥔다.

"회, 횡포다……. 이건 횡포야! 마을의 친지들에게 손을 댄다면…… 나, 나도 싸우겠어!"

"맞아, 맞아―――!"

주민들로부터 구두 소리가 이어졌다. 자못 완력에 자신이 있을 법한 남자들이 연거푸 뛰쳐나와 쿠퍼와 메리다 주위에 벽을 만든다. 주부는 국수 방망이를 꺼내 용감하게 소매를 걷어붙이고, 아이들은 기사대에게 돌멩이를 던졌다.

"노동자를 깔보지 마라!!"

"귀족이든 늑대인간이든 굴복할 성 싶으냐!"

"아무렴, 우리는《예언의 아이》편이야! 적어도 너희보다는 말이지!"

그 무시무시한 물량에 기사대는 위축됐다. 메리다는 쿠퍼를 올려다보고 울먹였다.

"선생님……!"

쿠퍼는 우아한 미소로 응답한다. 하지만 그 직후였다.

늑대의 울음 소리가 저 멀리에서 울려 퍼진 것은.

광장은 순식간에 조용해지고 이어서 주민들이 술렁이기 시작한다.

산더미 같은 장작에 파묻힌 대장만 추악한 미소를 띠고 있었다.

"우하…… 우하하하하! 알리지 않았을 줄 알았나? 그들은…… 워울프족은 이미 그물을 치고 대기하고 있었어. 언제 어느 때!《예언의 아이》가 나타나더라도 문제없도록 말이야!"

"……!"

"두고 봐라, 그들은 금방 이곳으로 들이닥칠 거다. 건방진 노동자 놈들을 물어 찢고, 진짜 마녀를 화형에 처하겠지!! 우아하

——————핫핫핫핫핫!!"

 마지막까지 들어줄 이유도 없어서 쿠퍼는 그의 말 중간쯤에서 몸을 돌렸다.

 메리다의 팔을 붙잡아 당긴다.

 "가시죠, 아가씨."

 "하, 하지만, 여기에 있는 분들이……."

 "잊으셨습니까? 녀석들은 표면상으로는 《무혈주의자》를 자칭하고 있습니다. 목격자가 많은 상황에서는 일반국민에게 위해를 가할 수 없을 겁니다."

 쿠퍼는 굳이 큰 소리로 가르쳐주었다. 안절부절못하고 있었던 주민들에게도 그 말이 침투한다.

 이어서 쿠퍼는 일부러 허리를 펴고 기병단의 기사들을 똑바로 응시했다.

 "이로써 더는 무의미한 마녀재판을 할 필요도 없습니다. 우리가 발견되었으니까 말이죠. 기병단은 그 본분에 따라 마을분들을 지켜주실 겁니다!"

 "……!"

 대장이야 어쨌든 그 부하들의 눈동자에 기사의 긍지가 남아 있는 것을 쿠퍼는 놓치지 않았다.

 마지막으로 쿠퍼는 메리다의 귓가에 살며시 속삭인다.

 "적의 목적은 어디까지나 우리입니다."

 메리다는 더 따지지 않았다. 쿠퍼에게 손을 이끌린 채 광장을 뛰쳐나간다.

──어디로 도망쳐야 할까?

아무튼 멀리, 더 멀리 가야 한다. 신중하게 뒷골목을 선택했었던 아까와는 다르게, 두 사람은 큰길을, 인기척이 전혀 없는 그 길 한복판을 전력으로 달렸다. 워울프들의 모습은 아직 어디에도 보이지 않았다. 다만 좋지 않은 낌새만이 암운처럼 소리 없이 다가왔다.

쿠퍼는 순간적으로 메리다의 손을 잡아당기며 길에서 벗어났다.

"아가씨, 타십시오!"

뭔가 했더니 길가에 세워져 있었던 자동차였다. 오하라에서 유행하는, 연인들이 드라이브할 때 애용할 법한 애교 있는 오픈 바디 타입.

그런데 함부로 빌려 타도 되는 걸까?

"직무권한인 셈 치지요──."

쿠퍼는 메리다의 등을 밀어 조수석에 앉히면서.

"비상사태니까요!"

자신은 운전석에 훌쩍 올라탄다.

크랭크 레버를 힘차게 돌리자 엔진이 짐승같이 웅웅 소리를 냈다.

차체가 떨린다──.

"꽉 잡으십시오!"

쿠퍼는 왼쪽 페달을 꽉 밟았다. 뒷바퀴가 위세 좋게 헛돌고 이어서 후부가 폭발한 것처럼 차가 튀어나간다. 메리다는 비명을 지르며 시트에 꼭 매달렸다.

두 개의 레버를 능숙하게 조작하고 오른손으로 거칠게 핸들을 돌린다. 자동차는 순식간에 속도를 올렸고, 커브 구간에서 뒷바퀴가 미끄러질 때마다 돌바닥이 눌어붙었다. 얼마 안 있어 쿠퍼는 페달에서 발을 떼고 두 손으로 핸들을 단단히 잡았다.

타이어는 몰라볼 정도로 안정되어 차는 화살과 같은 속도로 큰길을 달려나갔다.

메리다는 홀딱 반하랴 눈을 깜빡거리랴 아주 정신없다. 아닌 게 아니라, 이 자랑스러운 가정교사가 못하는 일은 이 세상에 없는 게 아닐까? 그렇게 쿠퍼의 옆모습을 넋을 잃고 보고 있는데, 당사자인 쿠퍼는 도통 여유가 없는 목소리로 바람에 지지 않게 소리쳤다.

"추격자의 모습은 안 보입니까?!"

메리다는 황급히 온몸을 틀어 뒤를 돌아본다.

의자 등받이를 붙잡고 지나온 방향을 노려보지만, 지금은 우렁찬 외침조차 들려오지 않았다.

"아무것도——."

안 보여요, 라고 말하려 한 순간이었다.

요란한 클랙슨과 함께 좌우 길모퉁이에서 차가 튀어나왔다.

두 대나 세 대 정도가 아니다. 쿠퍼가 운전하는 차가 통과한 직후, 새카만 차가 뒷골목에서 속속 나타났다. 큰길 가득히 퍼져 차체를 서로 부딪치면서 최대의 스피드로 이쪽을 바싹 뒤따라온다.

전후·측면에 유리와 지붕을 갖춘 튼튼한 클로즈드 타입.

유리 너머로 트렌치코트를 입은 늑대남이 핸들을 쥐고 있는 모습이 보였다.

"워, 워울프……!"

카디널스 학교구에서 매복했었던, 소위 《힘 좀 쓰는 패거리》다.

딱 한 대, 덮개를 친 개방적인 투어링 타입이 섞여 있다.

운전수는 중절모를 쓰고 목에 카메라를 매건 모습이 인상적인 워울프다.

"찾았다! 찾았어! 《예언의 아이》 메리다 엔젤이다!! 네놈들, 이번에는 놓치지 마라! 이번에도 실패하면 보스한테 박살 난다!"

뒤에 따르는 클로즈드 카가 일제히 속도를 올린다.

쿠퍼는 다시 한 손을 레버에 뻗고 왼쪽 페달을 밟았다.

"아가씨! 튕겨 나가지 않도록 좌석에 단단히 붙어 있으십시오!"

쿠퍼가 말한 대로 메리다는 앞으로 돌아서서 자세를 낮추고 머리를 싸쥐었다.

차는 무시무시한 속도로 풍경을 뒤로했다. 거리의 인기척이 사라진 것이 더할 나위 없이 다행이었다. 오로지 최고속도로 계속 달리는 줄 알았는데, 갑자기 쿠퍼가 눈이 핑 돌 정도로 핸들을 잽싸게 돌렸다. 무서우리만큼 정확한 포인트를 찔러 커브로 돌입해 돌바닥을 눌어붙게 하면서 최고속도로 빠져나간다. 뒷바퀴에서 귀청을 찢는 듯한 음색이 울려 퍼졌다. 항의의 비명이었을까, 아니면 환희의 포효였을까?

이 이상 빨리는 달릴 수 없겠다는 생각이 들 정도로 뛰어난 운전실력이다.

고로 서서히 따라잡히고 있는 까닭은, 순전히 차의 스펙 차이 때문이리라──.

결국 후속의 선두차량이 바로 뒤에까지 육박했고, 적은 액셀을 계속 밟았다. 직선에서 추돌. 차체가 흔들리는 전례 없는 충격에 메리다는 견디지 못하고 비명을 질렀다. 쿠퍼는 능숙하게 핸들을 유지해 밸런스를 되찾았다.

적은 좌우에서도 바싹 뒤쫓아 왔다. 이쪽 차와 나란히 서자마자 운전수가 가차 없이 핸들을 돌렸다. 바로 옆에서 차체를 부딪쳐 왔다. 불쾌한 금속음이 울리고 차체가 크게 요동쳤다.

쿠퍼는 말 안 듣는 말의 고삐를 당기는 것처럼, 날뛰는 핸들을 필사적으로 억누르고 있었다.

"아가씨! 제 안주머니에……."

다 듣기도 전에 메리다는 그에게 매달려 있었다.

재킷 안쪽을 뒤져 투척용 피크를 빼낸다. 뒤돌아보자마자 집게손가락과 가운뎃손가락 사이로 바로 뒤의 차를 향해 던졌다.

상대적으로 무시무시한 관통력을 발휘했을 것이다.

그럼에도 불구하고 피크는 유리에 튕겨 나갔다. 메리다는 자신의 눈을 의심했다.

"어째서……?!"

"아무래도 군용으로 개조한 것 같습니다."

그 증거로 배기가 엄청나다. 적의 한 무리가 지나간 뒤에는 검은 연기가 피어올랐다. 창은 분명 강화유리일 것이다. 사기처럼 느껴지는 초스피드에는 이유가 있었다――.

이렇게 된 이상, 하고 쿠퍼는 머릿속에 오하라의 지도를 그렸다.

다시금 메리다에게 신신당부한다. "꽉 잡으십시오!" 어중간한 반격은 의미가 없다.

가능한 한 최고속도를 유지하고, 스펙 차이를 드라이빙 테크닉으로 커버한다. 뒤에서 살짝 찌르면 그 힘을 이용하여 가속하고, 왼쪽으로 가는 시늉을 하다가 오른쪽으로 급커브를 돌아 뒤따라오는 차가 헛걸음하게 한다. 적이 크게 커브 길을 도는 사이에 이쪽은 인코스를 최단거리로 빠져나간다. 한 박자 늦게 검은 유성군이 돌바닥에 스키드 마크를 만들었다.

목표는 5번가와 4번가의 경계에 선 고가다리.

쿠퍼는 그 밑으로 차를 돌진시켰다. 아군은 헤드라이트뿐. 어둠을 아랑곳하지 않는 암살자의 《눈》으로 격돌이 불가피한 버팀목들을 모조리 피해 간다.

머리 바로 위에서 철골이 웅웅 소리를 냈다. 타이어가 무언가를 밟아 차체가 가볍게 떠오른다. 차폭보다 아주 약간 넓은 틈을 빠져나간 순간 문 바깥쪽에서 눈이 멀 정도로 강렬한 불꽃이 튀었다.

"꺄아아악!!"

메리다는 이제 어엿한 《겁쟁이 여자친구》 같은 비명을 지르며 쿠퍼에게 매달렸다. 기운이 넘친 나머지 그의 볼에 입술이 닿아버렸다. "어허?" 쿠퍼는 가볍게 응수하며 상쾌한 드라이브 데이트를 하는 남자친구를 연출했다.

"아가씨는 이렇게 가냘프면서 한 군데도 빠짐없이 몽실하군요."

"그, 그그그그런 말을 하고 있을 때예요, 지금이!"

"마침 잘됐으니 그대로 매달려 있어 주세요.——흔들립니다."

후방에서 폭음이 울렸다.

메리다는 들은 대로 쿠퍼의 목덜미에 단단히 양팔을 감은 채 뒤쪽을 보았다. 거의 어둠에 갇혀 있는 공간에 폭염(爆炎)이 피고 있었다. 워울프들의 추적차량이 잇따라 격돌사고를 일으켰다. 어떤 자는 1미터 앞에 있는 막다른 곳도 못 알아보고 정면으로 돌진하고, 어떤 자는 타이어가 자재 위에 오르자마자 그 속도가 화가 되어 공중을 회전하면서 날아간다. 그것은 천장에서 추락해 유리 파편을 사방에 뿌렸다. 서로가 어디에 있는지 몰라 정체가 발생하고, 전혀 속도를 늦추지 않는 무모한 차가 동료들이 모인 쪽으로 돌진했다.

한쪽은 문이 함몰되고, 또 한쪽은 차체 전부가 엔진과 함께 파쇄되어——.

폭발.

그 폭풍을 동력으로 삼아 쿠퍼는 차를 가속시켰다. 오른쪽 페달을 꾹 밟는다. 뒷바퀴에 브레이크가 걸려 차체가 댄서같이 춤을 춘다. 메리다는 매달려 있는 팔에 한층 더 힘을 넣었다.

앞바퀴가 어떤 일점을 향한 순간, 오른발을 띄워 왼쪽 페달을 밟는다.

뒷바퀴에서 연기가 솟아올랐다. 폭발적으로 가속하여 순식간에 고가다리를 빠져나갔다. 바싹 뒤따라오는 차는 한 대도 없었다. 멋진 도주극—— 현명한 적의 지휘관은 자신의 차를 돌진시키진 않고, 다리 반대 측에서 부들부들하며 핸들을 꽉 쥐고 있었다.

"……저, 저, 저, 저 인간이 우릴 아주 등신으로 만들었구나! 전원, 차를 버려라!!"

운전수들도 아주 무사하진 않았지만, 확실히 란칸스로프라 그런지 달랐다. 반늑대에서 순수한 늑대 모습으로 변화한 다음 제각기 악착같이 차 안에서 기어 나왔다.

상처에서 피가 흘러내리든 말든 네발로 지면을 차기 시작했다.

이번에는 헤매지 않고 고가다리를 순조롭게 돌파한다. 역시나 수가 상당히 많다.

"선생님……!"

메리다의 불안해 보이는 눈빛이 날아왔다.

쿠퍼는 다시 레버를 바꾸어 최고속도를 약간 낮췄다.

"아가씨, 발밑에 있는 제 칼을 주워 주시겠습니까?"

도망치는 것 자체는 조금 전보다 편하다. 적의 발은 이미 차보다 느리니까.

숨 돌릴 틈도 없이 쿠퍼와 메리다가 다음으로 향한 곳은 바로 4번가의 홍유 플랜트다.

예상대로 사람이 없다. 상황이 좋다── 넥타르 원액을 가득 채운 거대한 탱크가 비좁게 늘어서 있다. 쿠퍼가 모는 차가 대문을 빠져나가자 3초 정도 늦게 워울프 집단이 띄엄띄엄 이어졌다.

쿠퍼는 핸들을 왼손 하나로 바꿔 잡는다.

"아가씨, 준비는 되셨습니까?"

"네!"

제자의 발랄한 대답을 들으며 칼집에서 칼을 뽑는다.

그리고 수평으로 휘둘렀다.

차가 빠져나감과 동시에, 측면에 있던 탱크에 일직선의 참선이 새겨졌다. 넥타르가 분수처럼 터져 나왔다. 지면을 침수시키는 넥타르를 워울프는 개의치 않았다.

속속 발을 들여놓는다──.

직후, 메리다는 좌석을 밟고 일어나 있었다. 이미 마나는 해방이 끝났다.

"《환도일섬── 풍아》!"

오른손 손바닥에 모인 마나를 방출, 황금색 칼날이 날아갔다. 그것은 적 집단의 정확히 중간점을 분단하고 최후미까지 단숨에 빠져나갔다. 한 마리도 스치지 않았다──.

대신 지면의 넥타르에 불이 붙었다.

불바다가 단숨에 퍼진다. 늑대들은 발이 불타는 격통에 구른 것을 끝으로, 요란하게 타는 불길에 그 전신이 집어 삼켜졌다. 몸부림치며 뒹굴고 비명을 지른다. 아무리 강철 같은 피부와 생명력을 가졌다 한들 폐부터 타버려서야 잠시도 버티지 못할 것이다.

이제 뒤쫓아 오는 자는 없고, 메리다와 쿠퍼 뒤로는 연옥의 광경이 펼쳐졌다.

"이, 이겼다……!"

어깨를 들썩이면서도 감탄을 흘리는 제자의 모습에 쿠퍼도 무심코 미소가 나왔다.

직후였다.

탱크 뒤에서 튀어나온 늑대 한 마리가 자동차 앞으로 몸을 날렸다. 앞바퀴에 돌진한 것이다. 늑대는 비명도 없이 찌부러졌지만, 그 딱딱한 피부가 타이어를 오그라뜨렸다.

차체 후부가 튀어 오른다.

메리다의 작은 몸이 허공에 뜬 직후, 쿠퍼는 그녀를 꽉 껴안고 운전석을 튀어나왔다. 아슬아슬한 차이로 차는 전복되고, 지면을 깎으면서 몇 번이나 튀었다. 부품을 사방에 뿌리면서 다이내믹하게 회전한 차는 속도를 줄이지 못하고 탱크에 격돌했다.

고막을 찢는 듯한 굉음을 배경으로, 쿠퍼와 메리다는 지면을 굴렀다.

충격에 뇌가 뒤흔들리면서도 메리다는 자신에게 전혀 대미지가 없음을 자각하고 있었다. 쿠퍼가 그녀의 뒷머리와 허리를 단단히 고정시키는 방식으로 대신 대미지를 흡수했기 때문이다. 교묘하게 몸을 회전시켜서 그는 반드시 자신의 어깨와 등이 지면에 닿게끔 했다.

그렇게 하며 세밀하게 속도를 죽이고, 이내 지면에 퍽 엎어졌다.

메리다는 그의 팔 안에서 겨우 상체를 일으킨다.

"선생님!"

손으로 만지면 알 수 있다. 쿠퍼의 늑골에 몇 군데쯤 이상이 있었다.

최고속도로 차를 몬 것이 도리어 독이 된 것이다……. 그런데도 메리다는 고작 찰과상뿐. 정말, 이 남자는 내가 얼마나 소중하길래 이러는 걸까. 이 몸과 마음을 전부 바쳐 갚아도 충분하지 않겠다는 생각이 들었다.

클랙슨이 울려 퍼졌다.

적의 추적부대가 전멸한 줄 알았는데 그렇지 않았다. 마지막으로 딱 한 대 남은 투어링 타입의 차가, 불바다를 뚫고 맹렬하게 이쪽으로 돌진해 왔다.

핸들을 잡고 있는 것은 중절모에 트렌치코트를 입은 지휘관 늑대였다.

"햐앗―――핫핫하!! 이대로 치어 죽여주마아아아아!!"

그가 주저하지 않고 액셀을 밟는 모습을 메리다도 생생하게 상상할 수 있었다.

쿠퍼가 훌쩍 몸을 일으킨다.

"선생님?!"

발걸음에 흔들림이 없다. 그는 몸을 구부려 지면에 팽개쳐져 있었던 자신의 검은 칼을 주워들었다.

"아가씨, 그 장소에서 한 발자국도 움직이지 마십시오."

숨을 쉬는 것이 약간 힘들어 보였다. 대체 어떡하려는 걸까?

그러는 동안에 자동차의 괴물 같은 헤드라이트가 눈앞에 육박했다.

　늑대 운전수가 광희를 드러냈다.

　"넌 이제 묵사발이다아아아아아———————!!"

　메리다는 엎드린 채 꼼짝도 하지 않고 눈을 부릅떴다.

　틀림없이 쿠퍼의 장신이 강철의 이빨에 물리게 된 순간———.

　희미하게 보일 정도로 빠르게, 그는 바로 옆으로 미끄러졌다.

　종잇장 차이로 타이어 바깥쪽으로 벗어난 다음 칼을 수평으로 뻗었다.

　앞바퀴부터 뒷바퀴까지를 일직선으로 가른다.

　휘두른 칼끝으로부터 휘황찬란한 강철 파편이 튀었다.

　"우왁?!"

　폭주차량은 순식간에 컨트롤이 마비됐다. 운전수는 죽어라 핸들을 돌렸다. 멀쩡한 우측의 타이어만이 맹렬하게 회전하여 차체의 좌측을 질질 끌며 급격하게 커브를 돌았다.

　어안이 벙벙한 메리다의 바깥쪽을 상당한 거리를 두고 빠져나갔다.

　그리고 뒹굴었다.

　쿠퍼는 돌아보면서 품에 왼손을 넣고, 다시 빼자마자 손가락이 번뜩였다.

　집게손가락과 가운뎃손가락 사이에서 피크가 날아갔다.

　그것은 유성처럼 자동차 기관부에 빨려 들어가 불꽃을 튀기고———.

또 한 번 폭염의 꽃을 피웠다.

"갸아아아아아아아아아악?!"

트렌치코트에 불을 감은 채 운전수가 공중으로 내던져졌다. 포물선을 그리며 엉뚱한 방향으로 추락했다. 그리고 차는 폭발음을 몇 번 뿌리다 지면에 격돌. 원형을 못 알아볼 정도로 여기저기가 찌부러졌다.

폭풍이 원환 모양으로 지나가고, 메리다의 금발이 난폭하게 휘날렸다.

"우와, 아……."

말문이 막힌다. 플랜트는 이미 소름 끼치는 광경이었다. 나중에 책임자나 종업원들이 온다면 고철 더미의 사후처리로 인해 꼬박 하루는 소모하게 될 것이다…….

깊게 생각하는 것을 멈추고 메리다는 겨우 지면에서 벌떡 일어났다.

"선생님!"

쿠퍼에게 달려간다. 무엇이 어찌 됐든 간에 그의 가슴에 뛰어들어 진심으로 경애를 전하는 한편 상처의 상태를 확인하기 위해서다. 쿠퍼도 가볍게 한쪽 팔을 벌리고 제자를 받아들이려 했다.

하지만 그 직전. 예고도 없이 지면에 인 균열이 두 사람의 중간을 갈랐다.

지면이 번쩍 들리는 것처럼 흔들린다. 메리다는 저도 모르게 헛발을 디디고, 쿠퍼조차 순간적으로 균형을 잃고 왼발로 버텼다. ──부상의 영향이 나오고 있다.

그렇다 해도 지금의 흔들림은 대체 무엇일까?

"크윽…… 크흐흐. 절대로 놓치지 않겠다……!"

메리다는 깜짝 놀라 뒤돌아보았다. 트렌치코트를 입은 지휘관 늑대가, 이미 온몸이 피투성이임에도 발을 질질 끌며 온다. 가죽과 옷자락이 눌어붙어 있다.

하지만 그 목에는 흠집 하나 없는 카메라가 수상하게 렌즈를 빛내고 있었다──.

이름을 들었다면 알아챘을 것이다.

스픽스 로저는 목구멍으로 피를 토하면서 절규했다.

"무너뜨려라, 베르세르크!!"

지면의 균열이 단숨에 방사형으로 벌어졌다. 그 광경은 금이 간 유리와 같아서, 크고 작은 곳곳의 지반이 마구잡이로 솟아오르더니 이내 완만하게 함몰하기 시작했다.

메리다와 쿠퍼는 즉각 서로를 향해 손을 뻗었다.

"선생님." "아가씨!"

그러나 늦었다. 지면이 한층 더 크게 흔들리더니 전체가 단번에 무너져 내렸다. 메리다는 필사적으로 균형을 유지하면서 눈을 부릅떴다. 새로 나타난 공간은── 지하공장이다! 어둠 속에 철골과 파이프가 여기저기 둘러쳐져 있다.

그리고, 그 지하공간 바로 아래에──.

눈동자는 이성을 잃고 구속복 차림을 한 워울프가 있었다.

양팔의 근육이 끝없이 팽창해 구속 벨트를 두 개, 세 개, 쉽사리 날려버린다.

이빨 사이로 침과 신음소리를 흘리고, 마침내 입을 묶고 있었던 벨트마저도 턱의 힘만으로 쭉 찢는다.

무엇이든지 다 삼켜버리겠다는 듯이 쩍 벌린 입에서 소름 끼치는 포효가 울려 퍼졌다.

찌이잉, 공기가 진동했다.

베르세르크가 강렬하게 지면을 차고 화살처럼 튀어나갔다. 표적은 공중의 쿠퍼다. 칼과 손톱이 격돌하여 순간적인 불꽃을 남기고 둘의 실루엣은 서로 뒤엉킨 채 날아갔다. 메리다가 뒤늦게 잔상을 좇은 순간—— 쾅음.

누구의 것일까. 몇 방울의 혈액을 허공에 남기며 바닥에 떨어졌다.

메리다는 안타까운 표정으로 흙무더기를 차며 지하공장의 바닥에 착지했다. 거의 동시에 천장 약 10미터 범위에 걸쳐 붕괴된 흙덩어리가 지면에 격돌. 맹렬한 모래 먼지를 피웠다.

"서, 선생님⋯⋯!"

도우러 가야 할까. 아니면 방해되지 않도록 몸을 숨겨야 할까.

하지만 선택지를 고르고 있을 여유도 메리다에게는 주어지지 않았다. 머리 위에서 계단 소리가 울렸다. 누군가가 지상에서 뛰어내려오고 있는 것이다.

카메라 플래시가 어둠 속에 새겨진다.

"크하하하하⋯⋯! 드디어 잡았구나아아~⋯⋯《예언의 아이》야아아!!"

메리다는 날카롭게 숨을 들이쉬고 바로 몸을 돌렸다.

카메라 플래시로부터 멀어지지만, 산발적인 섬광과 함께 목소리가 뒤쫓아 왔다.

"현명하군! 사람들의 희망이…… 크하하! 이런 지면 아래에서 도망이나 다니고 있는 꼴을 신문에 실을 수야 없지! 하지만 이미 늦었다——."

메리다가 보이지 않는 곳에 뛰어든 직후 배후를 하얀빛이 물들인다.

반대쪽에서 뛰어나가려고 했더니, 그에 앞서 카메라 플래시가 코끝을 스쳤다.

아직 내 위치를 잡지는 못했을 텐데…… 후각! 늑대의 감각으로 이쪽이 있는 곳을 감지하고 있다. 메리다는 벽에 손을 짚고, 그 반동을 이용해 적의 반대방향으로 뛰기 시작했다.

구두 소리와 카메라의 섬광은 단속적으로 어둠을 비추면서 이쪽에 접근 중이었다.

"내가 스캔들의 순간을 놓쳤다고 생각하나? 너희가 큰길을 도망 다니는 동안, 같이 있는 남자가 운전을 개판으로 하는 걸 나는 프레임에 듬뿍 담고 있었어! 그 사진에다 마을 인간 놈들의 사진을 합성해 주면 뭐가 나올 것 같아? ……『오후의 시장에 폭주차량이! 《예언의 아이》는 허니문을 만끽 중?』 이러겠지!!"

"……!"

"갸앗~~~핫핫하!! 인간놈들은 필시 실망하겠지. 솔직히 놈들은 움찔대며 우리의 눈치를 살피지만, 마음속으로는 너의 귀환을 기다리고 있거든. 『언젠가 《예언의 아이》가 나타나 무서운 늑대인간을 다 쫓아내 줄 거야.」라면서……. 멍청한 놈들!! 내일 조간으로 당장 그 희망을 박살내 주지. 크하하하하!!"

상대의 대사 중간쯤에서 메리다는 달리기를 멈추었다.

주먹을 꽉 쥔 다음…… 과감하게 발길을 돌린다.

그리고 사각(死角)에서 모습을 드러냈다.

트렌치코트가 너덜너덜해진 늑대인간이 통로 앞에 서 있었다. 스픽스 로저는 "호오." 하고 감탄한 것 같은 소리를 내고서 카메라를 일단 내린다.

메리다는 그의 짐승의 눈동자를 똑바로 노려보았다.

"……듣고 보니 당신 같네? 엘리의 사진을 합성해 거짓 기사를 만든 자가."

"알아챘나. 그거에 걸려줬으면 시간을 아낄 수 있었을 텐데."

"정보를 너희 마음대로 조작한다고 들었어. 험한 꼴을 당하기 싫으면…… 프란돌에 지금 무슨 일이 일어나고 있는지, 알고 있는 것을 몽땅 이야기해!"

메리다는 통로 옆에 대충 굴러다니고 있었던 쇠파이프를 주워 들었다.

로저를 향해 파이프 끝을 들이대자 짐승의 주둥이가 똑똑히 "푸핫." 하고 웃음을 터뜨렸다.

"야~야야야, 힘의 차이도 모르는 거냐! 우리는 야계의 일대 세력 워울프족이라고!! 어디 굴러다니는 《야생 몬스터》 따위하고는 아니마의 강도나 전술지식 같은 게 차원이 달라. ──아니면 설마 정말로 자기가 《선택받은 용자》라고 생각하는 거냐?

언젠가 때가 오면 특별한 힘에 눈을 뜨고 악을 멸하는? 걸작이
구만!!"

메리다는 아무 대꾸도 할 수 없었다. 자기 몸의 수준은 지겹도
록 통감하고 있으니까.

하지만 존경하는 스승이 싸우고 사랑하는 사촌 자매가 슬퍼하
고 있는 지금, 어떻게 자기만 도망쳐 숨을 수 있단 말인가! 메리
다는 무기라고도 부를 수 없는 파이프를 들고 자세를 잡고서 물
러나는 것도, 적의 모습으로부터 시선을 돌리는 것도 이를 악물
고 참는다.

목소리는, 전혀 예기치 않은 장소로부터 들려왔다.

"어린애라고 해도 기사―― 그 결의를 우습게 보면 쓰나."

메리다의 배후에서다. 저도 모르게 뒤돌아보니, 우아하게 걸
어오는 여성의 모습이 있었다.

묘령의 미모, 허리까지 뻗은 검은 머리칼―― 그윽함과 싱싱
함을 겸비한 존재감.

그 범상치 않은 분위기에 스픽스 로저는 눈을 부릅떴다.

"뭐라고……?!"

여성은 오른손에 두꺼운 대검을 드리우고 메리다 앞으로 걷기
시작했다.

"알메디아 아주머니……."

그녀는 한순간만 메리다에게 시선을 보내고, 루주를 바른 입
술을 요염하게 치켜세웠다.

라 모르 가문의 당주, 알메디아 여공작의 위용이 확실히 그곳

에 있었다——.

믿을 수 없다는 표정은 스픽스 로저도 마찬가지였다.

"말도 안 돼……. 디아볼로스 알메디아 라 모르……?! 살아 있었나?!"

"너의 표현을 흉내 내자면, 보통 기사라고 생각하다간 큰코다 친다 정도겠군."

오히려 메리다가 몇 번인가 만나 뵈었던 그때와 다름없는 건 강한 모습이었다.

보기에도 중후한 대검을 알메디아는 오른손 하나로 늠름하게 들이민다.

"힘의 차이를 모르겠나?"

"크으윽……!"

로저는 두 발, 세 발 뒷걸음질 치고 황급히 입에 손가락을 물었 다.

"혀, 형제여! 빨리 이 여자를 처치해!!"

직후, 통로 벽에 커다란 구멍이 뚫렸다.

쿠퍼와 사투를 벌이고 있었던 모양이다. 서로 뒤엉킨 채 바닥 을 구른 실루엣은 튕겨 나가듯이 좌우로 갈라졌다. 쿠퍼는 적의 어깨를 차며 잽싸게 물러서고, 베르세르크는 개의치 않고 몇 미 터 후방으로 구두를 미끄러뜨린다.

"알메디아 님……?!"

쿠퍼는 가볍게 피를 토하며 말했다. 부러진 뼈가 내장에 손상 을 준 모양이다.

알메디아는 그를 힐끔 본 다음 적을 사이에 두고 대각선으로 발을 미끄러뜨렸다.

"여기는 나에게 맡겨라. 저 괴물의 행동 패턴은 대강 파악했다."

"파 · 악 · 했 · 다 · 고오오~~~?!"

로저는 쏜살같이 거리를 뒀다. 적의 시선이 미치지 않는 위치로 뛰어들자마자 얼굴만 내밀고 베르세르크를 독려한다.

"힘의 차이를 모르는 건 네놈이다! 비틀어버려, 베르세르크!!"

베르세르크가 큰 입을 벌리고, 고막이 찢어질 듯한 포효가 지하공간을 흔들었다.

장화 안쪽에서 근육이 부풀어 오르고, 강렬하게 바닥을 내찼다. 그 가공할 만한 순발력에 공간이 휘는 듯했고, 전차 같은 압력이 알메디아에게 육박한다.

쿠퍼는 날카롭게 경고했다.

"파워가 심상치 않습니다!"

알메디아는 자세를 바꿨다.

"안성맞춤이야."

그녀의 온몸으로부터 디아볼로스의 마나가 쾅! 해방됐다.

《그란바니카 퓨리》……."

스킬을 선고하는 것임은 알 수 있었다. 그러나 메리다는 일찍이 본 적 없는 현상에 눈이 휘둥그레졌다.

우선 마나의 거동이 특이했다. 중력이 가시화되고 있다고 표현해야 할까. 알메디아를 중심으로 흡인되듯이 물결치고 있다.

당사자인 그녀는 눈앞에 대검을 들고 허리를 낮춘 상태에서 움직이지 않았다. 초동이 없다——이것은 요컨대 선수를 치는 공격(어썰트) 스킬이 아니라.

펜서 클래스가 특기로 하는, 카운터를 위한 방어(이지스) 스킬!

베르세르크는 상대가 어떤 상태이든지 망설임이 없었다. 맞받아치든 도망치든 막아낼 생각이든 상관없다. 그에게는 방어를 통째로 분쇄할 수 있는 파워와 도망칠 다리를 상회할 정도의 권압(拳壓) 그리고 반격조차 아랑곳하지 않는 한없는 터프함이 있기 때문이었다.

——지금까지는.

알메디아는 나타나자마자 그에게 있어 문자 그대로 전대미문의 적으로 등극했다.

베르세르크의 철권이 대상단 자세에서 내리쳐졌다. 부풀어 오르는 충격파와 금속음. 함몰되는 철제 바닥. 알메디아의 무릎마저 분쇄되었겠다는 생각에 메리다는 입을 막았다.

그 직후.

"……라아!"

짧은 기세와 함께 알메디아는 거꾸로 대검을 치켜들었다. 칼날이 빛줄기를 잡아당기고 참격음이 허공을 꿰뚫고 나갔다. 그러자 세상에, 베르세르크가 처음으로 요란하게 날아가 벌렁 구르는 것이 아닌가. 그 가죽이 마나에 눌어붙는다.

메리다는 물론이지만 가장 경악한 자는 스픽스 로저일 것이다.

"마…… 말도 안 돼!! 저게 인간의 파워라고……?!"

"인간의 파워는 아니겠죠."

쿠퍼만은 자신이 설 데를 살피면서 이미 이면을 알아채고 있었다.

베르세르크조차 순간 살의가 흔들린 것처럼 보였다. 그 망설임을 다시 목청을 찢는 듯한 포효로 감춘다. 네 손발을 이용해 벌떡 일어나, 과감하게 덤벼들었다.

땅끝까지 날려버릴 것 같은 위력의 묵직한 래리어트.

그것을 알메디아는 일말의 동요도 없이 검의 배로 받아냈고, 그 직후 앞으로 파고들었다. 대검이 매끄럽게 번쩍 들리고, 초승달 같은 빛줄기와 함께 베르세르크는 날아갔다.

짐승은 산더미 같은 자재에 머리부터 처박히고, 요란한 충격음에 이어서 철골이 쏟아졌다.

자욱하게 부풀어 오르는 모래먼지가 싫어서 알메디아는 빈 왼손으로 입가를 털었다.

"꼭 멧돼지 같군."

알아챌 자는 벌써 알아챘다.

알메디아의 이지스 스킬은 디아볼로스가 아니고선 불가능한 강화판──반격(카운터) 스킬이라는 것을. 디아볼로스의 능력으로 적의 공격의 위력을 남김없이 《흡수》하고 나아가 자기 자신의 공격력을 상승시켜 갚아주고 있다.

베르세르크의 철벽같은 방어력이 바로 자기 자신의 절대적인 파워로 돌파당하는 셈이다.

이성적인 전사라면 자신의 부주의함을 즉각 깨달을 것이다.

그러나 광란의 베르세르크에게는 《생각한다》라는 선택지가 없었다. 필요가 없었다, 라고 해야 할지도⋯⋯. 아무튼 철골의 산에서 기어 나온 베르세르크는 바닥을 손톱으로 세게 긁어 돌격 의사가 여전함을 보였다. 한쪽 다리가 깔려 있어서 뽑는 데 몇 초 시간이 걸렸다.

그 짐승이나 다름없는 모습을 내려다보고 알메디아의 눈동자가 연민의 정을 품었다.

"오래 끌 이유도 없다⋯⋯. 이미 충분히 《받았어》."

이번엔 이쪽 차례라는 듯이 대검을 수평으로 들고 자세를 취한다.

메리다는 물론이고 쿠퍼조차 전율을 느낄 정도의 압력이 그 도신에 축적되어 있었다. 이것이 적의 힘을 탈취하는 디아볼로스 클래스의 무서움⋯⋯! 억누를 수 없을 정도로 엄청난 투기에 두꺼운 대검이 삐걱거리고 주위의 공기가 찌르르 떨린다.

베르세르크가 겨우 철골을 떨쳐버리고 바닥을 찼다.

최적의 타이밍을 가늠하기조차 쉽다.

"《실비우스 그리바》!!"

이번에야말로 필살의 어썰트 스킬을 날린다. 칼날의 궤적이 동그란 호를 그리고, 베르세르크의 턱을 매끄럽게 포착한다. 그대로 안면을 세로로 베어 올렸다. 예상대로 울려 퍼지는 절규.

대검은 상식 밖의 스피드로 되돌아가 빈틈투성이인 동체를 난도질했다. 오른쪽 어깨를 노려 대각선으로 베더니 칼끝을 용수철처럼 되돌려 춤추는 듯한 스텝과 함께 삼연격. 베르세르크의 의식이 왼쪽으로 치우친 순간 오른쪽 옆구리에 파고든 칼날은 왼쪽 어깨까지를 쓸어 넘겼다.

그러나 그것을 끝으로 《흡수》한 공격력은 소진되었다.

"내가 좀 흥분했나 보군."

알메디아는 마지막 찌르기를 가슴팍에 밀어 넣어 베르세르크의 거대한 몸을 밀어뜨렸다.

그 배후에서 미끄러지듯이 다가오는 암살자의 그림자.

"나머지는 맡겨주십시오——."

쿠퍼는 강렬하게 파고들어 우선 급소 찌르기를 먹였다.

하반신으로부터의 충격이 골반에 쌓이고 온몸을 도는 기력이 팔꿈치에 집중되어 작렬.

베르세르크의 등줄기가 파도처럼 휘었다. 내장이 파열되고 짐승의 아가리에서 피가 솟구쳤다.

"사무라이에게는 사무라이의——."

쉴 틈 없이 일곱 군데의 비공을 때린다.

"전투방식이 있습니다!!"

마지막으로 좌우의 장타를 동시에 박아 넣었다.

그 위력은 강철 같은 근육을 돌파해 뼈를 산산이 부서뜨렸다. 내장 또한 미세하게 손상됐다. 대미지가 허용량을 넘은 것이리라. 베르세르크의 거구가 단말마의 비명도 없이 기우뚱 흔들린다.

앞으로 지면에 엎어지고 그 엄청난 중량에 모래먼지가 맹렬히 날아올랐다.

숨통을 끊었다──.

쿠퍼는 꼼꼼하게 그 가슴에 손바닥을 대고 분명히 숨소리가 멈춰 있는 것을 확인했다. 이것으로 최대의 강적을 포함해 워울프의 실행부대는 전멸했다…….

아니, 마지막 한 명. 눈감아줘서는 안 되는 자가 남아 있었다.

그 장본인은 등을 구부리고 사각지대에 숨은 채 몰래 뒷걸음질 치고 있었다.

"어떻게 된 일이지……? 기사 공작 가문의 힘이 이 정도일 줄이야……. 빌어먹을! 이, 이렇게 되면 광장의 마녀재판은 저 여자가 한 일로 해서──."

"잠깐만? 나 좀 볼까."

트렌치코트의 등을 길쭉한 무언가가 툭툭 찔렀다.

로저가 뒤돌아보자마자 손에 든 카메라가 얻어맞아 떨어졌다. 카메라는 쇠로 된 바닥 위에서 무참하게 부서졌고, 필름은 사방으로 흩어졌다.

"으아아아아아아아아악?! 무, 무슨 짓이냐, 내 재산을……!!"

카메라를 떨어뜨린 것은 물론, 눈을 번뜩이고 있었던 메리다다. 내려친 쇠파이프에는 황금색 마나가 감정을 품고 활활 솟구치고 있었다.

다시 한번 힘껏 머리 위로 높이 쳐든다.

"엘리와 나를 모욕한 벌이야!"

로저의 허리를 때리고── "으히이익?!" 하고 그가 몸을 젖힌 직후에 숨골을 후려친다.

그것으로 싱겁게 졸도한 그는 코부터 바닥에 철푸덕 쓰러졌다. "아, 통쾌해." 메리다는 쇠파이프를 내팽개치고 두 손바닥을 팡팡 털었다.

경쾌한 박수 소리가 울렸다.

"훌륭한 검술이다! 엔젤의 딸아."

"알메디아 아주머니, 어째서 이런 곳에……?"

메리다는 그녀에게, 친구 뮬의 모친에게 후다닥 달려간다.

알메디아는 아주 무거워 보이는 대검을 손가락으로 가볍게 돌리다 칼집에 집어넣었다.

"너희를 찾아낼 수 있어서 천만다행이구나. 5번가에서 뭔가 소동이 일어나서 말이지, 혹시나 해서 상황을 살피러 와보니 아니나 다를까."

"알메디아 님은 어쩐 일로 오하라에?"

쿠퍼도 애도를 칼집에 넣고 나서 입가의 피를 닦는다.

"신문에서는 킹스 회의 날부터 행방불명이라고 했습니다만……."

"그건 불찰이었어. 하지만 이제 신문의 내용 따위 신용하지 마라."

알메디아는 무척 불쾌한 듯이 고개를 젓는다.

"프란돌은 병에 걸리고 말았어……. 더구나 좋지 않게도 지금은 아직 대부분의 사람이 그 증상을 알아채지 못하고 있지. 이대로라면 때를 놓치게 될 거다."

"어떤……?"

쿠퍼와 메리다가 얼굴을 마주 보고 눈살을 찌푸린 직후의 일이었다.

주위가 갑자기 어두워졌다.

아니, 지하공간이니 어두운 것은 당연했다. 하지만, 오히려 그렇기에 그 《이상》을 즉시 알아챌 수 있었다.

천장에 난 구멍으로 새어 들어오는 《지상의 빛》이 사라진 것이다.

알메디아는 심각한 표정으로 머리 위를 노려보았다.

"시작되고 말았군……!"

여공작은 박력 있게 몸을 돌려 계단으로. 쿠퍼와 메리다도 발 빠르게 그녀의 뒤를 쫓았다.

지하공장에서 기어 나와 오하라의 시가지를 둘러볼 수 있는 위치에 서고서야 깨닫는다.

《하늘》이 어둡다――.

공장도시 오하라는 넥타르를 정제하기 위한 곳이다. 여기서 정제된 넥타르는 매일 상층으로 빨려 올라가, 프란돌 25캠벨의 가로등에 휘황찬란한 빛을 공급한다.

태양을 연상케 하는 그 빛이, 사라져 있었다.

랜턴 모양의 용기에 싸인 캠벨이 유령도시인 양 어둠 속에 빠져 있다…….

"어, 어째서? 아직 낮인데……!"

메리다가 신음하지만 설령 한밤중일지라도 모든 캠벨의 빛이 이 정도로 완전히 어두워져 있는 일은 있을 수 없다. 왜냐하면 넥타르는 단순한 광원이 아니라 《태양의 방패》이기 때문이다. 생물을 란칸스로프라는 괴물로 바꾸는, 밤의 어둠의 위협으로부터 인류를 지켜주는 방패.

"《무혈주의자》 놈들의 지시야."

알메디아가 증오를 담아서 가르쳐주었다. 메리다와 쿠퍼는 그녀를 돌아본다.

"앞으로는 넥타르의 공급량을 대폭 줄여 가로등 점등시간을 서서히 줄여나간다고 하더구나. 언젠가는 아침부터 밤까지 항상 밤의 어둠에 뒤덮이게 되겠지."

"그, 그런 짓을 하면 내성이 낮은 사람부터 순서대로 독에 감염되어 끝내는 모두 란칸스로프가 되고 말 거예요!"

"바로 그것이 놈들의 목적이다."

메리다는 결국 말문이 막혔다. 쿠퍼의 미간에도 깊은 주름이 생겼다.

알메디아는 말로 말뚝을 박는 것처럼 한 마디 한 마디에 감정을 담았다.

"막무가내로 공격하면 저항에 부딪힌다. 전쟁을 하면 희생이 나오지. 그런데 만약 적을 《죽을 때까지 사육하는》 것이 가능하다면……? 놈들은 우선 이 도시에서 이빨을 뽑고, 이어서 만반의 준비를 하여 태양의 보호를 빼앗았다. 그러면 인간들은 어쩔 도리 없이 서서히 란칸스로프로 모습이 바뀌고, 프란돌은 야계의 일부가 된다는 계획이지."

"세상에……?!"

"알았나, 절대로 착각하면 안 돼."

여공작은 암색 매니큐어를 칠한 집게손가락을 눈앞에 홱 치켜들었다.

"《무혈주의자》란 평화주의자가 아니다. 피를 흘리지 않고 프란돌을 손에 넣고자 하는 세력이야."

급기야 대답할 말도 잃은 메리다와 쿠퍼는, 망령 같은 어둠 속에 빠진 샹들리에를 올려다볼 뿐이었다.

무서운 음모가 암운이 되어 프란돌 상공에 소용돌이친다──.

다만 그 안에 있는 단 한 점.

왕작이 있는 성왕구만이 지금도 휘황찬란한 빛을 발하며 천정의 별과 같이 불길한 미래를 암시하고 있는 것 같았다.

LESSON: V ～티스푼 하나짜리 희망～

불빛의 공급량이 제한되는 것은, 잠복하는 측에 있어서는 좋은 조건이기도 했다. 적어도 거리에서 지나치는 통행인들에게 수상쩍게 보일 염려는 없기 때문이다.

근래 최중요 인물로서 신문을 떠들썩하게 하는 얼굴이 늘어서 있다고 해도 말이다.

특히 메리다는 일련의 도주극 중 모자를 어딘가에 떨어뜨린 상태였다. 그녀의 눈부신 금발을 독차지하는 것처럼 쿠퍼는 배후에서 제자의 어깨를 끌어당겨 걷는다.

조금 걷기 힘든 줄도 모르고, 메리다는 천천히 쿠퍼의 가슴 위치에서 그를 올려다보았다.

"……선생님, 다치신 데는 어때요?"

쿠퍼는 뒤에서 키스하듯이 얼굴을 가까이 댄다.

"때를 봐서 《재생》시키겠습니다. 걱정하지 마십시오."

단둘이라면 또 모를까 지금 상황에서 선불리 뱀파이어의 힘을 사용할 수도 없었다.

귓속말이 필요할 정도로 가까이에 라 모르 가문 당주님의 뒷모습이 있다.

망설임 없는 발걸음으로 그녀가 앞장선 곳에는——.

오하라에서도 유달리 진한 증기가 감돌고, 《하얀 모래》에 완전히 묻힌 작은 마을이 있었다. 지붕 위에 몇 센티가량 하얀 층이 쌓여 있다. 걸을 때마다 구두 바닥에 섬세한 감촉을 느꼈다. 모래가 빛을 반사하고 있는 것일까. 은은하니 밝다.

이미 일행은 길눈이 어두워진 상태. 메리다가 떨리는 목소리로 물었다.

"아주머니, 이곳은……?"

"오하라 환상의 《0번가》다. 위치적으로는 1번가 바깥쪽에 있지."

메리다는 멍하니 가정교사를 쳐다보았다. 《0》이 붙은 거리의 존재는 들은 적 없었다.

알메디아는 유유히 발밑의 모래를 퍼서 손가락 사이로 술술 흘렸다.

"이 하얀 모래는 넥타르를 정제하는 과정에서 떼어내는 《여분》이란다. 하지만 《하얗고 예쁘다》는 것 말고 이용가치가 없는 데다가 대량으로 배출되는 거라서 말이지. 이 0번가는 본디 단순한 모래 집적장이었어. ——그런데 거기에 정착하는 자들이 나타났다."

"대체 어떤 분들이……?"

"《옛》 귀족이다."

알메디아는 다시 걷기 시작했다. 마을 안쪽으로—— 쿠퍼와 메리다는 따라갈 수밖에 없었다.

카디널스 학교구를 떠난 이래 메리다는 지금껏 아는 바가 없었던 프란돌의 뒷세계를 몇 번이나 엿볼 수 있었다. 분명 이 마을도 그 하나이리라.

"귀족에게는 마나라는 특별한 힘이 있고, 신분적으로 우대받는 대신에 란칸스로프와 싸울 책임이 있지. ——그것을 내키지 않아 하는 자도 있다는 얘기다. 『나는 평범한 국민으로 살고 싶지, 괴물과 목숨을 주고받을 생각은 전혀 없다』라는 거지."

"그럼 여기는……."

"그래. 《싸울 책임을 포기하는 대신 귀족의 신분을 반납한 자들》의 마을. ……하지만 편견의 눈은 어디에나 있어서 말이다. 오하라 역시 예외는 아니라……. 결과적으로 이곳 사람들은 외부와 간섭하는 일도, 마을 사람끼리 교류하는 일도 지금에 와서는 최대한 삼가게 됐어."

——지도에조차 존재가 기록되지 않은 것이 그 증거.

"몸을 숨기기에는 안성맞춤이지." 라고 여공작은 말했다.

쿠퍼는 좌우를 둘러보았다. 확실히 사람의 왕래가 극단적으로 적었다. 여기저기에서 기척이 느껴지긴 하지만, 마을 사람들은 모두 집 안에서 몰래 숨어 사는 듯한 인상이 든다.

생령의 마을——이라고 하면 실례겠지만.

적어도 지명 수배자를 신고할 것 같은 기풍은 아닌 것처럼 느껴졌다.

"마을 외곽에 내 증조할머님의 대부터 물려받은 별장이 있다."

알메디아의 발걸음에는 망설임이 없었다. 모래 위를 걷는 데에도 익숙한 모습이다.

메리다는 발이 빠지지 않도록 약간 고생하고 있다.

"라 모르 가문의 별장인가요?"

"음. 주기적으로 연구장소를 여기저기 옮기도록 하고 있어. 여기는 하층 거주구에서 쓰는 거점이지——. 높은 장소에선 보이지 않는 것이 발견되기도 하거든."

아무렇지도 않은 어조로 알메디아는 덧붙였다.

"딸도 가끔 데리고 와. 그 녀석은 북새통처럼 붐비는 도시를 싫어하니까."

메리다는 얼굴을 번쩍 들었다.

"미우……! 저기, 미우는 지금 무사한가요?!"

"……도착하고 나서 말하려 했는데, 뭐 상관없나. 차근차근 이야기해 주마."

알메디아는 티 안 나게 시선을 주변으로 돌렸다. 쿠퍼도 끊임없이 경계하고 있지만, 자신들에게 특단의 주의를 보내고 있는 자는 보이는 범위에는 없다.

그렇기는커녕 이야기하는 소리가 닿을 만한 거리에조차 누구의 모습도 없지만.

"먼저, 걱정하고 있을 것부터. 네 사촌 자매와 《일대후작(캐리어 마키스)》은 무사하다."

메리다의 어깨가 깜짝 튄 것을 쿠퍼는 손바닥으로 감지했다.

"너희와 행동을 따로 하게 된 후, 두 사람은 무사히 셀레스트텔레스 개선문 지구까지 도착해 지금은 기병단 본진에서 보호 받고 있어. 도시를 떠날 때 성도 친위대의 호위에 부상자가 나왔던 것 같더군? 하지만 그 뒤로는 무탈했던 모양이다."

"다행이다…………."

거의 확신하고 있었던 부분이긴 하지만, 메리다는 한숨 놓으며 가슴에 손바닥을 댔다.

하지만 그녀에게는 아직 한두 가지 마음에 걸리는 게 있었다.

"저어, 성도 친위대의 글레나 씨에 대해선 모르시나요?"

"……아니, 공교롭게도 호위는 《두 명》이었다고 해. 하지만 카디널스 학교구에서 죽은 사람이 나왔다는 이야기도, 인질로 잡혔다는 이야기도 듣지 못했어. 그리 비관하지 마라."

"그러면…… 아, 아버지는……?"

알메디아는 걷는 페이스를 살짝 늦추고 어깨너머로 돌아보았다.

"무사하다."

메리다가 마른침을 꿀꺽 삼키는 것을 쿠퍼는 알 수 있었다.

킹스 회의 기사(記事)는 어디까지가 진실이었던 것일까, 여공작은 얼굴을 앞으로 되돌린다.

"그 녀석은 지금 개선문 지구에서 기병단 전군을 이끌고 있어. 반격의 날을 대비해 착착 준비하고 있다. 그렇기에 나는 《위》를 그 녀석에게 맡기고 하계에 내려온 거야."

겨우 찾아온, 정보를 얻을 기회다. 쿠퍼도 무의식중에 빠르게 물었다.

"《위》…… 성왕구의 현재 상황은?"

"알고 있는 것은 적다."

차분한 음성으로 여공작은 대답한다.

"이미 세르주와 워울프족에 의해 완전히 지배당하고 있다는 것 말고는 말이지. 내부 쪽에서 설득할 수 있는 자는 남아 있지 않을 거야……. 세르주의 여동생조차 임페리얼 호텔 최상층에 감금당하고 만 모양이니까."

"사라……."

"그리고── 내 딸 말인데."

어째선지 거기서 알메디아는 머뭇거렸다.

"……행방을 모르겠어."

"네?!"

"킹스 회의 다음 날부터 소식이 뚝 끊어졌다. 살라샤와 함께 감금당한 상황도 아니야. 왜냐면 《무혈주의자》 놈들도 딸의 행방을 찾고 있는 모양이라──. 다시 말해 적도 파악하지 못하고 있다는 얘기다. 그렇다고 해서 개선문 지구에 있는 것도 물론 아니고……."

"……말씀드리기 어려운 부분입니다만."

쿠퍼가 끼어들었다.

제자를 힐끔 내려다본다. 다름 아닌 메리다가 획득한 정보다.

"알메디아 님께는 이전에 보고드렸죠? 뮬 님은 세르주 님이 주도하는 《혁신파》라는 회합에 참가하고 있었습니다. 그쪽에 의탁하고 있을 가능성은?"

샤프한 턱에 손가락을 대고 신중하게 말을 고른다.

"……본인들의 증언과 모은 정보로 추측건대 살라샤 님 쪽은 『오빠가 하는 일이니까』라는 이유로 미심쩍게 생각하면서도 혁신파에 참가하고 있었던 것 같습니다. 세르주 님의 목적은 확실하진 않습니다만, 만약 뮬 님의 동기가 오랜 친구인 살라샤 님이었을 경우——."

"그건 내 지시였다."

대수롭지 않다는 투의 대답에 쿠퍼는 그답지 않게 어리둥절하며 목소리를 잃어버린다.

메리다도 휘둥그레진 눈으로 놀람을 드러내고 있었다.

"그게 무슨 말씀입니까?"

"말 그대로, 뮬이 혁신파에 참가했던 까닭은 내가 부탁했기 때문이다. ——몇 년 전부터 세르주가 주변 귀족들을 속이고 어떤 일을 꾸미기 시작한 것을 감지했는데, 나는 놈이 경계하고 있어서 정탐하기 곤란했어. 고로 딸을 잠입시킨 거다……. 세르주의 동향을 보고시키기 위한 스파이로서 말이지."

거기까지 단숨에 고백하고서 약간 목소리 톤을 낮춘다.

"뮬 본인에게는 확실히 살라샤를 걱정해 함께 행동하려는 의사가 있었어. 나는 그것을 이용한 셈이지. ——엔젤의 딸아. 혁신파의 음모에 말려들어 여러 가지로 고생이 많았다고 들었다만……. 부디 딸들을 나쁘게 생각하지 말아다오."

"아, 아니요, 저는 그렇게 생각 안 해요……."

메리다는 몹시 당황하여 두 손바닥을 파닥파닥 흔들었다.

몇 가지 수수께끼가 풀리긴 했지만 쿠퍼의 사색은 깊어질 뿐이다.

"……세르주 님은 무엇을 위해서 혁신파 같은 사상을 퍼뜨린 걸까요?"

"《이때를 위해》였던 걸지도 모르지."

몇 년 전부터 조사하고 있었다는 알메디아로서는 진작부터 예상했던 일인 모양이다.

"놈이 혁신파라는 묘한 기풍을 가지고 온 덕분에 귀족사회의 결속은 느슨해졌고, 지금에 이르러서는 실지로 결렬되려 하고 있어. ……워울프 놈들이 기도한 바대로 말이지. 놈들에게 대항하기 위해서는 단순히 전력을 갖추는 것만으로는 부족해. 기병단의 사기를 통일할 필요가 있다."

"전사들의 사기를……."

"자, 도착했다."

말과 함께 알메디아는 대문을 열었다. 마을의 가장 안쪽에 5층의 길쭉한 저택이 세워져 있었다.

알메디아는 그 입구에서 정원수 가지를 구부리기도 하고, 올빼미 조각의 날개를 올리고 내리고 하는 등 몇 가지 수순을 밟고 나서야 현관으로 발을 옮겼다.

"침입을 막는 장치가 몇 중으로 있거든."

참으로 마녀 같은 관록을 자아내며 알메디아가 말했다.

"한동안 마음 쉴 틈도 없었을 테지? 잠시 기력을 보양하도록 해."

"후아암……."

딸랑딸랑, 현관의 벨이 울린다. 메리다는 저도 모르게 입을 크게 벌리고 말았다.

1층이 좁고 세로로 길다──. 내장은 예스럽지만 메리다는 일주일 전까지 살고 있었던 오하라 2번가의 은신처를 떠올렸다.

동시에 사랑하는 사람의 곁에서 몽상했던, 짧디짧은《신혼생활》도…….

"가만 보니 너희, 전쟁티에서 막 돌아온 것 같구나! 몰골이 말이 아니야."

등불을 켜고 나서 알메디아는 두 사람의 모습을 위에서부터 아래까지 바라보았다.

쿠퍼와 메리다도 다시금 서로를 보았다. 듣고 보니, 워울프족과의 자동차 추격전부터 지하공장에서의 결투를 거치고 옷이 곤죽이 되어 있었다. 쿠퍼의 경우는 재킷 옷깃에 각혈한 자국까지 물들어 있다.

"일단 욕탕부터 들어가거라."

그러면서 알메디아는 메리다의 등을 계단으로 떠밀었다. 손길이 약간 강압적이다.

"옷도 세탁해주지. 둘 다 짐에서 옷을 꺼내두도록."

"하, 하지만 그러면 목욕 후에 입을 옷이……."

"딸 옷을 빌리면 된다. 너한테 빌려주는 거라면 딸도 뭐라 하지 않겠지."

쿠퍼는 간신히 회수해 온 트렁크를 테이블 위에 놓았다. 이쪽도 도피행을 함께한 탓에 자잘한 흠집과 얼룩이 눈에 띈다.

알메디아가 1층 찬장 앞을 왕복하며 정신 사납게 뇌까렸다.

"으음, 새 타월이 어디 있었더라……."

"나중에 욕실로 갖다 드릴 테니 아가씨는 먼저 피로를 풀고 오십시오."

쿠퍼가 거들자, 메리다는 조금 미안해하면서도 고개를 끄덕였다.

그녀가 후다닥 계단을 올라가는 것을 바라보고서 쿠퍼는 재킷을 벗었다.

시선을 돌리니 알메디아가 신중한 눈초리로 이쪽을 쳐다보고 있었다.

"차라도 마시겠나?"

"부탁드립니다."

그녀가 굳이 메리다를 떼어놓은 이유를 쿠퍼는 알았다.

추측건대 메리다에게는 들려주고 싶지 않은 《어른의 이야기》가 있어서이리라.

위층으로부터 샤워 소리가 울려오는 가운데 김이 나는 컵을 앞에 두고 여공작은 말을 꺼냈다.

"아까도 말했지만 지금 기병단은 의견이 갈려 있어."

아무래도 상황이 평탄하지 않은 것 같다. 쿠퍼는 테이블에 몸을 내밀고 자신의 컵으로 뜨거운 홍차를 한 모금 마신다.

재킷을 벗고 셔츠 차림이 되자 핏자국은 이제 보이지 않는다.

쿠퍼는 쿠퍼대로 겨우 찾아온 휴식시간에 한숨 돌린 참이다.

그러나 알메디아의 표정은 여전히 심각했다.

"만약 내가 찾아내지 못했다면 너희는 앞으로 어떡할 셈이었지?"

"정세가 가라앉을 때까지 몸을 숨기고 있을까 했습니다."

"찬동하기 어려운 의견이군──."

쿠퍼는 눈살을 찌푸렸다. 알메디아는 복잡한 표정으로 고개를 젓는다.

"기병단에는 《예언의 아이》에게 기대하는 목소리도 많아."

쿠퍼는 움찔했다.

돌이켜보면 약 보름 전, 미래의 사건을 기록한 예언서에 《세르주 왕작의 혁명을 쳐부수는 자》로서 메리다의 이름이 올라가 있었던 일이 이 도피행의 결정적인 계기가 됐다. 쿠퍼 자신은 그 예언을 중요시하진 않았지만…….

"개선문 지구에서는 지금 페르구스가 세르주 타도를 위해서 결전의 준비를 갖추고 있어. 하지만 《왕작에게 반기를 든다》라는 행동에 스스로를 납득시키지 못하는 자도 많아. ──소집에 응하지 않는 부대도 있지. 더군다나 워울프족에게 가담하는 기사까지 나타나는 형편이야."

그 점에 관해서는 쿠퍼도 씁쓸한 기분이다. 불과 몇 시간 전, 광장에서 행해지고 있었던 불합리한 마녀재판의 광경이 생생하게 뇌리에 되살아난다.

"모든 기사의 길잡이가 될 《정의의 기치》가 요구되고 있다."

그리고 여공작은 이야기한다. 그 필두 후보가 《예언의 아이》 메리다 엔젤이라고.

쿠퍼로서는 난센스라고 말해주고 싶은 심정이다.

"아가씨는 아직 열네 살입니다만?"

"곧 3학년이야."

여공작은 지체 없이 되받아쳤다. 기이하게도 그 내용이 사사건건 본인이 주장하고 있는 것이었기 때문에 쿠퍼는 순간적으로 말문이 막히고 말았다.

알메디아는 말을 거듭하면서도 역시 어딘가 씁쓸한 모양이다.

"곧 란칸스로프와의 실전수업도 시작할 법한 시기일 테지. ……무엇보다 그 아이를 계속 숨겨두면, 그게 오히려 그 아이 자신을 더욱 괴롭히는 일이 될 수도 있어."

"그게 무슨 말씀입니까?"

알메디아는 말로 하는 게 껄끄러운 듯했다.

"말했잖아, 엘리제 엔젤은 이미 기병단 아래에 있다고. 너희가 행방을 감추고 나서부터 기사들 사이에는 이런 풍조가 퍼지고 있어——『만약 《예언의 아이》가 실패할 경우, 그 사촌 자매가 예비가 되는 건 아닐까?』라는 미신이."

쿠퍼는 몹시 망연자실하여 의자 등받이에 체중을 맡겼다.

"……불경하게 무슨!"

"그만큼 다들 여유가 없다는 뜻이야."

알메디아 입장에서는 누구도 비난할 마음은 들지 않는다는 태도였다.

애당초 전력만 온전했다면 아직 학생인 그녀들을 의지하지 않더라도 끝나는 이야기다. 쿠퍼는 어떤 종류의 결의를 굳히고 다시 한번 테이블로 몸을 내민다.

"……기병단의 상황에 관해 긴히 알메디아 님에게 여쭙고 싶은 일이."

"백야 기병단 말이냐?"

쿠퍼는 심장을 움켜잡힌 기분이었다. 단정한 표정이 아무래도 흔들린다.

"제 소속을…… 알고 계셨습니까."

"걱정 마라, 내 가슴속에만 간직하고 있으니까. 세르주도 눈치챈 것 같지만? 왜 백야의 암살자가 엔젤의 딸을 섬기고 있는지는 내가 참견할 수 없는 부분이야. ……페르구스가 어디까지 알고, 무엇을 생각하고 있는 건지는 모른다만."

쿠퍼는 천천히 숨을 고르고 나서 다시 이야기를 시작했다.

"……백야 기병단은 킹스 회의 며칠 전부터 《여명 희병단 잔당 토벌》이라는 임무로 프란돌을 비우게 됐습니다. 그것이 다름 아닌 세르주 님의 칙명이었다는 사실에 저는 위화감이 듭니다만——."

"틀림없이 덫이겠지."

알메디아는 즉답해서 쿠퍼의 예상을 명확히 뒷받침했다.

"자신의 혁명을 상정하고 사전에 성가신 패거리를 내쫓아 둔 거다. 아무리 기다려도 백야의 대원들이 무사히 돌아온다는 보증은 할 수 없어——. 아니, 이미 《전멸했다》고 여겨야 할 것이야. 기대해서는 아니 돼."

"…………."

"하지만."

그렇게 운을 떼고 알메디아는 이 일련의 의논에서 가장 말끝에 힘을 주며 말했다.

"네가 남은 것은 세르주의 오산이었을지도 몰라."

"그 말씀은?"

"세르주는 암살만을 두려워하고 있다. 등화 기병단이나 성도 친위대도 그것은 불가능한 일이지. 암살의 전문가인 백야의 기사는 대부분이 사라져버렸지만, 딱 한 명 이곳에 남아 있지 않은가. ──알겠나, 암살교사여."

몸을 쭉 내밀고 박진감 있는 표정으로 여공작은 고한다.

"주인의 무거운 짐이 염려된다면 네가 세르주를 치는 거다. 그래, 라 모르 기사 공작 가문의 당주가 명하노라. 유일하게 남은 백야의 기사로서 저 무도한 왕을 죽여 프란돌을 해방하라……! 놈이 《벗》이라고 부른 너밖에 할 수 없는 일이야."

"…………."

쿠퍼는 시선을 내리고 테이블 위에서 깍지를 낀 손을 보았다.

지금까지 기억하지 못할 정도로 많은 피를 뒤집어쓰고, 원한을 새겨온 손이다──.

이런 감상을 품게 되는 날을, 과거의 자신은 상상이나 할 수 있었을까?

"세르주 님은 딱히 좋아하지 않습니다."

손을 쥐고 조용히 눈을 감는다.

"그렇지만 미워하는 것도 아니었습니다."

위층에서 예고도 없이 소녀의 목소리가 들려왔다.

『서, 선생님~ 최소한 타월은 가져다 주세요오오~~…….』

"아아, 이런……!"

황급히 의자에서 일어난다. 완전히 이야기에 열중하고 있었는데 어느샌가 샤워 소리가 들리지 않게 된 것이 아닌가. 몸을 닦을 게 없는 메리다가 난감해하는 중이고.

쿠퍼는 저택의 주인에게서 허둥지둥 타월을 빌려 급경사인 계단으로.

"뮬의 방은 4층이다."

알메디아는 벌써 우아하게 홍차를 마시는 자세로 돌아와 있었다. 그녀에게 감사의 말을 전하면서 쿠퍼는 막 목욕을 마친 메리다가 기다리는 2층으로 향했다.

† † †

주인이 비운 방에 함부로 발을 들여놓는 행위는 아무래도 부담스럽다.

메리다에게는 그것이 동경하는 여자이며—— 쿠퍼에게는 무슨 일이 있을 때마다 미인계로 낚으려 하는 요염한 미소녀의 방이라면 더욱 그렇다.

저택의 4층. 문에 매달린 플레이트에는 《귀여운 딸》을 의미하는 문구가.

"시…… 실례하겠습니다~…….''

아무도 없다는 사실은 알고 있지만 메리다는 무의식중에 양해를 구하면서 문을 연다.

——왠지 모르게 흑마술 도구 같은 것으로 점령된 광경을 상상했다.

물론 그런 일은 없고, 상식적인 그 나이 또래의 여자아이다운 방이었다. 저택 자체의 구조가 오래된 것을 살려서 고풍스러운 물건을 장식하고 전통적인 염색물을 바닥에 깐 점이 코디네이트 포인트일까. ——물론 그런 것은 여공작의 취향일지도 모르지만.

침대가 있고 벽장이 있다. ……어디에도 창문이 없는 것은 책의 보존환경을 고려해서일지도 모른다. 저택 전체에 할 수 있는 말이지만 어둑어둑하고 갑갑한 감이 있다.

그렇지만 지금은 딱 좋다. 속옷에 배스타월 한 장인 주인님을 계속 그렇게 둘 수는 없는 노릇이니까. 결코 넓다고는 할 수 없는 실내에 둘 다 들어와, 쿠퍼는 곧장 운반해온 트렁크를 바닥에 놓았다.

자물쇠를 풀고 뚜껑을 연다.

"좋은 기회이므로 후의를 받아들이지요. 당장 입을 옷 말고는 전부 세탁해 놓겠습니다.''

"네, 네에. 으음, 어느 걸 빌리면 좋을까…….''

메리다는 메리다대로, 마음속으로 친구에게 물으면서 벽장문을 당긴다.

이채로운 매력을 발산하는 이국적인 의복이 다수 눈에 들어왔다.

메리다의 방의 가련하고 소녀틱한 벽장과는 분위기가 전혀 다르다! 메리다는 저도 모르게 눈을 번뜩이며 벽장의 끝에서 끝까지를 흥미롭게 돌아보았다.

"우와아, 굉장하다……. 하긴, 미우는 무슨 옷이든 척척 소화하니까!"

"아가씨에게는 아가씨의 개성이 있습니다."

"서, 선생님은 그리 말하지만, 이 정도면 주눅이 들어요. 뭘 입으면 어울릴까………… 응?"

요리조리 꼼꼼히 보면서 옷걸이를 뺐다 넣었다 하던 메리다는, 갑자기 묘한 옷을 발견했다.

……아니, 《옷》이라고 봐도 되는 걸까? '실수로 여기에 두었다'라고 하는 편이 그나마 설득력 있어 보이는데. 하지만 그 옷깃에 이런 메모가 끼어 있었다.

『쿠퍼 님에게 사용한다』

갑자기 흥미가 동하여 벽장에 들어가는 메리다.

접혀 있어서 의외로 두껍다. 어둠 속에서 살그머니 그 메모를 열어본다.

"……!!"

곧바로 얼굴이 새빨갛게 끓어오르기 시작했다. 저도 모르게 배후를 신경 쓰지만, 사랑하는 사람은 아직 트렁크의 내용물과 한창 상담하는 중이다. 메리다의 시선이 조급하게 메모 위아래를 왕복했다.

——미우도 참, 무슨 생각을 하는 거람!

상스럽다고 메리다의 정숙한 마음이 주장하긴 했으나 동시에 상상하고 만다…… 뮬이 이 옷을 입고 메모에 쓰여 있는 것을 쿠퍼에게 실천하는 모습을.

——그 애, 분명히 할 거야.

메리다는 이내 확신했다.

그렇다면 그리됐을 때, 쿠퍼는 그녀의 요염한 자태에 어떤 반응을 보일까? 그 상황을 생각하면 할수록 메리다는 안절부절못하게 되어 버려서.

——마, 만약에 내가 이걸 입으면?

붕붕붕, 격렬하게 고개를 젓는다.

평소에도 어떻게 하면 사랑하는 사람의 마음을 끌 수 있을지 수치심과 의논하는 처지이긴 하지만 역시 《이 단계》로 뛰어오르려면 용기가 필요했다. 그, 그의 반응이 보고 싶은 건 사실이지만 자신에 대한 변명이라고 할까, 용기를 북돋아 줄 계기가 필요한 법이라——.

"어라? 트렁크 안에 있는 이것은……."

그런 때에 문제의 배후로부터 의아해하는 목소리가 나왔다.

쿠퍼가 뭔가 눈길을 끄는 것을 발견한 듯 여행 짐을 좌우로 밀어젖히고 있다.

찾아낸 것은 성 프리데스위데 여학원의 교복 한 벌과 그 아래에——.

"아가씨, 이걸 가지고 왔었던 겁니까?"

"흐에에?!"

과할 정도로 어깨를 튀어 올리며 메리다가 뒤돌아본다.

그리고 쿠퍼가 손에 들고 있는 것을 보고 "앗." 하고 입을 열었다.

——바로 붉은 윔플이었다.

성 프리데스위데 여학원에 부임한 교육고문, 워울프족의 《성모》 막달라가 전교생에게 선사한 사연이 있는 물건이다.

메리다에게 있어 특별한 감정이 있는 물건은 아닐 것이다. 오히려 매우 불쾌하기까지 하다.

"저택을 나오기 전은 아주 난리도 아니었으니까 아마 그때 무심코."

"그렇군요."

다시금 손가락으로 살펴보니, 확실히 란칸스로프가 직접 손으로 만든 것으로 여겨지는 아니마가 느껴졌다……. 쿠퍼는 전교 집회 때 메리다에게 가해졌던 현상이 생각났다.

"학생의 반항을 막기 위한 물건일까요. 대체 구조가 어떻게 된 것인지……."

"분명 성모는 『네가 간악한 생각을 품었을 때』라고——."

말을 하다 메리다는 깜짝 놀라 숨을 들이쉰다.

번개가 뇌리에 번쩍였다.

너무나도 천재적인 발상에 온몸이 후들거린다. 배스타월 아래의 허벅지가 흔들렸다.

주먹을 꽉 쥐고서 반라의 소녀는 결심하고 입을 열었다.

"서, 선생님. 그 붉은 윔플이 어떤 구조인지…… 화, 확인해보고 싶나요?"

"네? 아무래도요. 정보는 많으면 많을수록 좋으니까요."

"알았어요."

대체 뭘《알았다》라는 걸까?

아무튼 메리다는 쿠퍼의 손에서 붉은 윔플을 받은 다음 웅크리고 앉아 있는 그의 머리에 그것을 쑥 씌웠다.

……수도복의 윔플이다 보니 쿠퍼의 복장에는 절망적으로 어울리지 않았다.

"아가씨? 이건 도대체……."

퍼석, 메리다는 먼저 배스타월을 바닥에 떨어뜨린다.

"이, 이제부터 옷을 갈아입을 거라서, 눈가리개 대신 한 거예요. 떼면 안 돼요……?"

"걱정하시지 않아도 엿보거나 하지 않습니다만."

그런 것은 잘 알고 있지만 여하튼 쿠퍼에게 이 붉은 윔플을 착용시키는 것이 중요하다. 쿠퍼는 결국 "아가씨는 걱정이 참 많군요." 하며 납득했다.

그러고 나서 메리다는 만반의 준비를 하고 벽장에서 문제의 의상을 집어 든다.

부스럭부스럭, 부스럭부스럭하고 단둘이 있는 방에 옷이 스치는 소리가 울린다…….

약간 불편한 자세로 꼼짝도 하지 못한 채 쿠퍼는 가만히 생각한다.

——대체 아가씨는 무슨 옷을 골랐기에?

"다, 다, 다…… 갈아입었어요……."

어째선지 몹시 뒤집힌 메리다의 목소리가 들렸다.

양해를 구하며 일어나고서 쿠퍼는 그 나름의 호기심과 함께 뒤돌아보았다.

——푸읍, 저도 모르게 웃음이 터지고 만 것을 누가 비난할 수 있으랴?

"아, 아, 아가씨? 도대체 그 모습은……!"

첫 순간은 나풀나풀한 원피스처럼 보였다.

그러나 전혀 달랐다. 결정적으로 천이 부족하다. 기장은 미니스커트보다 짧고, 소매는 노 슬리브라고도 부를 수 없을 만큼 무방비라서 양어깨에 브래지어 끈이 보인다. 무엇보다 앞쪽만 가리고 있어서 등 쪽은 리본을 매듭지은 끈이 맨살 위에 드리워져 있을 뿐…….

요컨대 이것은 《옷》이 아니다.

《에이프런》이었다. 메리다는 그것을 속옷 위로 몸에 걸치고 있었다. 게다가 어째선지 무릎 위로 올라오는 양말만은 그 예쁜 다리에 딱 신고 있었다. 도통 의도를 모르겠다.

소꿉놀이하는 유아들도 저보다는 더 단정히 옷을 입는데.

터무니없이 파렴치한 모습을 하고 있다는 자각은 있는 듯 메리다는 이 시점에서 이미 뜨거운 폭주를 일으키고 있었다. 끓어오른 냄비 같은 기세로 지껄여댄다.

"아, 아, 알, 《알몸 에이프런》이라고 하는 모양이에요!!"

"들어본 적은 있는데……."

"아, 아내의 정식장비로, 저와 선생님은 지금, 어, 《신혼부부》니까요! 남편에 대한 봉사라고 해야 하나, 서비스라고 해야 하나……! 하, 하으으~~~응."

그녀의 배후에는 빈 옷걸이와 뮬의 《쿠퍼 뇌쇄 계획》이 상세하게 적힌 메모가 놓여 있었다. 정말로 어처구니없는 생각을 다 하는구나, 걔는……! 메리다는 전율했다. 그러나 동시에, 틈만 있으면 분명 할 거야, 걔는……! 이라고 확신 또한 하고 있었다.

그런고로, 사랑하는 사람의 첫 번째 제자로서 뒤처질 수는 없는 법!!

"요컨대 《신혼놀이》의 연장이군요."

그리고 보니 은신처에서 그런 식으로 주거니 받거니 했었구나, 하고 쿠퍼는 스스로를 납득시킨다.

메리다는 수치심을 밀어내듯이 한쪽 팔에 매달려왔다.

"마, 마, 맞아요! 신혼놀이……. 선생님이 저를 위해서 매우 힘든 고초를 겪고 계신데도 저는 아무것도 못해서……. 그, 그, 그러니 조금이라도 제 마음을, 답례로서 드리고 싶어요……! 보, 보, 봉사해도 될까요……?"

"아가씨……!"

찌이잉. 쿠퍼의 가슴이 따뜻한 것으로 가득 채워진다.

쿠퍼는 쿠퍼대로 여유를 잃어버리고 있었음을 그녀는 감지하고 있었던 걸지도 모른다. 마음의 표시를 하는 방법에는 말해두고 싶은 바도 있지만…… 지금은 순수하게 호의를 받아두기로 하고, 쿠퍼는 눈가에 글썽이는 눈물을 감추면서 제자의 머리를 쓰다듬었다.

"네, 정말 갸륵한 아내군요. 충분히 만끽했습니다. 자, 저도 슬슬 옷을 갈아입어야 하므로——."

"스톱!"

메리다의 제지는 날카로웠다.

쿠퍼가 윔플을 떼려고 목덜미에 손가락을 댄 것을 놓치지 않은 것이다.

"아직…… 아직 그걸 떼면 안 돼요. 아직 도중이니까요……!"

"도중, 이라 하면?"

"봐, 봐보세요! 저 아직 《알몸 에이프런》이 아니에요!"

메리다는 위세 좋게 양팔을 홱 펼쳐 보였다.

말하지 않아도 안다. 메리다는 에이프런 속에 팬티와 브래지어를 남기고 있다. 게다가 아까는 신지 않았던 양말까지…….

사실 그것조차 입지 않고 철저하게 이 시추에이션에 《몰입》했다면 쿠퍼도 교육을 담당하는 입장에서 따끔하게 설교를 했을 것이다.

그렇거늘, 메리다는 이렇게 말한다.

"버, 벗을게요."

그리고 나서 오른쪽 허벅지에 손을 댄 다음 양말을 주르륵 끌어내렸다.

무슨 영문인지 제자의 탈의 씬을 특등석에서 보게 된 쿠퍼다.

메리다의 발밑, 옷걸이 옆에 떨어져 있는 메모에는 이렇게 기술되어 있었다…….

말하길, 『지적 호기심을 자극하려면 《변화》가 중요하다』라고.

맨 처음부터 벼랑에서 떨어지기 직전인 상태를 관객에게 들이밀기보다는, 먼저 평탄한 광경을 사용해 익숙해지게 만든다. 거기에서 완만하게 비탈 아래로 굴러떨어져, 점차 속도를 붙이고 머지않아 그 앞에 낭떠러지가 모습을 드러냄으로써—— 관객의 마음을 최고조로 두근거리게 하는 일이 가능하다나.

한마디로 말하면 『처음부터 알몸에 에이프런 모습을 보여주는 건 안 됨』.

『한 장 한 장 남은 천을 벗어나감으로써 쿠퍼 님에게 《그다음》의 기대감을 품게 만들 수 있다』——라고 하는 것 같다.

정말 악마적으로 천재라니까, 걔는!! 메리다는 달아오른 얼굴로 갈채를 보냈다.

어찌 됐든 간에 그렇게 해서 상체를 힘껏 구부린 메리다는—— 목 언저리에 완만한 바스트 라인을 아른거리게 하면서 발끝에서 오른쪽 양말을 빼내고 있었다. 이어서 왼쪽 다리.

하지만 발목에서 빼내는 데 상당히 시간이 걸리고 말았다. 어쩔 수 없이 침대에 걸터앉는다.

"영차, 영차……. 어, 어라?"

수치심 때문에 너무 긴장한 탓일까. 자꾸 복사뼈에서 걸린다.

메리다는 시행착오를 거쳤다. 앉은 상태로 무릎을 가슴에 대기도 하고, 다리를 바깥쪽으로 벌리기도 하고, 힘껏 발뒤꿈치를 올려보기도 하고……. 뜻대로 안 되는 양말 때문에 번번이 자세가 무너져간다.

"……가르쳐드리는 편이 좋으려나."

한편 쿠퍼는 눈만 멀뚱멀뚱 뜨고 꼼짝도 못하는 중이었다.

다 보이는 것이다. 에이프런의 끝자락이 날름 말려 올라가서 메리다의 팬티가. 모든 각도에서부터 대담한 구도까지, 요염한 허벅지나 엉덩이의 육감과 함께 훤히 보이고 있어서…… 슬슬 자각해 주시지 않을까 하고 막 백기를 들려고 한 순간.

스르륵, 하얀 발끝에서 양말이 미끄러져 나온다.

메리다는 뺨을 확 물들이며 순진무구한 미소를 띠었다.

"벗었어요."

기우뚱하고 골이 흔들리는 쿠퍼.

……아, 아니, 결코 동요한 것이 아니라 실제로 머리가 무거워져 그런 것이다. 대체 어떻게 된 일일까. 쿠퍼는 즉시 머리에 손을 대고, 까닭을 깨달았다.

──윔플. 붉은 윔플이 무슨 납이라도 된 양 묵직해진 것이다.

순간 메리다의 눈동자가 《귀축》의 목을 취한 것처럼 번뜩였다.

"아~ 선생님! 지금 붉은 윔플이 무거워졌죠~?"

"어, 어떻게 된 겁니까?"

"성모가 말했어요. 그 붉은 윔플은 『욕망을 경계하기 위한

것』이라고!"

사실이다. 다름 아닌 성모 본인이 교육이념을 공언하지 않았던가.

『절제』——라고.

요컨대 붉은 윔플은 간악한 생각에 벌을 주는 물건이다. 그것을 분명히 밝히는 것이 메리다가 이 《신혼부부 놀이》를 하기로 결단을 내린 핑계——가 아니라 이유였다.

이것은 실험, 분석, 필요한 행위! 라며 신명 나게 자신을 타이르고서 메리다는 에이프런 끝자락을 팔랑팔랑 흔들어 한층 무방비가 된 허벅지를 드러내 보였다.

"이, 이것 보세요! 지금 붉은 윔플이 무거워졌다는 말은, 선생님은 제가 벗고 있는 모습을 보고 몹쓸 생각이 들었다는 증거로——."

"글쎄요, 무슨 말씀이신지."

곧장 등줄기를 우뚝하고 바로 세우는 쿠퍼다.

어라?? 메리다는 몹시 고개를 갸우뚱거렸다.

"아, 아무렇지도 않으세요……?"

"아무렇지도 않습니다만?"

자못 태연한 태도로 쿠퍼는 셔츠의 옷깃을 고친다.

윔플은 하나도 반응하지 않는데 무슨 문제라도?

아가씨의 알몸 에이프런에 집착하거나 그러지 않습니다만?

쿠퍼의 그런 시크한 표정을 보고, 메리다는 볼에 바람을 팍팍 불어 넣었다.

——내 생각이 틀렸었던 걸까?

"그럼 선생님, 시험 삼아 침대에 앉아주세요."

지시받은 대로 쿠퍼는 막힘없는 발걸음으로 침대 끝에 걸터앉았다.

그러자 어떻게 된 일일까.

그 무릎 위에 메리다가 정면으로 올라타는 게 아닌가. 이대로 서로에게 팔을 두르면 열렬한 포옹을 할 수 있으리라. ——기어이 도망칠 길이 막혔다.

무릎으로 선 채 메리다는 등 쪽에 두 손을 두른다.

"아, 아, 아, 아직 더 벗어야, 하니까요……!"

툭. 브래지어의 훅이 풀렸다.

윔플을 쓴 쿠퍼는 얼간이 같으면서도 강철 같은 무표정을 계속 유지했다——.

그러나 여기서 또 메리다는 시간이 걸렸다. 이번에는 아무래도 그럴 만했다. 일단은 겉옷에 해당하는 에이프런을 걸친 상태 그대로다. 훅을 풀고 어깨끈도 내렸는데 아무리 해도 브래지어를 양팔에서 빼낼 수가 없어 메리다는 고심했다.

이미 컵 자체는 봉긋한 가슴의 위치에서 벗어나 있는데도.

"어라? 어라? 어라? 어, 어떡해야 되지~~~~??"

울음을 터뜨리기 직전 같지만, 그래도 몸을 쭈욱 비틀어 등을 보려고 한다.

그러자.

에이프런은 앞쪽만 가리는 물건이다. 이미 브래지어는 풀어져 있다. 그래서 보이는 것이다……. 지금처럼 겨드랑이를 돌리면 헐렁한 에이프런을 통해 봉긋한 옆가슴이. 소녀가 답답해하며 몸을 비틀 때마다 수줍게 퐁퐁 흔들리는 푸딩 같은 질감도. 그 정상에 장식된 반들반들한 《벚꽃색》도 또렷하게…….

메리다가 영 눈치채지 못하고 있어서 더 문제였다.

간신히 브래지어가 에이프런으로부터 주르륵 미끄러져 나왔다.

"——해냈다! 이것 좀 보세요, 선생님, 확실히 벗었어요!"

"보, 보여주지 않아도 괜찮습니다."

메리다는 덜컥 정신을 차리고 창피한 듯이 속옷을 가슴에 끌어안았다.

그리고 동시에.

쿠퍼가 뒤쪽으로 두 손을 짚었다. 스프링에서 삐걱하고 소리가 났다.

그 이마에 땀이 빛나고 있는 것을 메리다는 놓치지 않았다.

"선생님, 역시 윔플이 무거운 거죠?! 억지로 참으시는……!"

"아닙니다. 이건 그—— 아까 입은 부상이 아직 아물지 않았기 때문에."

"……진짜로~??"

메리다는 동경하는 여자아이=뮬의 흉내를 내기로 했다.

즉 달콤한 목소리를 내면서 그의 가슴팍을 간지럽히듯이 어루만진 것이다. 바로 앞에서 눈을 예쁘게 치켜뜬 것을 보여주기 위해서는 가, 가슴을 착 붙이지 않으면 안 된다. 얇은 에이프런

너머로 민감한 자극이 번지지만 이것은 실험! 실험! 되뇌며 간신히 이성의 고삐를 당긴다.

"저, 정말로 아무 느낌도 없으신 건가요……?"

그렇게 거듭 물으며 숨결이 닿을 만큼 얼굴이 가까이 가져가자, 쿠퍼가 갑자기 되물어왔다.

"그럼 확인해 보시겠습니까?"

"헤에?"

"이렇게."

쿠퍼는 말릴 틈도 없이 머리 위의 붉은 윔플을 홀렁 치워버렸다.

그대로 물 흐르듯이 술술 메리다의 머리에 씌운다.

그러자.

"꺄아아악?!"

털썩————! 메리다는 벌러덩 뒤로 넘어지고 말았다.

침대 위라서 다행이었지만 문제는 그게 아니다. 올라탄 상태에서 뒤로 넘어진 것이기 때문에 내려다보는 중인 쿠퍼에게 엄청난 자세를 노출하고 만 셈이라……!

그런데도 쿠퍼는 마치 예술감정가와 같은 깊은 눈빛을 하고 있다.

"아가씨는 혹시 지금 몹쓸 생각을 품고 계시는 겁니까?"

"그, 그그그그렇지 않아요!!"

"그럼 왜 붉은 윔플이 그렇게까지 무거워진 걸까요. 흐으음……."

그러면서 진리를 탐구하는 것처럼 신음소리를 내더니, 그는 터무니없는 실험을 갑자기 시작했다.

좌우 두 허벅지에 손바닥을 올리고 천천히 움직이더니만, 가랑이의 아슬아슬한 부분부터 힙까지 쓸어버린 것이다. 메리다 내부의 소녀가 경종을 울리고 얼굴이 새빨갛게 달아올랐다.

"꺄아아아악?! 서서, 선생님, 대체 무슨 짓을……?!"

"아뇨, 《알몸 에이프런》이라 하면 《알몸》을 가리키는 것이므로 어중간한 건 좋지 않겠다 싶어서."

"아, 아아아아무리 그래도 그건! 그, 아직, 어어…… 히이익?!"

목이 뒤로 젖혀진다. 더욱이 옆구리에서 겨드랑이로 기어오른 그의 열 손가락이 에이프런의 안쪽으로 숨어들어 민감한 맨살을 간지럽히기 시작했다. 메리다는 필사적으로 에이프런 끝자락을 잡아당기지만, 지금 이 한심한 꼴을 바로잡지도 못하고 머리를 들지도 못했다.

"그, 그만 봐주세요……."

"옳지 못한 감정이 없다고 한다면, 단순히 기준 이상의 흥분을 억누른다는 역할이——."

"죄송해요, 죄송해요, 죄송해요오~~~! 제가 너무 신나 가지고 까불었어요~~~! 조신함이 부족했어요오~~~!!"

"이런, 그렇습니까?"

마치 항복을 기다리고 있었던 것처럼 쿠퍼는 잽싸게 붉은 웝플을 치웠다.

실로 상쾌한 미소를 짓고 메리다가 몸을 일으키는 것을 도와

준다.

"아가씨에게 강요할 수는 없으니 여기서 전문가인—— 알메디아 님의 의견을 여쭙기로 하죠. 이야~ 아쉽기 그지없지만 역시 우리만으로는 짐이 무겁군요⋯⋯."

"뿌우우우우~~~~~~~~!!"

호되게 간지럼을 탄 몸을 부둥켜안고서 메리다는 뺨에 불만을 모아 시위한다.

이토록 제자가! 수치심의 한계를 무너뜨리고⋯⋯ 어프로치했는데!

——정말로 이 남자는 붉은 윔플에 아무런 압박도 받지 않을걸까?

그 답은 이 짓궂고 완전무결한 가정교사만이 안다.

† † †

"욕망을 경계하는 윔플이라니⋯⋯. 흐음, 실로 흥미롭군."

테이블 위에 펼친 붉은 천을 알메디아는 요리조리 꼼꼼하게 바라보았다.

쿠퍼가 옆의 의자에 앉아 의견을 말한다. 일단 그도 말쑥한 의복으로 갈아입었는데, 전투의 흔적을 알 수 없을 정도로는 상처를 치료하고 더러움을 씻어냈다.

"성 프리데스위데에 부임한 교육 고문에 따르면, 모든 기사학교에 《성모》라는 자들이 파견되어 똑같은 지도를 행하고 있는 것 같습니다. 어떻게 생각하십니까?"

"확실히 이것과 똑같은 물건을 쓴 학생을 본 기억이 있어."

윔플의 안팎을 확인하고 그것으로부터 손을 떼자마자 알메디아는 손가락을 팔랑팔랑 흔들었다.

"《아라크네》로군."

확신에 찬 목소리에, 쿠퍼와 나란히 앉아 있는 제자는 서로의 얼굴을 보았다.

말할 필요도 없겠지만 메리다노 지금은 상식적인 옷을 뮬의 벽장에서 빌려 입은 상태다. 다소 주눅이 든 눈치지만 고딕풍 드레스는 그녀에게도 잘 어울렸다.

알메디아는 귀여운 딸의 옷차림을 한 메리다에게 시선을 돌린다.

"성 프리데스위데의 사람이라면 잘 알고 있겠지? 그래, 지저도시 샹가르타를 멸망시키려 한 바로 그 괴물 말이다."

성 프리데스위데 여학원에서 신년도가 막 시작됐을 무렵――연수여행 차 방문한 로제티의 고향에서 메리다와 엘리제는 가정교사들의 과거에 얽힌 무서운 음모에 휘말려들었었다. 지금도 기억이 선명하다.

뒤에서 모든 것을 조종하고 있었던 그 사건의 흑막이 바로 나크아라는 이름의 잔혹한 남자――.

아니, 본성은 추악하고 거대한 거미의 모습을 한 《아라크네》족이라고 하는 란칸스로프였다.

……그런데 왜 그 아라크네의 이름이 지금 이 자리에서 나오

는 걸까?

"엔젤의 딸아. 너는 워울프족이 어떻게 탄생하는지 알고 있느냐?"

메리다의 표정에서 당황스러움을 감지한 것이리라. 여공작이 물었다.

당연하게도 대답하지 못하고 있자 알메디아는 그것도 당연하다며 고개를 끄덕였다.

"애당초 야계에 워울프라는 종족은 존재하지 않아. 그럼 놈들은 대체 어디서 나타나는 것인가? ……거기에 놈들을 공략할 힌트가 숨겨져 있다."

존재하지 않는다니, 대체 무슨 뜻일까? 메리다는 몸을 쭉 내밀었다.

알메디아도 "잘 들어라." 하며 집게손가락을 드는 게 이야기하는 보람을 느끼나 보다.

"프란돌과 마찬가지로 야계에도 란칸스로프의 사회가 있다. 사회가 있으면 밀려나는 자도 있기 마련이지……. 종족의 법도를 깬 자, 추방당한 자, 스스로 떨어져 나간 자. 그런 자들이 자신의 신원을 숨기기 위해서 짐승의 가죽을 쓴 것이 워울프족의 기원이야."

"가, 가죽을……?!"

"요컨대 늑대 가죽을 매개로 한 《저주》다. 자신의 의사로 뒤집어씀으로써 발생하는 강력한 저주……. 그것에 의해 놈들은 본래의 모습을 봉인하고 늑대인간으로 둔갑하고 있는 셈이지."

여공작은 고뇌하는 표정으로 고개를 저었다.

"다시 말해 놈들은 공통적으로 늑대인간의 모습을 하고는 있어도, 저주를 벗기면 알맹이는 제각기 전혀 다른 종족이라는 뜻이다. ——그것이 성가신 점이지! 워울프족에게는 고유의 아니마가 없어. 그 대신 가죽 아래에 어떤 능력을 숨기고 있을지도 예상할 수 없지."

거기서 다시 한번 알메디아는 붉은 윔플을 들어 보였다.

"아라크네족에는 《죄의 여자》라고 불리는, 실을 뽑는 자가 있었다. 그녀들이 만든 실로 짠 천에는, 생물이 가진 죄의 이름을 쓴 7대 욕구를 구속하는 효력이 있었다고 하지. 이 윔플이 바로 그 물건임이 틀림없어."

따라서, 하고 알메디아는 자신의 주장을 매듭짓는다.

"지금, 모든 기사학교에서 《성모》를 자칭하고 있는 자들은 아라크네족의 《죄의 여자》가 워울프의 가죽을 쓰고 있는 모습이라 추측할 수 있다."

"와아아……."

"과연."

메리다는 압도당한 표정을 하고 있고, 쿠퍼는 턱에 손가락을 대고 있다.

"……저희가 토벌한 나크아라는 남자도 테스터먼트를 자칭했었습니다. 종족의 정점에 서는 자의 칭호—— 하지만 그런 그가 《권력투쟁에 패해 야계에서 쫓겨나 있었다》는 점을 생각하면 아라크네족은 그 시점에서 이미 괴멸 상태였던 모양입니다."

"괴멸해 여기저기 흩어진 아라크네들을 워울프족이 통째로 거둬들인 게로군……. 덕분에 늑대인간 놈들이 급격하게 활개를 치기 시작했음이 분명해."

절호의 타이밍이었던 거겠지, 하고 여공작은 납득한다.

메리다로서는 이야기를 따라가는 것만으로도 벅찼다.

"절호의 타이밍……이라는 말씀이 무슨 뜻인가요?"

"……특히 《죄의 여자》들은 워울프족 사이에서 상당히 귀중하게 취급됐을 거다. 왜냐면 놈들이 뒤집어쓰는 《가죽의 저주》의 정체는, 원래 가죽 주인의 사령(死靈)이거든."

"네……?!"

"놈들은 그 덕택에 늑대인간의 모습을 취할 수 있지만, 대신 다른 자의 혼을 자신 안에 받아들여야만 해……. 그것이 얼마나 큰 고행인지 나로서는 상상밖에 할 수 없다만, 사령은 가죽이 벗겨진 것을 원통하게 여기고 사납게 날뛸 테지. 그와 같은 영혼을 항상 마음 옆에 두고 계속 길러야 하니 그 부담은 엄청날 게다."

메리다는 말문이 막히지 않을 수 없었다. 여공작의 말 또한 그 뒤로는 전해 들은 내용에 불과하다.

"워울프로 다시 태어난 직후가 특히 위험하지. 작은 분노는 한없이 부풀어 오르고, 한번 슬픔을 품으면 땅속까지 가라앉아 돌아오지 못해……. 짚이는 데가 없는 원한에 온몸이 타고, 동족을 물어 죽여버리는 일조차 드문 광경이 아니야. ──그런 광기를 극복한 자가 비로소 워울프족의 일원으로서 인정받는 거다."

알메디아는 어딘가 탄복하는 것처럼 붉은 윔플을 집어 들어 보였다.

"이 두건은 틀림없이 워울프의 그런 《초기증상》을 억누르는 데 쓰이는 걸 거야."

"하, 하지만 그건 워울프족의 이야기죠?"

지금까지의 이야기를 듣고, 메리다는 아무래도 마음에 걸리는 게 있었다.

"보통 사람이 그 윔플을 쓰고 있으면…… 어떻게 되나요?"

알메디아의 눈동자가 명계를 연상케 하는 색으로 반짝였다.

"……본래 있어야 할 감정까지 단단히 눌러 착용자의 마음을 죽인다."

"네에……?!"

"겨우 알아차렸어. 바로 그것이 《무혈주의자》 놈들의 계략이었던 거다!"

말끝을 거칠게 하며 알메디아는 예고도 없이 벌떡 일어났다.

메리다가 어깨를 파르르 떠는 앞에서 부엌 앞을 우왕좌왕한다.

"넥타르의 수호를 막으면 평민은 언젠가 모두 란칸스로프로 만들 수 있다. 그러나 마나의 가호를 지닌 귀족들은 그렇게는 안 돼. 하지만 《무혈주의자》를 자칭하고 있는 이상 놈들은 숙청과 같은 극단적인 수단을 취할 수가 없지……. 대체 귀족계급을 어떻게 다룰 생각인고 했더니, 바로 그 윔플이 해답이었던 게야!"

"무, 무슨 말씀인가요?"

"윔플은 착용자의 욕망을 억제하고 머지않아 그 마음을 완전히 봉쇄한다. 마음이 봉쇄당한 자는 아무것도 느끼지 못하게 되겠지. 다른 자에 대한 질투도, 무언가를 상실하는 슬픔도, 누군가를 사랑하는 기쁨도⋯⋯."

탁하고 무릎을 친 것은 쿠퍼였다.

"그랬었군⋯⋯!!"

"그렇다. 《무혈주의자》 놈들은 남을 사랑하는 마음, 가정을 지키는 기쁨을 잊게 함으로써 새 귀족의 탄생을 막으려 하고 있다. 그러면 정신이 아득해질 정도로 먼 미래에는 귀족의 피를 잇는 자가 한 명도 없게 된다는 거지⋯⋯. 무서운 계략이야."

"그, 그러면——."

어렴풋이 상황을 이해하고 메리다는 뒤늦게나마 일어섰다.

"성 프리데스위데의 사람들 역시 지금도 마음이 단단히 눌리고 있다는 말인 거죠? 구, 구하러 가야 해요!!"

"——잘 말했다, 엔젤의 딸."

알메디아는 다짜고짜 칭찬했고, 쿠퍼는 어째선지 복잡한 표정으로 침묵을 지켰다.

쌍방에게 권고하는 것처럼 여공작은 말을 계속한다.

"어차피 슬슬 《기일》이 다가오고 있어. 성왕구로 향해야 해."

"기일, 말입니까?"

"등화 기병단의 궐기일——이다. 페르구스가 사전에 정해놓은 날짜가 있어."

쿠퍼조차 마른침을 꿀꺽 삼키며 제자와 함께 긴박한 표정을 짓는다.

그런 심정을 고려한 것일까, 알메디아는 윙크로 장난기를 표했다.

"나는 그때까지 대기하고 있어야 해. 그렇지 않으면 모처럼 애쓴 일이 수포가 될 거다."

"그러고 보니 물어볼 기회를 놓치고 있었는데——."

쿠퍼는 갑자기 생각이 미쳤다.

"알메디아 님은 위험을 무릅쓰면서까지 하층에서 무엇을 하고 계셨던 겁니까?"

"몇 가지 이유가 있었다. 첫째는 쉬크잘 가문 전 당주들의 행방을 쫓는 것——."

쿠퍼와 메리다는 얼굴을 마주 본다. 알메디아는 한 번 고개를 끄덕이고서 말을 계속했다.

"세르주의 부친인 젠롱과 그 아내 디리타—— 둘 다 뛰어난 드라군 전사다. 지금의 세르주를 말로 막을 수 있다고 하면 그 녀석들 말고는 없을 것 같아서 말이지."

"장기임무로 나가 있다고 들었습니다만 연락을 취할 수 있겠습니까?"

"음, 두 사람의 발자취를 철저히 쫓아본바——."

침착하게 팔짱을 끼고 여공작은 단호히 고한다.

"행방을 알 수 없다, 라는 것을 알았다."

"……네?"

"잘 들어라. 두 사람은 사실 임무든 뭐든 나가지 않았다. 기병단에 남아 있었던 기록은 교묘한 페이크였어. 프란돌에서 떠난 흔적도 없다. 또한 쉬크잘 가문에 연고가 있는 땅을 아무리 찾아가도 그 발자취는 파악할 수 없었어……."

"그, 그러면."

동요로 인해 목소리가 뒤집힌 메리다.

"사라의 부모님은 대체…… 어디서 뭘 하고 계시는 건가요?"

"그걸 모르겠다, 라는 것이 판명된 사항이다."

심각한 어조로 여공작은 고했다. 메리다는 결국 말문이 막혔다.

여하튼 그들은 몇 해째 사람들 앞에서 모습을 감추고 있다. 지금까지는 『임무로 인해 부재중이다』라고 함으로써 불안을 누를 수 있었다. 하지만 그것이 거짓이라면?

그들의 일신을 걱정하는 마음은 벗인 알메디아가 가장 클 것이다.

"젠롱 내외가 건재하다면 지금과 같은 자식의 잘못을 용납할리가 없어."

팔짱을 낀 채 아무도 없는 정면을 매섭게 노려본다.

"어딘가에 감금이라도 당하고 있는 걸지도 모르겠다……. 그러면 이미 평화적인 수습은 불가능해. 이렇게 된 이상 그 어리석은 왕을 죽임으로써 이 혁명을 끝내는 수밖에 없겠지."

여공작의 시선이 옆으로 힐끔 움직인다.

그것은 쿠퍼에게 보내는 것이기도 하고, 메리다를 상대로 보내는 것이기도 했다. 《예언의 아이》라는 엄청난 압박감에 자그마한 소녀는 어깨를 움츠린다.

솔선하여 적극적으로 나선 것은 쿠퍼다.

"하지만 세르주 님 이외에도 성왕구에는 워울프족의 세력이 많이 잠입해 있다고 들었습니다. 특히 《테스터먼트》 지위를 가진 자에게는 각별한 주의가 필요합니다……. 샹가르타를 점거했던 나크아는 단 하나였음에도 도시를 멸망시킬 정도로 위협적이었습니다."

"잘 알고 있다. 나도 워울프족 우두머리의 힘을 눈앞에서 직접 보았으니까……. 정면으로 부딪치면 나나 페르구스라 해도 승리를 장담할 수 없을 거야."

"그럴 수가……!"

입가를 막다 만 메리다에게 그러나 알메디아는 몸을 내민다.

"하지만 승기는 있다. 놈이 《워울프족이라는 사실》이 최대의 약점이거든."

"그 말은……?"

"말하지 않았느냐, 놈들의 늑대인간으로서의 모습은 《가죽의 저주》에 의한 것이라고. 저주에는 푸는 방법이 반드시 있기 마련이지—— 워울프족의 경우 바로 《이름》이고."

집어삼킬 듯이 쳐다보는 메리다와 쿠퍼에게 여공작은 똑똑히 설명을 계속했다.

"가죽을 뒤집어쓰고 워울프가 되기 전 본래의 이름—— 그것을 타인이 알아맞힘으로써 저주가 풀리고 그자는 원래 있어야 할 모습으로 돌아간다. 저주와 깊이 공존하고 있었던 만큼 그때에는 반신이 갈라지는 고통이 뒤따르지……. 좌우간 대폭 약화되는 것은 틀림없어."

여공작은 한층 생생한 표정으로 몸을 쭉 내밀었다.

"그런 이유로 본래의 이름을 버린 워울프족은 통칭을 가지는 것이다. 《매드 골드》《스픽스 로저》《베르세르크》……《막달라》도 그렇지. 나는 젠롱과 디리타의 행방과 함께 그 얄미운 테스터먼트의 진짜 이름도 조사했어."

조용히 덧붙인다.

"그리고 알아냈다."

쿠퍼와 메리다는 깜짝 놀라 눈을 부릅뜬다.

마녀 같은 여공작은 둘의 얼굴을 둘러보고, 멸망의 주문을 가르쳐주는 것처럼 말했다.

"지금 성왕구에서 매드 골드라고 자칭하는 워울프족의 수령……. 놈의 진짜 이름은 《룸펠슈틸츠헨》."

"룸펠……슈틸츠헨……!"

고개를 끄덕이고서 여공작은 엄숙한 태도로 거듭 당부한다.

"알겠나, 신용할 수 있는 자에게 가능한 한 많이 이 이름을 알리는 거다. 놈은 확실히 강력한 적이지만 그 이름을 아는 자가 단 한 명이라도 다다를 수 있다면 우리의 승리야."

"……!"

마른침을 꿀꺽 삼키며 숨을 죽이는 제자의 표정을 쿠퍼는 곁눈질로 본다.

──이미 이 소녀를 결전장소로 데리고 가는 것이 완전히 확정되어버린 것 같다.

쿠퍼는 더 이상 그 관해서 의견을 내지는 않았지만, 대신 틀림없이 확인해 둬야 할 점을 알메디아에게 물었다.

"성왕구로 가는 진입 루트는 어떻게 하시겠습니까? 직통로는 셀레스트텔레스 개선문 지구에밖에 없습니다만, 그쪽은 지금 기병단과 워울프족이 한창 대치 중일 겁니다."

"그래. 날마다 적의 군세가 모이고 있다……. 이제 개선문 지구로 돌아가는 길은 존재하지 않아."

"그럼……."

메리다가 몸을 내밀자 여공작은 테이블 위에서 붉은 윔플을 치운다.

매니큐어를 바른 집게손가락이 투명한 도면을 그렸다.

"프란돌의 전경도를 떠올려라──. 중앙에 중심 기둥, 샹들리에처럼 퍼진 버팀목, 5층에 이르는 전 25개의 캠벨── 그 꼭대기에 있는 하나가 목적지인 성왕구다."

집게손가락이 눈에 보이지 않는 중심 기둥을 스르륵 덧그린다.

"이 거대한 기둥 안에 전 100층에 달하는 거대미궁 도서관 비블리아 고트가 들어가 있고, 그 최상층의 심부에는──."

거기서 일단 결심을 확인하는 것처럼 알메디아는 대사를 끊는다.

"……성왕구로 이어지는 비밀통로가 존재한다."

"네?!"

"원래는 공작 가문의 당주만 알 수 있는 비밀이다. 성왕구에 만약 무슨 일이 생겼을 때의 피난통로로도 쓰거든."

지금이 바로 그 비상사태지만, 하고 알메디아는 가볍게 덧붙인다.

쿠퍼는 보이지 않는 지도에 시선을 내린 채 성왕구의 위치로 손가락을 옮겼다.

"……하지만, 그렇다는 것은 쉬크잘 가문 당주인 세르주 님도 알고 계시는 게 아닌지?"

"상정이야 하고 있겠지만, 방심 또한 하고 있을 거다. 이 장소를 쓸 수 있을 리가 없다고 말이지……. 왜냐하면 비밀통로를 열기 위해서는 3대 기사 공작 가문 중 둘 이상의 가문의 승인이 필요하거든. 각각의 공작 가문에 계승되고 있는 《문의 열쇠》를 두 개 사용하지 않으면 무슨 일이 있어도 통로를 여는 것은 불가능해……!"

그녀의 고뇌에 찬 음성을 통해 반쯤 상상할 수 있지만 쿠퍼는 신중하게 묻는다.

"……감히 추측하건대 알메디아 님의 목적에는 그 《열쇠》를 손에 넣는 것도 포함되어 있었던 것 같습니다만."

"그게 손에 들어오질 않아!"

진심으로 분하다는 듯이 알메디아는 말끝에 감정을 드러낸다.

"개선문 지구 탈출이 곤란해지는 한이 있더라도 페르구스를 기다렸다가 떠나야 했던 걸지도 몰라……. 엔젤 가문, 쉬크잘 가문, 어느 쪽 《열쇠》도 입수하지 못한 채 결전의 기일이 올 줄

이야! 이렇게 된 이상 비밀통로 앞에서 대기하면서 성왕구 측의 입구를 페르구스가 열어주기를 기다리는 수밖에 없겠지⋯⋯!"

"그 상황은 전화의 한복판이지 않습――."

끝까지 말하지 못하고 쿠퍼는 입을 다물었다.

알메디아도 달리 수단이 없기에 이렇게나 미모를 일그러뜨리고 있는 것이리라. 확실히 할 수만 있다면 기병단 궐기에 앞서 성왕구에 잠복하고 싶은 바이나⋯⋯.

분위기가 무거워지기 시작한 참에서 메리다가 조심스럽게 끼어들었다.

"그, 그러면 아무튼 이제부터 비블리아 고트로 향한다는 이야기죠?"

"그래."

"하지만 애당초 어디를 통해 비블리아 고트에 잠입하면 좋을까요? 상층의 도시는 전부 워울프족이 지키고 있고, 와, 왕작님도 아무리 경계하지 않는다고 해도 그냥 지나가게 하지는 않을 것 같은데⋯⋯?"

불안하게 고찰하는 여학생에게 알메디아는 감탄한 듯한 눈빛을 보낸다.

"그래서 너를 칭찬한 거다. 잘 말했다, 라고 말이지."

"헤에?"

"붉은 윔플에 시달리고 있는 급우들이 걱정되겠지?"

쿠퍼는 벌써 앞질러 가 있었다. 비블리아 고트로 가는 출입구는 각각의 캠벨에 있지만, 메리다의 말대로 그 모두가 무경계이지는 않을 것이다.

다만 개중에는 특수한 환경 또한 존재한다. 외부의 간섭을 거부하고 비밀의 화원을 감추는 듯한 벽에 둘러싸인 한편 메리다와 쿠퍼에게 있어서는 지리적 이점을 최대한으로 살릴 수 있는 장소가——.

"이 말을 건네는 것도 왠지 오래간만이군요."

어렴풋이 쓴웃음을 지으면서 쿠퍼는 제자에게 시선을 보낸다.

"——등교 준비를 하십시오, 아가씨."

메리다는 깜짝 놀라 눈을 부릅떴다.

비블리아 고트로 가는 입구 중 하나는 그 아름다운 교사의 지하 깊숙한 곳에 있다——.

성 프리데스위데 여학원으로 되돌아갈 때가 온 것이다.

LESSON: VI ～성모 막달라의 비밀～

　그곳은 한 줄기 등불조차 닿지 않는 땅 밑이었다.

　과연 시간이 얼마나 흘렀을까⋯⋯. 비틀어지고 끊어진 철골과 분쇄된 나무토막, 바닥과 벽을 일직선으로 가르는 참격의 흔적이 그곳에서 엄청난 전투가 일어났음을 말해준다.

　넥타르의 공급이 끊어진 덕분에 공장의 가동이 일시적으로 멈춰 작업원들이 출근하지 않은 것이 다행이었는지 아닌지⋯⋯.

　오하라 4번가 홍유 플랜트 지하공장.

　모래 먼지가 지면을 기듯이 퍼진다. 그 안에서 예고도 없이 벌떡 일어난 자가 있었다.

　"푸하아⋯⋯!!"

　꾀죄죄한 트렌치코트를 입은 늑대남, 스픽스 로저였다.

　겨우 의식을 되찾은 것이다. 폭발하는 자동차 밖으로 내팽개쳐진 것도 모자라 쇠파이프로 가차 없는 구타를 당했다. 덧붙여 —— 땅에서 황급히 주워든 애용하는 카메라는 예상대로 무참하게도 부품이 산산조각 난 상태였다.

　부들부들. 분노로 얼굴을 새빨갛게 만들자, 정수리 부분의 상처에서 피가 흘러 떨어진다.

트렌치코트는 너덜너덜하고, 손발의 뼈에 격통과 이상이 있는 것까지도 자각할 수 있었다.

"요, 용서 안 한다…… 그 자식들……!!"

그는 앓는 소리를 내면서 일어났다. 골절 때문에 움직임이 지독하게 완만하다.

발을 질질 끌면서 향한 곳에는 한층 처절한 파괴의 흔적이 있었다.

그 중심에 거구를 자랑하는 워울프가 쓰러져 있다.

"일어나, 쓸모없는 놈아!"

그 암석 같은 어깨를 걷어찬다. ──찬 발이 오히려 아파서 로저는 비명을 질렀다.

알메디아와 쿠퍼에 의해 확실히 숨통이 끊어진 워울프족의 초전사 베르세르크. 로저는 계속해서 그 후두부를 짓밟았다.

베르세르크의 주위에는 찢어발겨 진 가죽으로 보이는 것이 어질러져 있다──.

"고작 한 번 죽은 것 가지고 뭐 하냐! 그렇게 나약한 놈 아니잖아, 형제!!"

발뒤꿈치로 힘껏 늑대의 귀를 짓밟아 뭉갠다.

그러자 어떻게 된 일일까──.

베르세르크의 입이 떨리며 "으으." 하는 신음소리를 흘리는 것이 아닌가! 파열된 근육이 다시 붙고, 내장이 재생되고, 뼈가 원래대로 짜 맞춰지고, 심장이 두근! 꿈틀거리기 시작한다.

그 눈동자가 확 부릅떠지며 안광을 발했다.

양 손바닥으로 바닥을 밀어 마치 짐승처럼 벌떡 일어난다. 영혼까지 부르르 떨릴 것 같은 포효. 그대로 큰 입을 벌려 스픽스로저를 통째로 삼키려고——.

했을 때 당사자인 로저가 황급히 소리를 질렀다.

"잠깐, 잠깐, 베르세르크! 나다! 네 《형》이다!! 나 알지?"

우뚝. 물어 찢기 직전이었던 이빨이 멈춘다.

입맛을 다신다는 게 이런 걸 말하는 걸까. 베르세르크는 침을 뚝뚝 흘리며, 가축이 질질 끌려가듯 뒤로 물러났다. 미련이 남는다는 듯이 이를 간다.

휴우, 식은땀을 닦는 로저.

"여전히 잠에서 깰 때 사납구나, 심장이 오그라들었다고."

——베르세르크는 워울프족 내에서도 둘도 없는 특별한 개체다.

애초에 워울프란, 란칸스로프가 짐승의 가죽을 뒤집어쓰고 저주받아 늑대인간이 된 모습이다. 저주의 정체는 가죽 주인의 사령······. 자신의 육체를 벗긴 것을 원통하게 여기는 사령은 워울프의 정신을 좀먹고, 미치게 만들며 때로는 동족마저 덮치게 한다.

그 사령은, 하나를 극복하는 것조차 보통 일이 아니다.

······그런데 만약 이중, 삼중으로 가죽을 뒤집어쓴다면?

그 결과, 일반 워울프의 배 이상의 힘을 손에 넣을 수 있다면——

그 소름 끼치는 실험의 유일한 성공 예가 바로 이 베르세르크다. 그 이외에 존재했었던 21개의 실험체는 전부 두 번째 가죽 즉, 두 번째 사령을 받아들이지 못하여 정신이 파괴되고 저주받아 죽고 말았다.

오직 베르세르크만이 예외다.

무려《103장》의 가죽을 중복으로 뒤집어쓰고도 여전히 생물로서 계속 존재하고 있다. 경이적이다. 그 결과 손에 넣은 것은 워울프의 영역을 아득히 뛰어넘은 절대적인 파워. 그리고 받아들인 영혼의 몫만큼 죽어서도 여전히 일어나는《죽지 못하는 저주》.

그러나 30번째 가죽을 넘을 때까지는 어찌어찌 유지하고 있었던 자아도 지금은 완전히 상실한 상태이다. 이미 자신이 누구인지도 알 수 없는 지경이리라.

대화는 불가능. 커뮤니케이션도 무모.

그저 폭풍 같은 원한의 감정이 시키는 대로 그 힘을 휘두르기만 하는 병기——.

유일하게 스픽스 로저, 그 한 명만이 소통이 가능하다.

"착하지, 형제."

경박하게 웃고서 로저는 발밑에 흩어진 가죽 조각을 밟아 뭉갠다.

베르세르크의 주먹이 닿는 곳에 있으면서도 여유 있는 태도를 보일 수 있는 데에는 이유가 있다. 베르세르크가 쓴 가죽 중 한 장에는 로저가 쓴 가죽의《동생의 가죽》이 사용됐다. 말하자면 이들은 혈연이 아니라《저주로 묶인 형제》인 것이다.

가죽 주인의 형제 관계가 판명되는 것은 물론이거니와 그것을 둘 다 손에 넣을 수 있었던 것도 드문 일이다. 그리고 무엇보다 놀랄 만한 부분은 100개 이상의 사령이 혼재하는데도 베르세르크는 로저의 안에 있는 《형의 사령》을 인식하고 있다는 점이다.

따라서 로저는 베르세르크를 컨트롤 할 수 있는 유일한 인물이 될 수 있는 것이다.

……만약 이 자리에 그가 없다면 어떻게 됐을까?

베르세르크에게 지시를 내리는 자도, 막는 자도, 쓰러뜨릴 수 있는 자도 누구 한 사람 없이 그는 1번가부터 8번가의 모든 주민을 학살하고 오하라를 불바다로 만들고 있었을 터이다. 로저도 내심 식은땀을 흘리고 있다. 《예언의 아이》의 마무리가 야무지지 못했던 것이 실로 다행이었다.

그렇지만 상당한 중상을 입었다. 좋지 않다.

로저는 발끝으로 어질러진 가죽 조각을 힘껏 찼다.

그것은 죽어 나간 한 창의 몫으로서, 저주와 사령과 함께 베르세르크로부터 벗겨져 떨어진 것이다.

"너도 이때까지 몇 번인가 죽었지만, 설마 인간 따위한테 가죽을 잃을 줄은 생각도 못했다."

베르세르크는 로저의 말을 이해하지 못하고 그저 말로 하지 못하는 감정을 이빨 사이로 드러낸다.

하지만 그 눈동자는 명백한 살의로 새빨갛게 충혈되어 있었다.

씨익 웃고서, 로저는 말한다.

"죽은 몫의 목숨은 돌려받으러 가야지. 응? 형제."

† † †

오하라에서 멀리 떨어진 상층의 세계——.

카디널스 학교구는 오늘도 아침 일찍부터 어둠 속에 잠겨 있었다. 프란돌의 상징이라고도 할 수 있는 가로등이 일제히 불빛을 낮춘 까닭이다. 통행인이 길을 잃지 않을 정도로 요소의 모퉁이를 빛이 띄엄띄엄 비출 뿐.

주민들은 모두 돌바닥에 걸려 넘어지지 않도록 머리를 숙이고 걷는 것이 습관이 되어 있었다.

젊은이들이 담소를 나누는 소리도 들리지 않는다.

활기 넘치는 학생의 도시란 대체 어느 날의 광경인가——.

이유는 간단했다. 트렌치코트를 입은 늑대인간들이 제집인 양 거리를 활보하고, 혹여 가로등에 불을 붙이려고 하는 괘씸한 자를 발견하면 그 짐승의 아가리로 이렇게 경고해오기 때문이다. "우리와 같은 늑대인간이 되면 더는 불빛이 필요 없겠지."…….

그 이빨에 물리면 어찌할 재간이 없다. 이미 누구나가 저항을 포기하고 있었다.

신문은 그 기능을 상실하여, 낮이고 밤이고 똑같은 기사를 뿌렸다.

『프란돌은 달의 도시로 다시 태어나고, 우리는 참된 친구가 된다.』

건물 벽에 붙은 그 포스터를 보고 마을 사람 중 누군가는 얼굴을 찡그린다.

"……터진 입이라고 아주. 성왕구는 지금도 불을 펑펑 켜는 걸 누가 모르는 줄 아나."

길 가는 워울프가 힐끗 노려봐서, 그 마을 사람은 허둥지둥 자리를 떴다.

워울프는 떼어지다 만 포스터를 발견하고 짐승의 손으로 정성껏 편다.

"왕작만은 아직 인간으로 있어야 한다."

크크, 목구멍이 진동한다.

"이윽고 모든 것이 밤에 휩싸이리라."

그 포스터에 극명한 그림자가 나타났다.

워울프 본인의 그림자다. 즉, 역광── 등에 엄청난 빛이 퍼부어지고 있다. 《멸광정책》이 실시된 이래 본 적 없는 눈부심이다. 마을사람들이 술렁거리기 시작했다. 오래간만에 고개를 든다. 모두가 팔을 올리고 하늘을 올려다보고 있다.

뭐지?! 워울프도 뒤돌아보았다.

그리고 《그것》을 보았다.

같은 시각, 도시 남동쪽. 성 프리데스위데 여학원 정문에는 조용히 등교하는 붉은 장미 교복들의 모습이 있었다. 친구끼리 주고받는 인사마저 한마디도 들려오지 않는다.

여학생들은 모두 수녀 같은 붉은 윔플을 쓰고 머리를 숙이고 있다.

인형처럼 무표정하다——.

"아아…… 여러분…… 여러분……!"

정문에는 블랑망제 학원장이 마중 나와 있었다. 그러나 누구 하나 얼굴을 들지도 않고 담담히 터널로 빨려 들어간다. 마치 명계의 장례행렬과 같은 광경을 학원장은 서글프게 지켜보았 다.

견디지 못하고 3학년 2인조에게 말을 건다.

"미스…… 미스 휘트니. 미스 스피넷. 좋은 아침…… 좋은 아침이에요."

3학년 둘은 실이 끊어진 것처럼 멈추어 서서 천천히 고개를 갸웃한다.

윔플 안으로부터 감정 일체가 사라진 눈동자가 학원장을 쳐다보았다.

"……안녕하세요, 학원장님."

"안녕하세요…… 학원장님."

흐리멍덩하게 인사만 하고서 두 사람은 터널로 걸어가 버렸다.

학원장은 지팡이에 기대어 울음을 터뜨리지 않도록 필사적으로 참았다.

"오오, 이럴 수가…… 이럴 수가……!!"

그 모습을 정문 반대 끝에서 만족스럽게 바라보는 자가 있었으니.

수도복을 입은 늑대녀 성모 막달라였다.

"후후——후. 얼추 마무리되기…… 시작했군요."

그녀가 심혈을 기울여 만든 붉은 윔플의 효력은 직방이었다. 이것이 아라크네족 《죄의 여자》의 아니마……! 금욕의 저주로 대상자의 정신을 억눌러 살아 있는 인형으로 바꿈으로써 성가신 귀족계급을 무력화하는 것이다. 실로 주도면밀한 계획이라 할 수 있으리라.

막달라의 관할인 성 프리데스위데는 이미 그녀의 세상이었다.

마을 쪽에서도 《멸광정책》은 충분히 돌아가고 있는 것 같다.

이들 워울프족의 야망을 저지하는 것은 이제 존재하지 않는다고 확신할 수 있었다——.

갑자기 마을 방향이 소란스러워진 것은 바로 그때였다.

"……무슨 일이지? 이래서 인간의 감정이라는 것은……."

눈살을 찌푸리며 발을 내디디고서 막달라는 문득 깨달았다.

목소리가 들릴 뿐만 아니라 빛이 보인다……?! 대체 어떻게 된 일일까. 미끄러지는 듯한 발걸음으로 정문을 뛰쳐나가 그녀는 저쪽의 풍경의 확실한 원인을 찾아냈다.

카디널스 학교구의 심볼 크로스 포드 탑이 대대적으로 조명을 비추고 있었던 것이다. 유달리 높직한 탑이 휘황찬란한 존재감을 발하며 하늘을 비춘다. 게다가 벽시계가 작동하여 꼭두각시들에 의한 행진곡이 대음량으로 울려 퍼지고 있었다.

"어떤 멍청한 놈의 짓이야!!" 워울프족들이 탑 아래쪽에서 아우성치고 있었다. "탑 안에 범인이 있을 거야! 당장 붙잡아!" 주민들까지 속속 모여 탑을 에워싸고 워울프의 체포극을 바라본다.

하나같이 빛을 따라 이끌려온 것 같았다──.

"무슨 일이죠. 이건 대체……!"

블랑망제 학원장도 반가운 빛에 눈을 깜박이며 발을 내디디려고 한다.

그 직전, 누군가 그녀의 로브 소매를 당겼다.

붉은 윔플을 쓴 여학생 한 명이다.

"……학원장님."

날카롭게 속삭이면서 그녀는 윔플 속에서 눈을 치켜뜨고 학원장을 바라본다.

"미스……!"

학원장은 깜짝 놀라 입을 막고 정문 바깥을 돌아보았다.

……성모 막달라는 여전히 초조한 기색으로 마을 쪽에 시선을 주고 있다.

학원장은 시치미 떼는 얼굴로 발길을 돌려 터널로 향했다. 그 여학생도 말없이 따라온다. 다른 학생들의 줄에 섞여서, 그러나 그녀들은 말을 주고받지 않는다.

그대로 서로 못 본 체하면서 교사(校舍) 탑으로.

길고 긴 계단을 한마디도 하지 않고 단숨에 다 올라간다.

저절로 빠른 걸음이 되어 어깨가 헐떡였다. 이미 주위에는 성모는 고사하고 학생이나 강사들의 모습조차 하나도 보이지 않는다. 그러나 돌다리도 두드려 보고 건너랬다고 학원장실까지 인내한 후 문을 연다.

여학생의 가냘픈 실루엣이 스르륵 실내로.

단단히 마음먹고 문을 닫자마자 블랑망제 학원장은 비로소 숨을 토해냈다.

"미스 엔젤……!!"

그녀가 붉은 윔플을 치우자 결코 착오할 일 없는 금발이 춤을 췄다. 바로 붉은 장미 교복을 입고 급우들 사이에 섞여 등교한 메리다다.

블랑망제 학원장은 끝없는 감정에 농락당하면서도 말을 쏟아냈다.

"왜 돌아온 거야. 여기는 당신이 있기에 위험해요."

"사정을 설명하겠습니다. 협력해주셨으면 하는 일이 있어요."

메리다는 창 쪽으로 손을 돌려, 아직도 계속 엉뚱한 빛을 발하고 있는 탑을 손가락으로 가리켰다.

"저건 쿠퍼 선생님의 양동이에요. 선생님과 또 한 명, 알메디아 라 모르 여공작님을 학원에 불러들이고 싶어요. 반드시 가야 하는 곳이 있거든요."

학원장은 몇 초에 걸쳐 말을 음미하면서 조금씩 여러 번 고개를 끄덕였다.

"……쿠퍼 선생님을 무사히 데리고 오는 것은 특히 어려울 거예요. 지금 이 학원은 성모 막달라에게 완전히 지배당한 상태예요. 학생들도 우리 편이 아니에요. 아무리 쿠퍼 선생님이라고 해도 《누구에게도 들키지 않고》 오는 것은 불가능이라 생각할 수밖에 없습니다."

"성모 막달라만 없다면요?"

학원장은 말문이 막혔다. 메리다의 눈빛은 진지 그 자체다.

"강사 선생님들이 어려운 처지에 있는 건 알고 있어요. 그러니 제가 하겠습니다. 학원장님들이 상황만 만들어주신다면 제가 그 성모를 쓰러뜨리겠습니다!"

블랑망제 학원장은 차분히 분위기를 파악하고서 곧 웃음을 지었다.

"……나한테도 따귀 한 방 정도는 날리게 해주렴."

메리다도 자기도 모르게 웃는 얼굴이 되고, 잠시 두 사람은 소리 낮춰 웃음을 나누었다.

그리고 환해진 표정으로 학원장은 말했다.

"나는 뭘 하면 되지?"

──크로스 포드 탑의 소동은 약 한 시간에 이르는 악전고투 끝에 겨우 가라앉았다. 도시 전체의 워울프를 총동원해 등불의 공급회로와 기계장치의 구동기관을 물리적으로 파괴한 것이다. 여기저기에서 누군가가 공작을 벌인 흔적이 발견되었다.

그러나 정작 중요한 범인의 행방은 결국 모르고 끝났다.

탑의 관리자인가? 관광협회인가? 혹은 기다림에 지친 기병단의 인간인가……. 워울프들은 피가 거꾸로 솟은 채 지금도 혈안이 되어 도시를 수색하고 있다.

──그런 정보를 얻고 성모 막달라는 성 프리데스위데로 돌아왔다.

성벽으로 연결되는 다리를 건너면서 곰곰이 생각을 굴린다.

대체 탑의 기계장치를 움직인 자는 무엇을 하고 싶었던 걸까. 등불 없는 생활에 기어이 싫증이 난 걸지도 모른다. 어쩌면 단순한 패닉을 보고 즐기는 인간일 가능성도 있다.

"하지만." 막달라는 옆에서 봐서는 모를 만큼 아주 살짝, 한쪽 눈동자를 가늘게 떴다.

……일찍이 《아라크네》로서 종족의 멸망을 경험한 그녀이기에 느끼는 묘한 오한이 있었다. 목이 마르고 혀가 까칠하다. 생명의 위기를 예감한 생존본능이라고나 할까. 이제 그녀들을 위협할 자는 이 도시에 남아 있지 않을진대…….

이미 등교 시간의 피크는 지나서, 정문 앞에 학생들의 모습은 보이지 않게 됐다.

딱 한 명, 블랑망제 학원장만이 아까와 같은 장소에 서 있다.

막달라가 돌아오기를 기다렸는지 얼굴을 든다.

"아아, 성모 막달라. 기다리고 있었어요."

"학원장 아니세요. 자리를 비워서 죄송합니다."

"당신에게 소개하고 싶은 분이 있어요."

막달라는 눈살을 찌푸렸다. 늑대의 얼굴이라 알아보기 어렵지만.

"……누구─죠?"

"휴가 중이었던 강사가 돌아왔거든요. 우선 당신에게 소개하는 게 좋겠다 싶어서."

"그러고 보니."

막달라는 납득한 것처럼 여러 번 고개를 주억거렸다.

"말씀은 들었—어요, 한 명이 학원을 떠나 있다고. 아마 이름은—— 라클라 마디아 선생? 아주 젊은…… 여성분이라고 들었는데."

"네, 그 사람이에요. 지금도 현역 기사로서 학생들로부터도 매우 인기가 높——."

"그러시면."

막달라는 아무 거리낌도 없이 학원장의 대사를 가로막았다.

일상다반사다. 눈살을 찌푸린 학원장에게 짐승의 아가리로 미소를 지어 보인다.

"아침 집회를 열도록 하죠……? 학생들을 모으세요. 분명 기뻐하지 않을까—요?"

그때, 학원장의 입가가 약간 굳어진 것을 막달라는 놓치지 않았다.

곧 블랑망제 학원장은 환한 웃음으로 응한다.

"참으로 좋은 생각이에요."

속으로는 결코 그렇게 생각하지 않을 것이다.

막달라는 꿰뚫어 보는 듯한 짐승의 눈으로 블랑망제 학원장을 쳐다본다.

표면상의 미소를 주고받는 두 사람의 머리 위로 수업 시작을 알리는 종이 교사 탑에서 울려 퍼졌다.

† † †

예고 없는 전교 집회임에도 여학생들은 일체의 불평도 없이 성당으로 모였다.

보름 전까지 그 광경은, 단상에 서는 자의 눈에 정말로 풍부한 색채를 가져다주었었다. 저마다 자랑하는 머리색, 멋진 헤어스타일. 형형한 눈동자에 친애로 가득 찬 십인십색의 미소——.

안타깝게도 지금은 달랐다.

여학생 300명 전원이 붉은 윔플을 쓰고 표정을 감추려는 것처럼 고개를 숙이고 있다. 블랑망제 학원장조차도 한 명 한 명을 알아볼 수가 없다.

입술을 꽉 깨물고 나서 학원장은 단상에서 연설을 시작했다.

"여러분…… 좋은 아침이에요."

침묵이 깔리고 대답은 없다. 학생 중 누구 하나 얼굴을 들어주지 않는다.

그래도 학원장은 한층 더 큰 목소리를 낸다.

"오늘도 여러분의 기운 찬 얼굴을 볼 수 있어서…… 다행입니다!"

벽 쪽에서 눈물과 콧물을 훌쩍이는 기척이 어렴풋이 느껴졌다. 함께 성 프리데스위데에서 근무하는 강사 하나가 손수건을 꺼내 울고 있다.

이미 이 학원에서 건강한 정신을 유지하고 있는 것은 학원장과 강사들뿐이다.

성모 막달라는 그 광경을 실로 유쾌한 듯이 바라본다.

늑대의 아니꼬운 시선을 뺨에 느끼면서도 학원장은 꺾이지 않았다.

"오늘은 여러분에게…… 아주 좋은 소식이 있어요. 오랫동안 휴가를 취하고 있었던 라클라 선생님께서 드디어 돌아오셨습니다. 다들…… 다들 그녀의 복귀를 고대하고 있었겠죠. 따뜻하게 맞이해 주지 않겠습니까……."

학원장은 솔선하여 손뼉을 쳤다.

그러나 300명의 여학생 중 누구 하나 따라 치지 않는다.

막달라는 킥킥거리며 어깨를 떨었다. 웃음이 나오려는 것을 열심히 참고 있는 것이다…….

후방의 문이 열렸다.

드높은 구두 소리와 함께 실루엣 하나가 성당으로 들어온다.

여학생들의 물결 사이를 곧장 가로지르지만 역시 누구 하나 반응하지 않았다.

그러나 벽 쪽에 늘어선 강사들은 하나같이 눈을 부릅떴다.

"설마……."

성당에 나타난 그 여성은 분명히 다른 베테랑 강사들에 비하면 현격하게 젊었다. 도처히 한 아이의 어머니로는 보이지 않았다. 하이힐을 신고 학원의 로브가 아니라 수완가의 비서 같은 정장 스커트를 입고 있다. 칠흑 같은 머리칼을 나부끼면서 여학생들의 줄을 가로지르고 매끄러운 발놀림으로 단상에 올라갔다.

그 미모에 질투라도 난 걸까, 막달라의 얼굴에서 웃음이 사라진다.

학원장과 자리를 교대한 《라클라 마디아 선생》은——.

즉 라클라의 신분을 빌린 알메디아 라 모르는 미소를 지으며 말했다.

"조금 안 본 사이에—— 다들 몰라봤죠?"

메리다는 집회의 상황을 2층 기둥 뒤에서 내려다보고 있었다.

전교생이 모인 것은 그녀도 알메디아도 예상 못한 일이었지만 지금은 강사들도 성모 막달라의 주의도 전부 단상에 쏠려 있다.

블랑망제 학원장의 시선만이 아주 잠깐 이쪽을 주시했다.

거리가 멀어 이쪽이 보이지는 않을지도 모르지만, 메리다는 굳게 고개를 끄덕여 대답하고 나서 돌아섰다.

뒷문으로 몰래 성당을 나가, 개미 한 마리 없는 교내를 달려 교사 탑으로.

입구에 신중히 얼굴을 내밀지만 역시 누구의 그림자도 보이지 않았다.

"학원장님은 성모 막달라의 방이 8층이라고 했었지."

자신에게 일러주듯이 말하면서 열의가 넘치는 발걸음으로 계단을 향한다.

8층까지의 거리를 단숨에 뛰어오르는 것은 굉장히 힘들겠지만 투덜거릴 때가 아니다. 메리다는 익숙한 계단을 두 칸씩 오르기 시작했다.

"알메디아 님이 시간을 벌어주는 동안에 서둘러야 해……."

쿠퍼는 마을에서 양동작전을 펴 워울프들의 감시망을 완화시킨다.

알메디아는 성모 막달라와 직접 대치하여 시간을 번다.

그동안에 메리다가 막달라를 쓰러뜨릴 비책을 실행한다……!

이 순서는 물론 다 같이 결정한 일이다.

오하라 0번가, 라 모르 가문의 은신처에서 주고받은 대화가 메리다의 뇌리에 되살아난다———.

† † †

"내가 운 좋게 성모라는 녀석과 단둘이 있을 수 있다면야 좋겠지만 그렇게 잘 풀리진 않을 테지."

회의의 중심인물이자 솔선하여 입안하고 있는 것은 물론 알메디아였다.

테이블 위에는 이곳에 있는 것으로 준비한 간단한 식사와 간식이 차려져 있다.

"1대 1로 싸워 베어버릴 수 있으면 그보다 더 좋은 일은 없겠다만."

"《늑대》는 경계심이 강한 생물입니다. 쉽지 않겠죠."

샌드위치를 집어 들면서 쿠퍼가 동의한다.

"성 프리데스위데에 경계가 쏠리면 전부 수포가 됩니다…….

시내의 워울프들까지 들이닥치면 감당할 수 없을 겁니다. 공교롭게도 저는 이 작전에서는 양동으로밖에 도움이 될 수 없을 것 같습니다."

"그렇게 되면 역시 방법은 하나다."

여공작은 빨간 손톱으로 척 가리킨다.

메리다는 김이 나는 컵을 양손으로 감싼 채 어깨를 살짝 움츠렸다.

"엔젤의 딸아, 아까 말해준 워울프족의 약점을 기억하고 있겠지? 우선 내가 성모와 대치해 주의를 끌겠다. 그 틈에 너는 놈의 거처에서 사유물을 찾아 놈의 《진짜 이름》을 알아내도록 해라."

"하, 하지만――."

미숙한 학생일지언정 그 작전의 허점을 깨닫지 않을 수 없다.

"워울프가 되기 전의―― 《아라크네》족 시절의 그녀의 진짜 이름을 말해주면 그 저주를 깰 수 있다. 성모 막달라를 쓰러뜨리기만 하면 그 실로 뽑힌 붉은 윔플은 효력을 잃어 학원 사람들은 정신을 되찾을 수 있다……."

"바로 그거다."

"그런데 만약 성모가 본래의 이름을 버렸다면요? 아무리 알메디아 님과 쿠퍼 선생님이 시간을 벌어준다고 해도 어디에도 단서가 보이지 않는다면요……!"

알메디아는 일단 포장지를 벗겨 초콜릿을 입에 물었다.

뜨거운 홍차를 넘겨 단맛과 쓴맛을 차분히 맛본다.

"――아니, 있어. 성모는 반드시 단서를 자신의 일상 주변에 숨기고 있을 게다."

눈썹을 찌푸린 여학생에게 알메디아는 "잘 들어라." 하고 집
게손가락을 세우고 계속 말했다.

"왜냐하면 워울프족은 그 특유의 탄생과정 때문에 《추방자들
의 모임》이란 편견을 벗지 못하고, 다른 란칸스로프들로부터
멸시당하는 처지에 머무르게 되거든."

"네……?!"

"그렇기에 워울프 놈들은 일부러 자신들을 《늑대의 자랑》이
나 《고상한 영혼》이라면서 과시한다. 하지만 마음속으로는 그
신분으로 전락한 것을 수치스럽게 여기고 있어. 일찍이 자기 자
신도 깔보았던 워울프가 되어 버렸다는 사실을 말이지."

할 말을 잃은 여학생을 앞에 두고 알메디아는 여유 있게 컵을
기울였다.

"되돌릴 수 있다면 원래의 모습으로 돌아가고 싶다고 그들 누
구나가 생각하고 있다. 그래서 그들은 치명상이 될 수 있음을
뻔히 알면서도 자신의 진짜 이름을 버리지 못해."

여공작의 치켜뜬 눈이 메리다의 가냘픈 실루엣을 응시했다.

"──찾아라. 그것은 반드시 놈의 일상 주변 어딘가에 남아
있다."

† † †

"……라고, 아주머니는 자신만만하게 말했지만!"

메리다는 가쁜 숨을 쉬면서 계단을 계속 올라가 성 프리데스 위데 교사 탑의 8층까지 도착했다. 긴 복도를 달려 막다른 곳에 있는 나무문으로.

그곳은 본래 암소(闇素)약학을 연구하는 엘프리데 선생의 개인실이다.

그러나 성모 막달라가 취임과 동시에 위임장의 권한으로 빼앗았다고 한다. 무엇보다 실내가 넓어 야계에서 가지고 온 사유물을 보존하는 환경으로서 뛰어나다는 점이 그 이유라고 하는데, 쫓겨난 엘프리데 선생으로서는 참을 수 없는 처사였다.

당초에는 잠잘 곳도 찾지 못해 애를 먹었다고 들어서 메리다 또한 분노가 부글부글 끓었었다.

"……한 《자리》 차지하고 있을 수 있는 것도 지금뿐이야."

쾅 하고 문을 열어젖힌다.

실내는 이미 완전히 막달라에 입맛에 맞는 야계 사양으로 바뀌어 있었다. 뭐니 뭐니 해도 어둡다. 중앙에 커다란 냄비가 놓여 있고, 부글부글 끓는 보라색 물약이 희미하게 빛을 발하고 있다. ──기이하고 기분 나쁜 광경이다.

벽 쪽에 약제 선반과 책꽂이가 빙그르르 나란히 놓인 것은 이전과 같다. 메리다는 곧바로 책부터 싹 뒤지기로 했다. 대부분의 책이 성모 막달라의 사유물이다.

그러나 한 표지에 손가락을 올린 순간 문득 깨닫는다.

"……자신의 이름을 남겨둘 만한 물건에는 뭐가 있을까?"

적어도 기성품인 책은 아닐 것이다. 일기나 혹은 서류에 쓴 사인——.

　서랍을 열자 예상대로 엘프리데 선생의 업무도구는 처분되고, 대신에 성모 막달라의 사물이 담겨져 있었다. 필기구에 양피지, 봉투 몇 장.

　성 프리데스위데의 징벌 학생 리스트.

　교전——.

　메리다는 혹시나 싶어 그 교전을 펴보긴 했지만, 성모로서의 마음가짐과 교의 그리고《막달라》라는 서명이 되어 있을 뿐이었다. 답답해하며 표지를 덮는 메리다.

　"워울프가 되고 나서 생긴 사유물이 아니라…… 뭔가, 뭔가 다른 게 없을까……."

　둘째 칸, 셋째 칸, 제일 아래 칸으로, 손에 집히는 대로 서랍 손잡이를 당긴다.

　두 번째 서랍에서는 금속제 책꽂이가 많이 나왔다.

　세 번째 서랍에는 파충류의 쭈그러진 시체가 넣어져 있어서, 내용물을 보자마자 메리다는 비명을 지르며 곧장 손잡이를 쳐서 돌려보냈다.

　그리고 마지막 서랍에는——.

　"손수건인가?"

　대량의 천이 빈틈없이 수납돼 있었다.

　바느질해서 낙하산이라도 만들려는 건가 싶을 만큼 엄청난 양이다. 접힌 것도 아니고 그냥 욱여넣어져서, 뻑뻑한 손잡이를 당긴 직후 몇 장인가가 흘러나와 버렸다.

메리다는 발밑에 떨어진 한 장을 줍는다.

천 자체는 아주 평범하지만 제각기 스타일이 다른 정교한 자수가 놓여 있었다.

알메디아의 말이 떠오른다…….

『아라크네족에는 《죄의 여자》라고 불리는, 실을 뽑는 자가 있었다――………..』

막달라의 정체가 그 《죄의 여자》라면 이 천들은 그녀가 옛날을 그리워해 제작한 물건이라는 뜻이 된다. 메리다는 곧바로 느낌이 왔다.

"……이름을 자수했을지도!"

미안한 마음을 뒤로 미루고 메리다는 손수건 다발을 파헤치기 시작했다.

발밑에 흩어진 손수건들을 한 장씩 꼼꼼히 조사해 그 자수의 흔적을 더듬는다.

……예상은 했지만, 그렇게 부주의하게 이름을 남기지는 않았다.

"그래도 모르니까, 전부 조사해야 해!"

혼자서 확인하기에는 방대한 양이다. 그래도 메리다는 과감하게 다음 천을 펼쳤다.

그때였다.

콰앙 하고 방문이 닫힌다.

메리다는 깜짝 놀라 얼굴을 들었다.

벌써 막달라가 돌아온―― 것은 아니었다. 여학생 네 명이 새롭게 방에 들어온 것이다. 면식 있는 얼굴이어서 메리다는 순간 가슴을 쓸어내린다.

"네르바……!"

클래스메이트이자 어떤 의미로는 인연이 있는 상대인 네르바 마르티요와, 그녀와 함께 블루멘을 구성하고 있는 세 명이었다. 실기수업 중이었던 걸까? 어째선지 시합용인 흑색 배틀 드레스를 입었고, 손에는 저마다 무기를 들고 있다.

다른 여학생들과 마찬가지로 그 눈동자에 감정의 빛은 없었다——.

1학년 시절이라면 모를까 현재 메리다와 그녀들의 관계는 결코 험악하지 않다. ……특별히 친하게 지내는 것도 아니지만 겉바른 말을 할 필요도 없을 것이다.

"놀라게 좀 하지 마. ……아, 아니, 놀라게 한 건 내 쪽인가?"

"…………."

"으음, 있잖아? 필요가 있어서 학원에 돌아왔어. 너희도 지금은 강제로 마음을 잊어버린 상태지? 그래도 걱정하지 마. 나랑 선생님들이 금방——."

거기서 메리다는 서서히 위화감을 깨달았다.

네르바 일행 네 명의 인형 같은 표정은 다른 많은 여학생들과 똑같다.

그러나 다른 점이 있다.

쓰고 있는 웜플이 검다——.

"네르바?"

메리다의 부름에 대답하지 않고 그녀는 오른손의 메이스를 머리 위로 높이 치켜들었다.

바닥을 찬다.

직후, 무시무시한 속도로 눈앞에 다가오는 질량을 인식하고 메리다는 옆으로 홱 비켜섰다. 아주 잠깐의 차이로 메이스 머리가 바닥에 꽂혔다. 바닥이 무슨 종이 쪼가리처럼 분쇄되어 파편이 사방에 흩날렸다.

"뭐야……?!"

놀라고 있을 틈조차 없었다. 네르바 이외의 세 명이——이들도 쓰고 있는 것은 《검은 윔플》이다——연거푸 뛰쳐나와 순식간에 메리다를 포위했다.

수평을 가르는 검을 메리다는 아슬아슬하게 바닥에 굴러 피했다. 그 기세를 유지한 채—— 짧은 사과 한마디를 보내면서 한 명의 정강이를 걷어차 버린다. 뼈에까지 격통이 갔을 것이다.

그런데 꿈쩍도 하지 않았다.

걷어차인 한 명은 걷어차인 다리로 메리다를 짓밟으려 했다. 발뒤꿈치가 보인 순간에 메리다는 반대쪽으로 구르고서 손을 짚고 튀어 올랐다.

한 박자 늦게 발뒤꿈치가 바닥에 구멍을 냈다.

또다시 젤리같이 분쇄되어 파편을 뿔뿔이 날린다. 어마어마한 위력이었으니 대미지를 입은 직후의 다리에 한층 큰 부하가 가해졌을 것이다. 그럼에도 불구하고 당사자는 여전히 아무렇지도 않다. 메리다는 견디지 못하고 얼굴을 가리면서 경악했다.

"어떻게 된 거야……!"

그 손목을 다른 한 명에게 붙잡힌다. 그리고 빙빙 돌려졌다. 강제로 2회전하는 동안에 또 다른 한 명이 무기를 머리 위로 높이 들고, 완벽하게 타이밍을 맞춘 세 번째 회전 때 메리다의 배를 노리고 무기를 때려 박았다.

직전에 한쪽 팔과 한쪽 무릎을 모으고 가지고 있는 모든 마나로 방어.

우두둑, 마나의 벽이깨지고 메리다는 그대로 정타를 맞았다. 책장에 등이 격돌한다. 심상치 않은 충격과 굉음이 났고, 책장의 물건들이 일제히 바닥에 쏟아졌다.

"으윽, 크으……!!"

메리다에게는 쓰러지는 것조차 허용되지 않았다. 쉴 틈도 없이 다시 네르바가 파고들어 와 가차 없는 앞차기를 날린다. 메리다가 재빨리 등을 미끄러뜨려 낮추자 얼굴이 있던 위치를 발뒤꿈치가 강타했다. 이번에도 당연하다는 듯 나무 파편이 터진다.

"이게……!"

메리다는 등을 낮춘 채 발차기로 역공에 나섰다. 오른발로 명치를 차서 벽으로 체중을 밀어붙이며 연달아 왼발, 추가로 오른발을 쑤셔 넣는다. ──경쾌한 3연각.

네르바는 통증을 느끼는 기색 없이, 다만 힘에 밀려 물러섰다.

메리다는 빈틈없이 벌떡 일어나 엉덩이를 털면서 네 명의 《적》을 응시한다.

──분명하다. 네르바 일행 네 명에게는 명확한 《적의》가 있

다. 그뿐만이 아니라 이들의 한계를 넘은 파워와 감정을 무시한 방어력을 메리다는 경험한 바 있다.

"그 베르세르크라는 워울프와 똑같아……?!"

베테랑 기사들조차 베르세르크를 상대로 어마어마하게 고전했었다.

그렇다면 메리다가 취해야 할 수단은——.

《검은 윔플》 4인조는 슬슬 구두 바닥을 미끄러뜨리며 메리다를 포위한다.

메리다는 일단 폐 안의 공기를 뱉어내고 몸의 자세를 바꿨다.

활처럼 팔다리를 잔뜩 당기고 허리를 깊이 낮춘 것이다. 그 전신으로부터 황금색 마나가 해방된다. 불이지만 흐르는 물과 같이 온몸을 돌고, 손가락 끝에서 매섭게 공기를 태웠다.

가지런히 맞춘 네 손가락을 메리다는 가볍게 자기 쪽으로 비튼다.

——와 봐.

무언의 투기가 서로 부딪쳐 허공에 스파크를 튀겼다. 선수를 친 것은 네르바다. 종아리 근육을 삐걱거리며 예상대로 한계 이상의 스피드로 대시. 메이스 머리가 춤추듯이 회전하면서 치켜 올라가, 머리 위의 한 점에서 내리쳐졌다.

정수리를 쪼개버릴 것 같은 강렬한 일격.

메리다는 손등을 사용해 《옆》으로 손잡이를 밀쳐내고 동시에 네르바에게 뛰어들었다. 메이스 머리가 어깨를 스치고 바닥에 꽂힌다. 쭉 뻗은 네르바의 팔에 자신의 양팔을 감은 다음 앞으로 기울어져 있었던 그녀를 그대로 잡아당겨 쓰러뜨렸다.

서로 뒤엉킨 채 바닥을 구른다.

능란하게 발뒤꿈치를 상대의 명치에 박고 걷어찼다. 《내던졌다》라고 하는 편이 맞을지도 모른다. 아무튼 네르바가 터무니없는 속도로 날아가는 이유는 그녀 자신의 돌진속도를 그대로 돌려받았기 때문이다.

하늘과 땅이 뒤집힌 채 네르바는 등부터 약품 선반에 격돌.

그대로 바닥에 흘러내리고――"앗." 하고 메리다는 저도 모르게 소리를 질렀다. 네르바가 후두부 쪽으로 쾅 쓰러졌기 때문이다. 그녀가 제정신이라면 틀림없이 반응을 보였을 텐데.

"아야야야?!"

얼빠진 자세의 네르바로부터 목소리가 들려서 메리다는 깜짝 놀라 눈을 부릅뜬다.

검은 윔플이 벗겨져 있었다――.

조금 전 순간적인 공방 때 머리에서 빠진 것이리라. 네르바는 흐느적흐느적 손발의 위치를 바로잡으면서 가까스로 기어 일어나 부딪친 머리를 누르며 눈을 깜빡였다.

"잠깐만, 어, 내, 내 꼴이 왜 이러지? 난 대체…… 여기는 어디??"

"네르바, 다행이다!"

"우와앗?!"

무척이나 감격한 메리다는 그녀를 부둥켜안았다. 네르바의 눈동자에는, 목소리에는, 확실히 마음이 있었다.

예를 들면 《쑥스러움》이다. 네르바는 뺨을 붉히면서 메리다의 어깨를 도로 밀었다.

"가, 갑자기 왜 그래, 기분 나쁘게……. 그, 그보다 너, 언제 학원에 돌아온 거야? 신문은 매일 네 기사로 난리도 아니야!"

"네르바. 이야기는 나중에 하고 지금은——."

메리다는 급우의 팔을 세게 쥐고.

"피해!!"

둘 다 동시에 힘껏 구른다. 직후에 세 방향에서 무기가 날아와서 바닥을 꿰었다. 네르바는 낙법을 치는 것도 잊어버리고 "뭐야……?!" 하고 눈이 휘둥그레진다.

그도 그럴 것이, 흉악한 날을 들이댄 건 다름 아닌 그녀의 자매들이었다. 기숙사 룸메이트마저 섞여 있다. 생기를 잃은 표정의 세 명을 향해 네르바는 거세게 항의했다.

"다들 뭐야?! 이 나한테 덤벼들다니, 대체 무슨 생각으로 그러는 거야? 애초에 수업도 아닌데 그런 꼴로 이런 곳에서……!"

"네르바, 지금은 네 목소리조차 닿지 않을 거야."

메리다는 손목을 꽉 붙잡아 네르바를 만류했다.

"쟤들이 쓰고 있는 윔플은 성모 막달라의 아니마야! 그녀에게 조종당하고 있는 게 틀림없어. 무단으로 방에 들어온 자를 내쫓아라, 라는 명령을 수행 중인 거라고!"

"……그러고 보니 《고문 직속 집행관》인가 하는 영문 모를 직책에 임명된 것 같은."

거기까지 생각해내고서 네르바는 "으윽." 하고 머리를 누른다.

윔플의 영향력은 예삿일이 아니었던 것이다. 눈동자에 분노를 태우며 얼굴을 든다.

"그 늑대녀…… 가만두지 않겠어!"

세 곳에서 바닥이 터졌다.

세 명의 《검은 윔플》이 잔상을 남기면서 다가온다. 네르바는 메이스를 치켜들고, 메리다는 격투 자세를 취했다. 예상대로 세 명이 우선적으로 노리는 것은 메리다.

가로로 휘둘러지는 검을 겁내지 않고 여으로 뛰어들어 상대의 팔을 받는다. 그대로 송두리째 붙잡아 몸통째 돌린다. ——아까의 답례다! 하고 쾌재를 지르는 동안 네르바는 풀 스윙 자세를 취하고 있었다.

"문병은 가줄게!!"

주저하지 않고 친구의 늑골을 강타. 회전속도도 합쳐져 소름 끼치는 진동이 메리다의 손바닥에 전해졌다. 얻어맞은 당사자는 무기를 놓치고 벽까지 날아가 쓰러졌다.

숨 돌릴 틈도 없이 두 명째. 놀랍게도 그녀는 스스로 무기를 버렸다.

적수공권으로 메리다의 빠른 속도에 대항하고자 한 것이다. 터무니없이 묵직한 라이트 스트레이트. 통나무 같은 압력의 훅, 돌려차기를 잽싸게 피하자 휩쓸린 공기가 요란하게 응응 거린다.

메리다는 공격수단의 숫자에서 상대방을 압도했다. 아까도 걸어찬 정강이, 허벅지, 옆구리를 연달아 공격, 그러나 까딱도 하지 않는다. 발차기 3연발. 메마른 음색이 리드미컬하게 튀었다.

상대방은 전력으로 주먹을 휘둘러 왔다.

그 팔을 날렵하게 피해 나가면서 메리다는 발레리나처럼 등쪽으로 발을 차올린다. 발뒤꿈치가 카운터 느낌으로 상대의 코를 때리고서야 상대의 몸이 뒤로 조금 젖힌다. 메리다는 진자와 같이 다리를 되돌리는 김에 연거푸 니킥. 정확하게 상대의 턱을 때리고, "미안해." 하고 양해를 구하면서 마지막으로 뺨을 차 버린다.

메리다의 다리에도 상당한 반동이 왔다.

그렇지만 상대의 아픔에 비하면 아무것도 아니리라. 왜냐하면 위를 향해 재껴진 몸뚱이를 향해 드높이 메이스를 치켜 올린 네르바가 대기하고 있었기 때문이다.

금속질의 끄트머리에서 가지고 있는 모든 마나가 솟구친다.

"《갤릭…… 해머어어————》!!"

수직으로 내려쳐 단숨에 분쇄한다. 보고 있는 메리다가 "꺄아악?!" 하고 비명을 지를 정도로 무시무시한 광경이다. 자매의 가슴을 때린 쇳덩어리를 그대로 다짜고짜 바닥까지 힘껏 휘두른다.

두 번째 《검은 웜플》은 바닥에 등이 쫙 붙어 버렸고———.

충격의 여파로 인해 바닥이 방사형으로 부서졌다. "커헉!" 하고 침이 반짝인다.

마지막으로 남은 《검은 웜플》까지 그 광경에는 약간 기가 죽은 것처럼 보였다.

그녀가 주춤한 틈에 메리다는 순식간에 승부를 결판냈다. 상대의 몸이 굳고 무거워진 것을 이용해 무릎과 등을 발판으로 삼아 눈 깜짝할 사이에 상대의 어깨로 뛰어오른 것이다.

두 손바닥을 번쩍 들고 그 손가락 끝에 마나를 칼날과 같이 모은다.

등 쪽에서 후두부로 양손을 내려친 다음 베었다. 마나의 궤적이 이중으로 교차.

검은 윔플이 잘게 썰렸다──.

머리카락까지 몇 올 손상시켜 버린 것은 이해해달라고 하자. 아무튼 그걸로 마지막 한 명도 윔플의 지배에서 해방되어 메리다의 체중조차 버티지 못하고 무릎이 무너진다.

"아와와……!"

메리다가 자기 발로 뛰어내리는 것과 동시에 세 번째 자매도 바닥에 쓰러졌다…….

대미지들이 상당한지, 이제 아무도 일어나지 않는다. 네르바는 조심스레 가슴에 손바닥을 댔다.

"……안심해. 모두의 희생은 헛되이 하지 않을게."

"아니아니아니! 정신을 잃은 것뿐이잖아."

재수 없는 소리를 하는 그녀를 나무라는 한편 메리다는 방을 휙 뒤돌아보았다.

《검은 윔플》들의 심상치 않은 파워 덕분에 집무용 책상 주변도 심각한 피해를 보았다. 책이나 나뭇조각에 손수건 다발이 파묻혀 있고 몇 개는 어지럽게 풀어져 있다.

——쉬고 있을 틈은 없었다.

"네르바, 도와줘."

위에 얹혀 있었던 책을 치우고 메리다는 손수건 다발을 끄집어냈다.

그리고 또 한 장 한 장 꼼꼼히 자수를 확인하기 시작한다. 마치 전장의 한복판에서 소꿉놀이하는 유아처럼—— 엉뚱해 보이는 광경에 네르바는 몸을 쑥 내밀었다.

"도, 도와달라니, 뭘 하면 되는데? 도대체 지금 무슨 일이 일어난 거야?!"

"설명할 테니 손부터 움직여줘. 손수건 아무 데나 이름이 바느질되어 있는지 없는지를 확인하면 돼."

네르바도 답답한 듯이 바닥에 주저앉았다. 메리다는 털썩하고 다리를 아무렇게나 뻗은 자세로 앉아 오른쪽에서 왼쪽으로, 손수건을 집어 들었다가 확인 후 제외해 갔다.

그것은 터무니없고 앞이 보이지 않는 작업으로 느껴졌다——.

"아직 싸우고 있는 사람들이 있어. 힘이 될 수 있는 건 우리뿐이야. 너도 그 성모에게 한 방 먹여주고 싶지 않아?"

성당에 있는 여학생들은 조금 전의 네르바 일행과 같이 마음을 봉인 당한 상태일 것이다.

그것을 생각하면 1분 1초라도 빨리 찾아야 한다. 메리다는 마음만 조급해지고 있었다.

그녀가 집다가 놓친 손수건 한 장을 네르바가 천천히 주워든다.

"……한 방 먹여주고 싶지 않느냐고?"

팡. 공기를 울리면서 양손에 펼쳤다.

"바라는 바야!"

† † †

"후후후, 과연…… 라클라 마디아, 선생……."

성당에서 아직도 계속되는 집회를 예고도 없이 여성의 목소리가 가로막았다.

바로 성모 막달라다. 천천히 벽 쪽에서 걸어 나와 단상으로 올라가고서 그 중앙에 서 있는 묘령의 《라클라 마디아 선생》에게 다가간다.

블랑망제 학원장은 꿀꺽 숨을 삼킨다.

필사적으로 이야기를 이어가려고 입을 열지만, 그런 학원장을 당사자인 《라클라 선생》이 막았다.

"이미 간파당한 것 같네."

알메디아는 어조를 꾸미는 것조차 관뒀다.

성모 막달라는 짐승의 표정으로 미소를 띠고 있는 것처럼 보였다.

"알아……. 당신을 알아, 디아볼로스……."

"…………."

"워울프 모두가…… 당신의 행방을 찾고 있어. 매드 골드에게 검을 들이댄 당신만은 《무혈주의》 범위 밖이라고……. 그 고기를 먹어도 된다는 허가가 나왔다."

짐승 같은 손이 슈트 어깨에 놓였다. 알메디아는 아직 동요하지 않는다. 성모 막달라는 요염한 손놀림으로 슈트의 허리에서 옆구리를 쓰다듬고, 알메디아의 볼에 손바닥을 기게 하더니 그녀의 귓가에 늑대의 커다란 주둥이를 가까이 댄다.

"알메디아 라 모르."

속삭였다. 알메디아의 속눈썹이 희미하게 떨린다.

"당신 딸은 어디 있어?"

"죽어도 안 가르쳐 줘."

순간적으로 알메디아는 팔을 휘둘렀다. 그것을 미리 알고 있었던 것처럼 막달라는 종잇장 차이로 후방으로 잽싸게 물러선다. 부채같이 펼쳐진 흑염은 공기만 태웠다.

늑대의 아가리가 명백히 비웃었다.

"라…… 라 모르 공!!"

벽 쪽에서 강사 하나가 움직였다. 허리띠에 찬 칼자루를 잡아, 칼집에서 빼 들자마자 알메디아에게 던진 것이다. 회전하면서 날아온 검을 알메디아는 여유 있게 손바닥으로 붙잡았다.

성모 막달라는 환희의 표정을 띄웠다. 뾰족한 손끝으로 강사진을 가리켰다.

"봤다!!"

강사들은 움찔했다. 그 표정을 막달라는 맨 끝에 있는 자부터 차례차례 손가락으로 가리켜갔다.

"지금, 당신—들은 분명히…… 반역자 알메디아 라 모르를 도와줬어. 저자가 나—를 베어 죽이는 것을 기대하고…… 우후후후!"

"……윽."

"도저히 《친구》에 대한 처사라고는 생각—되지 않아…….
나, 완전히 상처받았어!! 슬프지만 보고해야 해……. 동료들
을, 여기로 불러, 의논해야 해."

연민으로 가득한 목소리로 속삭인다.

"당신들을 먹어야 하나? 라는 것을……."

알메디아는 날카롭게 바닥을 박찼다.

그러나 막달라는 또다시 뒤로 훌쩍 물러났다. 치고받을 생각
이 전혀 없는 것이다. 자신의 전의만 겉돌아서, 알메디아는 "네
이놈." 하고 발을 굴렀다.

막달라는 단상에서 뛰어내렸다.

여학생들이 줄지어 서 있는 한복판에 수도복을 펄럭이며 착지
한다.

붉은 윔플을 쓴 소녀들의 머리는 이번에도 역시 눈곱만큼도
움직이지 않는다.

"이 아이들이…… 말려들었다 다치기라도 하면……."

막달라는 한 여학생의 어깨를 사랑스럽다는 듯이 끌어안는다.

얼굴 바로 옆에 자신의 볼을 나란히 놓는다.

인형으로 복화술을 하는 것처럼——.

"당신—의 지위도, 끝을 고할 테지."

알메디아는 주먹을 꽉 쥐었다. 섣불리 파고들 수가 없다. 늑대
의 주둥이가 더욱 치켜 올라갔다.

"만약, 이렇게 하면, 어떡할래……?"

여학생의 얼굴을, 막달라는 안대를 씌우는 것처럼 손으로 가렸다.

그러자 어찌 된 영문일까.

그녀가 쓴 윔플이 순식간에 변색됐다. 선명한 빨강에서 먹물 같은 검정으로. 성 프리데스위데의 강사진마저 술렁인다. 저런 장치가 있다고는 못 들었다.

《검은 윔플》으로 변한 여학생의 귓가에다 막달라가 부추긴다.

"양아……. 늑대야, 늑대가 나왔어……."

알메디아를 시선으로 가리키며 우습다는 듯이 비웃는다.

"거짓말이지만."

바닥이 부서지고 여학생의 모습이 순식간에 사라졌다.

알메디아는 퍼뜩 얼굴을 쳐든다. 《검은 윔플》 여학생은 상공으로 뛰어올랐다가, 그대로 화살과 같은 기세로 단상으로 돌진해 왔다.

알메디아가 잽싸게 뒤로 물러나자 원래 있던 장소에 발차기가 꽂혔다.

폭음이 울렸다.

심상치 않은 마나 압력이 임팩트 순간에 작열한 것이다. 이쯤 되자 알메디아도 눈을 부릅떴다. 어떻게 보아도 기사학교 수습생이 발휘할 수 있는 위력이 아니었다.

발차기에 뚫린 구멍에서 《검은 윔플》은 발을 뽑았다.

일직선으로 덤벼든다. 알메디아는 그것을 정면으로 받아냈다. 부러질 정도로 가는 손목을 붙잡아, 터무니없는 근력으로 날뛰는 소녀를 필사적으로 억누른다.

당황한 것은 똑같이 단상에 있는 블랑망제 학원장이었다.

"그만두세요, 미스 퍼들리! 그분은……!"

"물러나 주시오, 학원장!"

알메디아조차 이마에 땀이 맺힌다.

"어떻게 봐도 제정신이 아니야……!!"

두건의 원리는, 불쾌한 웃음을 계속 띠는 막달라만이 알고 있으리라.

"우후후후후……. 저 《검은 윔플》은…… 인간의 뇌가 무의식적으로 제한하고 있는 《저력》을 해방한다……! 한계 이상으로 분발해서…… 나—의 부탁에 응하는 것이지."

그리고 나직이 덧붙였다.

"망가질 때까지."

"악마 같은 놈……!!"

알메디아는 《검은 윔플》 여학생을 억지로 끌어안은 다음 그 숨골을 수도로 때렸다. 의식을 잃은 소녀는 무릎부터 덜컥 무너져 내렸다.

그녀를 바닥에 쓰러뜨림과 동시에 알메디아는 뛰기 시작했다. 단상으로부터 튀어나가 공중에서 검을 번쩍 들면서 막달라에게 돌진했다.

여공작의 참격이 성모의 밉살스러운 미소를 일도양단하기 직전——.

한 여학생이 스스로 공격선상에 몸을 날렸다.

"크읔……!"

순간적으로 파악하니 아직 애처로운 1학년생이었다.

바로 메리다를 연모하는 후배 티치카 스타치다.

그녀의 머리에도 《검은 웜플》―― 알메디아는 강제로 검을 되돌리지만 돌진 속도는 어떻게 할 수가 없어 그대로 바닥을 향했고, 어깨를 부딪치면서 고꾸라졌다.

막달라는 짐승의 주둥이로 폭소한다.

주인에게서 떠난 검이 메마른 소리를 내며 바닥에 미끄러졌다 ――.

"다…… 다들, 집회는 끝났어요! 교실로 돌아가세요…… 해산! 해산!!"

단상의 블랑망제 학원장은 간절히 소리를 질렀다.

그러나 300명의 여학생 누구 하나 따르지 않는다…….

막달라는 급기야 배를 잡고 웃기 시작했다. 벽 쪽의 강사진이 하나같이 노기를 띤다.

"네 이놈…… 이 이상의 모욕은 좌시하지 않겠다!"

"우후후. 그럼 안 되지, 여러분……? 이걸 봐!!"

막달라의 공격방법은 교묘하고 가차 없었다.

《검은 웜플》을 강제로 쓴 티치카가 흐리멍덩한 모습으로 몸을 구부린다.

알메디아가 놓친 검을 바닥에서 주워들었다.

――이번엔 결투라도 시킬 셈인가?

그렇지는 않았다. 경악스럽게도, 티치카는 칼날을 자신의 목덜미로 가져갔다. 이제 그녀의 목숨은 얇은 피부 한 장이 지키고 있다. 강사들은 놀람과 함께 심장이 바싹 오그라들었다.

블랑망제 학원장의 안색이 창백해진다.

웃고 있는 것은 성모뿐이었다.

"우후후후후후후……!! 내가 《검을 써》라고 부탁하면…… 저 아이는 시키는 대로 하겠지. 우후후후—후후후후!"

"그, 그만둬……. 학생에게 손을 대는 짓은 하지 말아줘……!"

"그럼 친애하는 강사 선생님들. 이 가여운 양 대신에——."

성모는 무자비하게 손가락으로 홱 가리킨다.

"늑대를 죽여줘."

"…………!!"

최초의 한 발을 내디딘 것은 누구였을까.

한 명이 움직이기 시작하자 질질 끌려가는 것처럼 다른 사람들도 움직이기 시작했다. 마치 죄를 공유하는 것같이…… 강사들은 각자 무기를 뽑고서 빙그르르 원형으로 진형을 짠다.

맨주먹인 알메디아 여공작을 포위하고——.

칼끝을 묘령의 미모에 들이댄 강사 한 명의 이를 악문 입술에서 피가 맺혔다.

"죄송합니다……. 죄송합니다, 공작님……!!"

"괜찮다."

알메디아 자신도 이미 납득하고 있었다.

"나였어도 그렇게 할 거다."

"우후후——후후후!! 후후후하하하하하하!!"

막달라는 이미 웃음을 참을 수 없는 상태였다.

저 모습의 어디가 《성모》란 말인가——.

그 추악한 표정은 완전히 사냥감의 목숨을 가지고 노는 짐승이나 다름없었다.

"피하면 안 돼! 피하면 안 된다고, 알메디아! 그대로 죽어!! 강사 선생님들, 우선 손발을 꿰어봐. 저 여자가 몸부림치며 뒹구는 모습을 내게 보여줘!!"

"마침내 본성을 드러냈군, 《무혈주의자》여."

"무슨 소리지? 나는 손을 더럽히지 않았어……. 너희가 멋대로 벌이는 짓이라고!! 인간이, 인간끼리, 서로 해치고 있는 것뿐이야. 싫다면…… 싫으면 그만두지그래? 우후후, 나는, 그냥, 보고만 있을게……. 우후후, 아————하하하하!!"

콰앙! 성당의 문이 열려 젖혀졌다.

소녀의 실루엣과 함께 목소리가 울린다.

"마텔!!"

제정신을 가진 한정된 자들이 일제히 뒤돌아본다.

강사들의 눈동자에 빛 그 자체로 보이는 금발이 비쳤다. 문 앞에 선 소녀의 결연한 눈빛을 확인하고 알메디아는 피식, 입술을 실룩였다.

블랑망제 학원장은 진심에서 우러나오는 한숨을 흘렸다.

"미스 엔젤⋯⋯————."

그리고 마지막으로 성모 막달라가 딱딱하게 뒤돌아본다.

이미 웃음도 광기도 없이, 그저 한없이 목이 마른 것처럼 눈과 목이 떨리고 있었다.

"⋯⋯어, 어? 뭐야? 지금, 어⋯⋯ 뭐라고⋯⋯?"

문 앞에 선 소녀들은——.

정확히는 격렬하게 숨을 헐떡이는 네르바와 비슷하게 어깨를 들썩이는 메리다다. 메리다는 손수건 한 상을 꽉 쥐고 있다. 그 것을 쭉 내민다.

"마텔."

메리다는 명확히 반복한다. 손수건 구석에는 조그맣게 《잊지 못할 마텔》이라고 자수가 놓여 있었다. 그 실에 담긴 감정마저 생생하게 짐작할 수 있을 것 같다.

"성모 막달라⋯⋯ 네 진짜 이름은 마텔! 아라크네족 마텔이 야!"

"그, 그래⋯⋯ 아니, 아냐, 아니야. 너는 뭔가 착각하고 있 어⋯⋯. 그 이름은 말하지 마. 그, 그 혐오스러운 손수건 좀, 빠, 빨리, 치워⋯⋯."

막달라는 두 발짝, 세 발짝 뒷걸음질 치기 시작했다.

메리다가 치켜든 손수건에 죄상이라도 적혀 있는 걸로 보이는 걸까. 짐승의 귀를 싸맨다.

"히이⋯⋯히야아아아! 새, 생각나게 하지 말아줘!! 나는 막달 라. 나는 막달라야! 그런 《죄의 여자》 따윈 몰라. 나는 태어났을

때부터 워울프였어!! 십자가 낙인이 찍힌 여자 따위는 없었다
고……. 그래, 나는."

불쑥 흘린다.

"마텔 같은 게……————————."

직후, 그녀의 입이 찢어쳤다.

입의 양쪽 끝이 갈라지고 후두부까지 단숨에 상처가 벌어진
것이다. 이어서 막달라의 눈알이 튀어나오고, 영혼을 잡아 찢
는 듯한 절규가 울렸다. 메리다와 네르바, 강사진은 깜짝 놀라
몸을 뒤로 뺀다.

"기야아아아아아아아아아아아아아악————————?!"

가차 없이 전신이 찢어져 나간다. 피가 솟구친다. 메리다와 네
르바는 입을 막고 뒷걸음질 쳤다. 털가죽이 찢어진 곳에서 미끈
한 무언가가 보이기 시작했다.

바로 독모(毒毛)가 난 거미의 겉껍데기다. 체액을 뚝뚝 떨어
뜨리면서 절족 몇 개가 튀어나왔다. 마치 강산(强酸)을 뒤집어
쓴 것처럼 자신을 쥐어뜯고 가죽을 필사적으로 떼어낸다.

머리 가죽이 후드같이 벗겨지고, 아까와 전혀 닮지 않은 거미
의 얼굴이 쑥 나온다.

꿈틀거리는 이빨 사이를 통해 한층 더 기묘한 소리가 흘러나
왔다.

성 프리데스위데 강사진이 무기를 들지만, 알메디아는 그것
을 제지했다.

"필요 없어."

여공작의 말대로 큰 거미는 온몸에서 가죽을 떼어내는 데 무아지경으로 보였다. 곧 그 안쪽으로부터 부피로 치면 두 배는 되는, 피로 점철된 전신이 굴러 나오기 시작했다.

꺼림칙하기 짝이 없다. 몸통이 쓰러진 순간 체액이 철벅하고 튀었다. 열두 개의 절족이 바닥을 할퀴긴 했지만, 볼썽사납게 경련하고 있는 모습으로밖에 보이지 않는다.

주위의 여학생들이 제정신이라면 아비규환, 난리가 났으리라.

막달라는 이미 산송장이었다.

엄니 틈새로 피리같이 가는 숨을 쉬고, 자기 무게도 버티지 못해 허우적거리고 있다.

메리다와 네르바, 강사진조차 연민을 느낄 만큼 비참한 모습이었다.

"이것이 워울프족의 말로다."

유일하게 동요하지 않는 것은 알메디아였다. 힐 소리를 울리며 걸어 나왔다.

"워울프족은 자신의 《진짜 이름》을 스스로 말할 수 없다. 누군가가 알아주는 수밖에 없어. 만약 그것을 스스로 밝히려 하면 ──."

입 한쪽에 집게손가락을 넣고 가볍게 잡아당긴다.

"《입이 찢어져》 버린다. 즉 다시는 누군가가 이름을 불러줄 수도 없게 되지."

"세상에……."

"슬픈 저주야. ──그만 끝내주도록 하자꾸나."

알메디아는 근처에서 검을 찾으려고 했다.

그것을 손바닥을 들어 막은 인물이 있었다. 블랑망제 학원장이다.

알메디아의 어깨를 잡고 지팡이를 짚으면서 옆에 걸어 나온다.

"그녀는 저래도 저희의 동료였습니다. ……임종을 지켜보는 것도 저희가."

알메디아는 한 차례 고개를 끄덕이고 자리를 양보했다. 학원장이 대신 앞으로 나온다.

큰 거미는 이제 얼굴을 드는 것도, 인간의 말을 낼 기력도 남아 있지 않았다.

"……당신이 정말로 《친구》라면 좋았을 것을."

블랑망제 학원장은 몸 앞에 지팡이를 내걸고 끝부분을 높이 번쩍 올린다.

지팡이 장식이 눈부신 불길을 방출했다.

"《섀도우티스트 게이트》"

평온한 어썰트 스킬의 선고와 함께 큰 거미의 전신을 빛이 뒤덮는다.

빛은 천장으로 솟아오르는 기둥이 되었다. 큰 거미의 몸을 말단에서부터 불태워, 서서히 없애면서 재로 바꾼다. 엄숙하면서도 거센 회오리와 같은 압력.

막달라의 단말마 같은 외침조차 빛의 격류에 집어 삼켜진다.

머지않아 그 몸은 완전히 소실되고, 빛의 기둥은 서서히 가늘어지면서 천장으로 빨려 들어가 사라졌다. 그 뒤에는 바닥 일대에 번지는 피와 불탄 흔적만이 남았다.

　동시에.

　달그락하고 상석(床石)에 금속음이 튀었다.

　"어라……? 티치카는 대체 무엇을……."

　1학년 티치카 스타치가 그 손에서 망연자실 검을 떨어뜨린 것이다.

　그녀만이 아니다. 여학생 300명 전원의 눈동자에 의사가, 목소리에는 감정이 되살아났다. 성당 어기저기에서 술렁이는 소리가 번지고 기분 탓인지 공기에 열이 가득했다.

　그리고 300장의 《윔플》이 일제히, 저절로 풀어졌다.

　실처럼 가늘어진 윔플은 더욱 자잘하게 변하여 사방으로 흩날리고, 바람에 날아가나 싶더니 그대로 공중에 녹아 사라졌다――. 마치 그 윔플을 짠 본인처럼.

　도무지 상황이 이해되지 않은 여학생들이지만, 티치카는 시선을 두리번두리번 돌리다가 입구 문에 서 있는 금발의 소녀를 발견했다.

　"……메리다 언니!"

　여학생들의 시선이 일제히 뒤를 향했다.

　티치카는 깡충깡충 뛰는 듯한 발걸음으로 그녀를 향해 달렸다.

　메리다는 양팔을 벌리고 기다리다 사랑스러운 후배를 힘껏 껴안아주었다.

　"티치카! 다행이야, 무사히 마음을 되찾았구나……."

　"언니, 언니――! 큰일이에요. 신문이 언니를 《예언의 아이》

라고!"

"알아. 티치카야말로 무서운 일은 없었어?"

티치카는 해맑은 미소로 올려다보며 대답한다.

"학원은 선생님들이 지켜주시고 계셨어요."

주위에서도 안면이 있는 급우가 몰려들어 메리다에게 질문공세를 폈다. 어디에 가 있었던 것이냐, 뭘 하고 있었느냐 등등 누가 무슨 이야기를 하고 있는지 도저히 분간할 수 없었다. 예언의 진상이나 워울프와의 싸움과 같은 진지한 의논을 하려는 그룹도 있거니와 쿠퍼와의 허니문은 어땠느냐고 캐묻는 호기심 왕성한 클래스메이트까지 있는 형편……. 메리다는 메리다대로 자신이 학교에 없는 동안 학우들이 어떻게 지내고 있었는지 궁금한 일투성이라 질답에 아주 바빴다.

"알았어! 알았어! 다 가르쳐줄 테니까!"

이미 보름 전과는 다르게 프란돌의 상황이 완전히 격변해 버렸는데도——

이 학원의 광경만은 하나도 변하지 않아서 메리다는 저도 모르게 웃음이 나왔다.

"역시 아이들은 저렇게 기운차야지."

그것을 멀리서 지켜보는 알메디아와 블랑망제 학원장이었다.

그런 그녀들 앞에 학원 강사진이 조용히 한 줄로 섰다.

"라 모르 공……."

괴로움에 찬 표정을 띤 채 저마다 머리를 숙이고 무릎을 꿇는다.

"저희는 겨눠서는 안 될 상대에게 검을 겨누었습니다…….
부디 벌해 주십시오."

"이러지 마라! 좀 더 유연하게 살아."

알메디아는 귀찮다는 듯이 손사래를 치지만 그걸로 납득할 강
사는 없었다.

"하지만……."

"오히려 잘했어. 너희는 명백히 나를 막으려고 했다."

집게손가락을 세우고 블랑망제 학원장을 포함해 전원을 타이
른다.

"나는 그것을 물리치고 성모 막달라를 멸한 거다. 너희가 비난
받을 이유는 없어——.《무혈주의자》놈들이 물고 늘어지면 그
것을 방패로 삼아 발뺌하도록."

"그럴 수는."

"잊지 마라, 아직 놈들의 지배는 계속되고 있어. 나는 곧바로 이
곳을 떠나야 하지만 이후는 너희가 이 학원을 지켜야 한다. ……
올바른 길만을 고집하다간 이 궁지를 타개할 수 없을 게야."

그것으로 이야기는 끝이라는 듯이 알메디아는 알기 쉽게 고개
를 돌렸다.

때마침 타이밍 좋게 성당 입구에서 맑은 환호성이 나왔다.

"쿠퍼 님이에요!"

양동을 위해 나가 있었던 쿠퍼가 성 프리데스위데의 해방을
감지하고 모습을 드러낸 것이다. 안 그래도 여학생들에게 무척
인기 있는데, 웬일로 사복을 입고 있는 것도 한몫하여 이리저리

치이며 몹시 시달린다.

그것을 보고 메리다가 볼에 바람을 넣으며 질투하는 것도 여느 때와 같은 광경.

그러나 쿠퍼는 살갑게 처신하면서도 인사를 하는 둥 마는 둥 하며 알메디아에게로 달려왔다. 블랑망제 학원장에게도 똑같이 시선을 보내면서 말했다.

"성 프리데스위데에도 감사가 들어오는 모양입니다."

학원장을 비롯해 강사진의 표정이 긴장한다.

여학생들도 절박한 공기를 감지했다. 쿠퍼는 빠르게 보고했다.

"제 양동작전이 아무래도 성 프리데스위데와 관련이 있는 게 아닌가 하는 의심을 받은 것 같아요. 곧 워울프족의 사자가 찾아올 겁니다."

"태평하게 있을 시간은 없겠구나."

감사가 왔을 때 현 지명 수배자인 알메디아와 메리다 등이 머무르고 있다면 뭐라 둘러댈 말이 없다.

여공작은 옆으로 얼굴을 돌리고 블랑망제 학원장은 비장한 표정으로 고개를 끄덕였다.

"——바로 글래스몬드 팰리스 문을 열겠습니다."

† † †

그 문의 봉인이 풀리는 것도 대략 1년 만, 성 프리데스위데에 큰 재앙이 닥친 이래 처음이다. 그때와 똑같은 목적지를 향해 메리다 일행은 문을 빠져나갔다.

그 앞에 서 있는 것은 모든 것이 유리로 구성된 신비의 궁전——
글래스몬드 팰리스란 이름을 지닌 이 성 지하에, 목표지가 있다.

"가시죠."

블랑망제 학원장이 지팡이를 들어 선두를 걷고, 메리다와 쿠
퍼에 알메디아 그리고 전송하러 온 친한 학우들과 강사진 몇이
곁을 따른다.

"반갑군요."

쿠퍼는 무심코 감상을 품는다. 메리다가 미궁 도서관의 사서
관 시험을 치르게 하기 위해 지금과 똑같이 그녀의 등을 민 것이
어제 일만 같다. 더듬어 가야 하는 통로도, 내려가는 계단도, 긴
지하통로 앞에 펼쳐져 있는 광경도 완전히 똑같다——.

글래스몬드 팰리스 지하에는 고대 테크놀로지로 만들어진 승
강기가 있다.

단말기를 조작하면 탑승자를 이곳 카디널스 학교구로부터 끝
없는 회랑 앞에 존재하는 미궁 도서관 비블리아 고트까지 데려
다줄 것이다.

쿠퍼가 선행해 발을 들였다. 이어서 알메디아가 강사들을 손
가락으로 가리킨다.

"알겠지, 주저 말고 나를 악당으로 만드는 거다."

"하지만……."

"상관없어. 너희가 책임을 추궁당하는 일이 있어서는 안 돼!"

막무가내로 그렇게 말을 남기고 대답은 듣지 않겠다는 듯이

승강기에 올라탄다.

그리고 마지막으로 메리다가 발을 올리려고 했을 때 뒤에서 목소리가 들려왔다.

블랑망제 학원장이다.

"메리다."

친숙한 부름에 메리다는 돌아보았다. 블랑망제 학원장은 지팡이를 내려놓고 양손을 내밀어왔다. 그 위태로운 발걸음을 떠받치듯이 메리다는 그녀의 손을 쥐었다.

학원장은 메리다의 모습이 눈이 부신 듯 그 작은 눈을 가늘게 떴다.

"성장했구나. 바로 요전에 학원 문을 막 두드린, 자그마한 여자아이로만 생각했었는데."

"지, 진짜…… 학원장님도 참."

"예언 같은 거에 지면 안 돼."

메리다는 퍼뜩 눈을 부릅떴다.

학원장은 진정 어린 눈빛으로 메리다를 다시 쳐다보고, 살짝 여러 번 고개를 끄덕인다.

"너는 네가 옳다고 느낀 일을 하거라. 지금까지 그렇게 해온 것처럼."

"……네, 학원장님."

"——다녀오렴."

주름투성이 양손이 살며시 메리다를 민다.

컨트롤 패드 앞에 선 강사가 스위치 몇 개를 두드렸다. 레버를 당기자 방 전체에 톱니바퀴의 중주가 울려 퍼지고 승강기가 덜컹 움직이기 시작했다.

메리다 일행 세 명만을 태운 승강기가 천천히 회랑 안쪽으로 멀어진다.

학우들이 응원을 보내고 메리다가 손을 흔들어 답했다. 강사들은 조용히 기도를 올렸다. 머지않아 알메디아의 대담한 얼굴도, 쿠퍼의 매혹적인 미소도 그리고 마지막까지 열심히 손을 흔든 메리다의 모습도 어둠의 저편으로 빨려 들어갔다…….

그 구동음이 들리지 않게 되고서도 학원장은 한동안 어둠 속을 계속 쳐다보았다.

그러나 얼마 안 있어 어수선한 구두 소리가 울렸다. 학원에 남아 있었던 시스터 하나가 급히 달려온 것이다. 학원장을 제외한 전원이 후방을 돌아본다.

"소……손님입니다!"

그것을 듣고서야 블랑망제 학원장은 온몸을 돌렸다.

시스터의 긴박한 표정을 보면 누가 찾아왔는지는 일목요연했다.

"……제가 응대하죠."

주워든 지팡이 손잡이로 학원장은 유리 바닥을 세게 짚었다.

여공작이 예견한 바대로——.

성 프리데스위데의 중대국면은 오히려 지금부터가 시작이었다.

LESSON: Ⅶ ~내 집이라 말할 수 있는 장소~

실은 메리다가 미궁의 입구(제1층)에 제대로 발을 들여놓은 적은 얼마 없다.

작년, 사서관 시험을 치렀을 때는 어떤 음모에 휘말려서 우아하게 승강기로 내려가고 그럴 상황도 아니었기 때문이다. 하지만 지금 가슴에 품는 감회는 그때와 완전히 똑같았다……. 끝이 희미하게 보일 정도로 광대한 공간, 공중에 종횡무진으로 뻗은 통로. 그리고 벽 한 면을 가득 채우는, 바닥에서 천장까지 끝없이 이어지는 책장에 정신이 아득해질 만큼 늘어선 수많은 표지——.

프란돌의 중앙 중심 기둥에 내재하는 미궁 도서관 비블리아 고트.

그 관리 권한을 가진 라 모르 가문의 여당주는 익숙한 태도로 책 한 권을 빼냈다.

비블리아 고트에서만 입수할 수 있는 귀중한 《마법서》다.

"《원스 어폰 어 타임》"

메리다 일행보다 훨씬 매끄러운 발음으로 주문을 왼다.

표지가 기세 좋게 펼쳐지고 눈이 핑 돌만큼 빠르게 페이지가 넘겨졌다. 백지 페이지 위에 잉크가 번지고, 순식간에 미궁의

지도를 그린다.

알메디아는 선도하여 걷기 시작했다.

"여기보다 상층은 라 모르 가문의 관리구역. 망령들도 거의 출입하지 않아."

메리다는 그러고 보니, 하고 떠올렸다. 비블리아 고트는 과거 이곳에서 일어난 분쟁에 휘말린 사서관들의 망령으로 북적이고 있다. 그들은 죽어서도 여전히 이곳의 엄청난 책들에 집착해서, 한 권이라도 가지고 나가려 하는 자가 있으면 결코 용서하지 않는다고 한다.

쿠퍼는 순수한 흥미로 물었다.

"애당초 일반 사서관은 출입하지 못하는 장소도 허다하게 있다고 들었습니다만."

"나만은 예외지."

그렇게 말하면서 알메디아는 오른손으로 마법서를 펼치고 왼손을 날카롭게 흔들었다.

소매에서 열쇠 꾸러미가 미끄러져 나오고, 그것을 손가락으로 척 잡는다.

묘한 열쇠였다. 실재하나 싶을 만큼 투명하다. 여공작은 시치미 떼는 얼굴로 설명을 계속했다.

"비블리아 고트에는 단 하나, 지금도 여전히 생전의 자아를 유지하는 망령이 있다. 일찍이 이곳에서 대사서관을 지냈던 《얼터네이트》라고 하는데, 라 모르 가문과는 오래전부터 친교가 있어서 말이야……. 우리는 그자로부터 이렇게 열쇠를 받아 그 관리를 맡아주고 있는 셈이지."

그야말로 도서관다운 정숙에 싸인 천장을 올려다보며 말을 잇는다.

"……망령들이 평온하게 독서를 하고 있을 수 있는 것도 바로 얼터네이트가 그들의 기댈 곳이 되어주기 때문이야. 지금도 모든 사서들로부터 존경을 받고 있지."

"그렇군요."

"자, 성왕구로 가는 문은 이쪽이다. 잠시 걷자꾸나."

지도를 참고로 여공작은 망설임 없이 갈림길을 선택했다. 쿠퍼는 뒤돌아본다. 금발의 주인님이 아쉬운 듯이 승강기의 위치를 몇 번이고 확인하고 있는 모습이 보였다.

"조금 더 학원 사람들과 찬찬히 보낼 수 있었으면 좋았을 텐데요."

메리다는 깜짝 놀라 돌아보고서 고개를 힘껏 저었다.

"──아니에요. 지금 제가 있으면 피해를 끼치게 되는걸요."

"이후의 일은 학원장님들에게 맡기도록 하죠."

"네. ……가요, 선생님."

쿠퍼가 내민 손을 메리다는 꼬옥 잡았다.

승강기에 이별을 고하고 주종은 알메디아의 등을 길잡이 삼아 걷기 시작했다.

"뭐라고요……. 미, 미스터, 지금 뭐라고 하셨나요?"

블랑망제 학원장은 꺼림칙한 예감을 품으면서도 되묻지 않을 수 없었다.

응접실 소파에서 의젓하게 걸터앉은 워울프 남성은 차에 손도 대지 않았다.

얼굴의 절반과 한쪽 팔에 붕대를 감은 딱해 보이는 모습의 스픽스 로저.

그리고 당장에라도 날뛰는 게 아닐까 싶을 만큼 온몸을 부르르 떨고 있는 베르세르크다.

"당신들도 협력해주면 좋겠소, 라고 말했소."

로저는 상처투성이 얼굴을 일그러뜨리며 힘들게 웃어 보였다.

카디널스 학교구에서 소동이 일어났을 때, 제일 먼저 성 프리데스위데를 눈여겨본 것은 그다. 아니나 다를까 감사로 방문해보니 증오스러운 라 모르 가문의 여공작과 《예언의 아이》 그리고 그 아니꼬운 경호원이, 마을이 혼란스러운 틈을 이용해 침입해 있었다고.

그들은 성모 막달라를 살해하고 비블리아 고트로 향했다──.

그리고 성 프리데스위데 사람들은 협력하지 않았다고 하나 로저의 입장에서는 했든 말든 상관없다. 테이블에서 양피지 한 장을 집어 든다.

바로 성모 막달라가 남긴 프란돌 평의회의 위임장이다.

이것을 여봐란듯이 보여주면 블랑망제 학원장은 잠자코 있을 수밖에 없다.

"《예언의 아이》는 이제 이 도시의 반역자이고, 당신들은 우리 《무혈주의자》의 친구요⋯⋯! 그렇다면 어느 쪽에 손을 빌려줘야 할지는 명백할 터. 안 그렇소?"

　"네, 네에, 물론 기꺼이 협력하겠습니다만──."

　동요를 품은 학원장의 작은 두 눈은 안절부절못해 흔들리고 있었다.

　"그 방법이⋯⋯."

　"맞소."

　로저는 히죽 웃으려고 했으나 입안의 상처가 욱신거려 아프기만 했다.

　더더욱 《예언의 아이》에 대한 원한을 불태우며 그는 말했다.

　"미궁 안을 이 잡듯이 뒤지기란 우리도 힘들지⋯⋯! 하지만 그곳에는 많은 망령이 자리 잡고 있다 들었거든. 그들을 이용하기로 한 거요."

　"아, 《언데드》 쪽이라면 의사소통할 수 있지 싶은데요."

　"내 말은, 그들한테 사정하자는 게 아니야."

　로저는 그야말로 늑대 같은, 만만찮은 웃음을 지었다.

　"망령들을 조정하는 자가 있을 거다⋯⋯! 이름이 아마 얼터네이트라고 하던데. 그자를 미궁에서 찾아내⋯⋯ 이 세상에서 없애버리겠다!"

　"──!"

　"그러면 남은 망령놈들은 통솔을 잃고 미쳐 날뛸 거야! 자연스럽게 미궁에 잠입해 있는 산 자를 끌어내서 갈기갈기 찢겠지……! 내가 지시할 필요도 없어. 크크크."

말문이 막힌 학원장에게 로저는 지참해 온 무언가를 내민다.

몇 장의 《가죽》이었다. 만지지 않더라도 알 수 있는…… 꺼림칙한 기운을 발하고 있다. 테이블에 놓인 그것을 어떡하면 좋을지 몰라 블랑망제 학원장의 시선이 왕복한다.

"미, 미스터, 이것은?"

"저주의 가죽…… 이것을 걸치면 그자는 우리와 똑같은 워울프의 모습이 된다."

늑대의 아가리가 매정하게 말했다.

"학생을 여섯 명 선택해 씌우도록. 그들에게 미궁을 샅샅이 누비게 하여 얼터네이트를 찾아내게 해. 뭐, 그 뒤는 이쪽에서 알아서 하지. 역할분담이 명쾌해서 좋지?"

"……!!"

"《예언의 아이》에게 호되게 당한 덕분에 부하를 모조리 잃어버려서. 움직일 말이 이제는 이 베르세르크밖에 없어서 아주 곤란한 상황이다 이거요."

이름에 반응했는지 당사자인 베르세르크가 낮은 신음소리를 내 강사진을 떨게 만든다.

잠시 할 말을 잃었던 블랑망제 학원장은 곧 떨리는 목소리로 물었다.

"……가죽을 쓴 학생들은 그 후 어떻게 됩니까."

"워울프가 되는 영예요! 극진히 환영을 해드리지."

학원장과 강사진의 태도를 보아하니 설마 거절할 셈인 걸까.

로저는 다시 한번 위임장을 집어 들어 얼굴 옆에 팔랑팔랑 흔들어 보였다.

"왕작에게 거스르면 이 학원도 학생들도 어떻게 될지 모르오."

"…………."

"소중한 집을 지키고 싶지 않나?"

학원장은 조용히 눈을 깜빡인 다음 곧 조금씩 여러 번 고개를 끄덕였다.

"──알겠습니다. 협력하죠."

"학원장님?!"

대화를 지켜보고 있었던 강사 한 명이 히스테릭한 비명을 질렀다.

그러나 블랑망제 학원장은 개의치 않고 가죽 뭉치를 안은 다음 소파에서 일어난다.

보고도 믿지를 못하는 동료들의 눈빛을 질질 끌면서 그녀는 응접실 문으로 이동했다.

"바로 가시죠. 비블리아 고트로 가는 길은 교사 밖입니다."

소파에 딱 진을 친 채 로저는 입맛을 다신다.

"현명하군."

결국 내놓은 홍차는 한 모금도 입에 대지 않았다. 입맛에 맞지 않기 때문이다.

이왕이면 갓 빼낸 피를 마시고 싶다. 로저는 그렇게 생각하고 있었다.

기분이 좋아진 로저는 가는 도중 성 프리데스위데의 설비를 어휘를 총동원해 칭찬했다. 성공적으로 《예언의 아이》를 처치한 날에는, 가죽을 쓴 여섯 명의 학생을 공로자로 인정하고 학원장과 함께 특집기사를 싣고 싶다고도.

블랑망제 학원장은 두 워울프를 선도하면서 뒤돌아보지 않고 대답한다.

"실로 영광이에요."

지팡이를 짚고 있는 그녀의 걸음은 느렸다. 베르세르크는 짜증이 나는지 이따금 신음을 흘렸다.

얼마 안 있어 여전히 활짝 열려 있는 문을 빠져나가자 그 앞에 참으로 아름다운 유리 궁전이 위용을 드러냈다. 이때만은 로저도 진심으로 감탄한 소리를 질렀다.

"원더풀!"

무의식적으로 카메라를 들어 올리려 하다가 이미 망가져 있음을 깨닫는다.

대신 엄지손가락과 집게손가락으로 프레임을 만들어 궁전의 입구를 포착했다.

"뭔가 다이나믹한 레이디가 기다리고 있구만."

그의 눈길을 끈 것은, 궁전의 정문 좌우에 서 있는 거대한 유리 조각상일 것이다.

용모가 아름다운 여전사의 모습을 하고 있으나 단순한 공예품이 아니다.

로저 일행이 정문에 가까이 가자마자 생물처럼 움직이기 시작해 창을 치켜든 것이다. 좌우에서 창끝을 교차시키고, 유리로 만든 목에서 맑은 경고를 내보낸다.

『불한당의 입성은 절대 안 된다!!』

"아이고, 깜짝이야."

로저는 무척이나 장난스러운 모습으로, 유리 기사들의 위협을 진지하게 받아들이지 않고 있다.

"학원장, 참 유쾌한 장난감을 키우고 계시는군요?"

"글래스몬드 팰리스의 거주자, 《글래스 펫》입니다. 예로부터 내려오는 성 프리데스위데의 친구……. 신비로 가득 찬 유리로 만들어진 생명들입니다."

"절대 안 된다면서 잠꼬대를 하고 있는데?"

학원장은 문지기들에게 손바닥을 치켜들었다. 좌우의 유리 기사는 마지못해 창을 물린다.

"OK."

로저는 만족스럽게 웃으며 베르세르크를 데리고 의기양양하게 문을 빠져나갔다.

입구에는 이미 여학생 몇 명이 모여 있었다. 그녀들의 말로를 지켜보기 위해서일까, 강사들도 모두 다 나와 비통한 표정을 짓고 있다.

"……학원장님."

"아아, 미스 휘트니."

바로 학생회장 미토나 휘트니다. 학원장은 자못 당연한 얼굴을 하고 물었다.

"학생들을 불러줬나요? 제 이야기를 잘 이해했고요?"

"네, 네에."

"잘했어요."

관록 있는 학원장의 뒷모습을 로저는 더더욱 만족스럽게 쳐다봤다.

"학원장, 요컨대 그쪽의 학생들이?"

"3개 학년에서 2명씩, 정예 학생을 모았습니다. 분명 좋은 활약을 하지 않겠습니까."

"기가 막히네!"

로저는 학원장을 향해 박수갈채를 보냈다. 단 한 명이 보내는 공허한 손바닥 소리가 울린다.

"이 로저, 오해를 하고 있었소. 우리 《무혈주의자》와 프란돌의 인간이 서로 이해하는 데 시간을 요할 거라고. 그런데 당신 같은 분도 있었군! 꼭 좀, 나중에 인터뷰에 응해주셨으면 좋겠소. 프란돌의 동포에게! 순종하라 호소해 주시오…… 크히히히히."

거기서 처음으로 학원장이 뒤돌아보고서 싱긋 미소를 보냈다.

"기꺼이."

곧바로 앞으로 돌아서서, 지팡이 끝으로 천장을 가리킨다.

그리고 거짓말을 한다.

"가시죠. 비블리아 고트로 가는 문은 《최상층》입니다."

그 장소는 《왕좌의 방》이라고 불리는 곳이었다. 그러나 유리 궁전에 왕은 없다. 휑한 큰 방에 의자 한 쌍이 놓여 있는 게 전부인 무기질한 방이다.

'목적지는 위층'이라는 말을 듣고 스픽스 로저는 눈살을 찌푸렸다.

"비블리아 고트라는 것은 지하에 존재하는 것으로 아는데?"

"승강기 자체는 최상층에 있습니다."

"대체 어떤 구조로 돼 있길래?"

"왕좌의 뒤가 바로 그 입구입니다."

"…………."

로저는 참을성 있게 학원장의 말을 진실로 받아들이기로 했다.

하지만 마침내 왕좌의 방이라는 곳에 발을 들여놓았을 때 로저는 자신이 어리석었음을 깨달았다. 바닥도 벽도 유리로 이루어져 있으니 일목요연했다.

이 방에 승강기 같은 것은 보이지 않았다. 사방이 그냥 막혀 있다.

"……아하! 일단 여기에서 학생들에게 준비를 갖추게 하려고."

로저는 마지막 기회를 학원장에게 넘긴다.

학원장은 가죽을 안고 있었다. 걷기 힘들지언정 그것을 넘겨주진 않았다.

"자, 학원장, 그 가죽을 여섯 명의 학생들에게——."

말이 끝나기도 전에 블랑망제 학원장은 지팡이 머리를 품 안의 가죽에 댔다.

마나가 폭발한다.

가죽 여섯 장이 한꺼번에 터지고 활활 타면서 바닥에 잔해를 뿌렸다.

사령들의 울음소리가 영혼을 간지럽히는 것처럼 울린다——.

스픽스 로저의 이마에 결국 핏대가 섰다.

"……이 할망구가!!"

순간 후방에서 여섯 명의 여학생이 일제히 몸을 돌렸다. 왕좌의 방 밖으로 뛰쳐나가고, 최후미를 맡은 미토나 휘트니 회장이 소리 지른다. "무운을 빕니다!"

교대하듯이 강사 몇 명이 들이닥쳤다.

베르세르크와 로저를 포위, 각자 무기를 뽑고 마나를 해방한다. 형형색색의 불길이 솟구치고 칼날이 칠색의 잔혹한 빛을 발했다.

"뭐야, 뭐야, 뭐야?! 무기는 또 무슨 생각으로 든 거냐, 노인네들이!"

로저는 품에서 위임장을 끄집어내 360도로 빙그르르 보여주었다.

"봐라, 이게 눈에 안 들어오는 거냐! 나는 쉬크잘 왕작의 대리인! 너희가 하는 짓은 국가에 대한 반역이다!! 이 학원이 없어져 버려도 괜찮다 이거냐?!"

음속으로 날아온 마나 탄이 위임장을 꿰뚫었다. 손가락까지 함께 불타서 로저는 "그아아아악?!" 하고 비명을 지르며 바닥에 고꾸라졌다.

조각 난 위임장은 바람에 쓸려 날아올라 흔적도 없이 사그라졌다.

블랑망제 학원장은 언제라도 다음 탄을 발사할 수 있다는 듯 지팡이 끝을 들이대고 있었다.

"누가 상대일지라도 물러나지 않습니다."

학원장의 작은 눈동자에는 결연한 의지가 깃들어 있었다.

"설령 이 학원이 사라져 없어질지언정—— 학생들을 다치게 하진 않아요!!"

매끄럽게 지팡이를 돌리다 지팡이 머리를 힘껏 바닥에 찍는다.

"유리성의 맹우들이여!"

궁전 전체가 떨리듯이 쩌렁쩌렁 반응한다.

"성 프리데스위데가 위기에 빠졌습니다! 계약에 따라 어서 달려오시오!!"

시원한 함성이 응했다. 유리 바닥이 종처럼 진동하고 많은 숫자의 무언가가 왕좌의 방에 밀려오는 것을 로저는 느꼈다. 황급히 벌떡 일어난다.

그 직후.

문을 지키고 있었던 거대한 두 유리 기사가 창을 꼬나들고 돌격해왔다. 그 발치에서도 스케일은 못 미치지만 저마다 유리 무기를 든 병정들이 차례차례 왕좌의 방으로 돌입하여 전열에 가담했다.

관록 있는 지팡이를 들고 자세를 잡은 블랑망제 학원장——.

그리고 특히 무예에 뛰어난 네 명의 무예교관.

여기에 유리 문지기를 필두로 한 엄청난 수의 글래스 펫들이 빈틈없이 두 워울프를 둥글게 포위했다. 로저는 대체 누구를 봐야 할지 몰라 망설였다.

"이, 이거 아주 믿음직한데!"

하지만 그에게는 아직 여유가 남아 있었다.

눈썰미가 남다른 그는 진즉부터 블랑망제 학원장의 약점을 간파하고 있었기 때문이다.

"예전의 당신이야 틀림없이 기사로서 용명을 떨쳤겠지만 다 옛날이야기지. 이제는 늙었어!! 지금은 그렇게 지팡이를 쥐고 서는 것이 고작! 안 그렇수?"

"…………"

"이런 유리 세공품으로 베르세르크에게 대항하려 할 줄이야."

이야기하는 동안에 침착함을 되찾았나 보다. 코웃음을 친다.

그럴 만도 하다. 그의 옆에는 절대복종, 유린무쌍의 광전사가 대기하고 있으니.

"죽을 날이 머잖은 부인들에게 솔깃한 정보를 가르쳐드리지. 이 베르세르크는 복수하러 온 성도 친위대의 기사 세 명을 아주 보기 좋게 죽여 버렸다."

"……!!"

무예교관들도 그 말에 긴장하지 않을 수 없었고, 칼자루를 쥐는 손에 힘이 필요 이상으로 들어간다.

《늑대의 위세를 빌린 늑대》랄까? 로저는 한층 위압적으로 내뱉었다.

"댁들이 성도 친위대보다 끈질길까? 그 살도 뼈도 약해진 몸으로?——갸하하하하!! 어디 한번 시험해봐라. 댁들을 제물로 삼아 《유리》들을 분쇄하면, 학원장의 목을 매달아 올리고 다음은 학생들 차례다."

주위의 반응을 즐기는 양 침소리가 들려올 것 같은 웃음을 짓는다.

"노인네의 고기 따위 어디 무는 맛이 있어야지……. 《무혈》, 《무혈》이라고 하도 주의를 받아서 지겨웠었던 건 이쪽도 마찬가지다. 역시 인간에게는 단말마와! 절망한 표정과! 피 보라가 어울려!! 맞서줘서 고맙다, 노인네들아!! 키히히히히!!"

"똑같은 말을 여러 번 하게 하지 마라."

뼛속까지 추위가 스며들 듯한 목소리가 울린다.

동료들마저 와들와들 떨 만큼, 블랑망제 학원장은 냉철하게 한쪽 눈을 가늘게 떴다.

지팡이를 수직으로 세우고 장식에 손을 대자, 무시무시한 마나가 모여 미친 듯이 날뛴다.

"무법자 놈들…… 내 집에서 썩 나가!!"

지팡이 장식에서 압력이 퍼졌다.

충격파가 막같이 퍼져 워울프들에게 격돌한다. 베르세르크의 가슴팍이 찌르르 울리고 로저는 그 압력만으로 "우와아악?!" 하고 후방으로 나동그라졌다.

"학원장님!"

네 명의 무예교관이 솔선하여 바닥을 차고 베르세르크에게 달려들었다.

"저희가 시간을!"

대답할 틈도 아깝다는 듯이 블랑망제 학원장은 이어서 지팡이에 마나를 모은다.

　지팡이 끝의 장식에 불길이 굽이치면서 모이고, 끝없이 압력을 높여나간다. 으득, 으득, 으득 하고 공간에 균열이 일기 시작했다. 육체가 쇠했어도 마나는 건재……! 그 공격력이 곧 베르세르크까지도 위태롭게 하리라는 사실을 로저는 순간적으로 감지했다.

　상체를 팍 올리고서 낼 수 있는 최대의 음량으로 명령한다.

　"《마녀》를 막아, 베르세르크!! 전부 죽여 버려! 모조리 부숴 버려어어어어어!!"

　고대하고 있었다는 듯이 베르세르크가 격렬한 포효를 발했다.

　왕좌의 방뿐만 아니라 궁전 전체가 떨릴 정도로 쩌렁쩌렁하다. 그것만으로도 조금 전 학원장의 압력에 필적했다──. 무예교관들은 압도당했지만 한 명이 과감하게 덤벼들었다.

　"이야아아아!!"

　용맹한 기세와 함께 검을 일섬. 베르세르크는 대충 손바닥을 들어 피부만으로 참격의 위력과 마나 압력을 전부 막아냈다. 피가 솟구치는 것도 개의치 않고 칼날을 움켜쥐더니 그대로 부러뜨린다. 공격자는 자신의 눈을 의심했다.

　"본보기다!"

　로저의 환호성이 거꾸로 도움되었다. 베르세르크의 반대쪽 팔이 희미해졌고, 직전에 정신을 차린 무예교관은 힘껏 후방으로 뛰었다. 짐승의 주먹이 바싹 따라오듯이 배를 강타.

위력은 상당히 죽였을 것이다.

그럼에도 불구하고 교관은 포탄같이 날아가 벽에 격돌했다. 마나의 잔재가 터지고 유리 파편이 사방으로 튄다. 교관은 폐에서 공기를 토해내다 그대로 쓰러졌다.

블랑망제 학원장의 집중이 약해졌다.

"오오, 시니엄⋯⋯."

다른 세 명의 교관들도 무의식적으로 진입을 망설였지만, 그대신에 함성을 지른 것이 《글래스 펫》들이었다. 문지기 둘이 앞장서 맹렬히 돌격했다.

좋은 상대가 되리라 기대되는 거구다.

한쪽 문지기와 베르세르크가 맞붙었다. 체격은 세 배가량 문지기 쪽이 크다.

그럼에도 근력은 베르세르크가 압도했다. 트렌치코트 속의 근육이 터질 듯이 부풀어 오르고, 놀랍게도 문지기의 거구를 냅다 머리 위로 안아 올렸다.

거인이 공중에서 발을 버둥거리는 것은 눈을 의심할 만한 광경이었다.

그대로 바닥에 내동댕이쳐졌다. 한쪽 다리가 산산조각 났다.

베르세르크는 문지기의 가슴팍을 발로 찬 다음 소리 높이 늑대의 포효를 질렀다.

"이⋯⋯ 이야아아앗!!"

교관들은 자신을 분발시키듯이 소리쳤다. 바닥에 닿을 정도로 칼끝을 미끄러뜨리면서 세 명이 돌격하고, 투명한 투기를 내뿜으며 글래스 펫들이 뒤따른다. 그 뒤로는 지옥도——.

베르세르크는 주먹을 적당히 휘둘러 글래스 펫의 머리를 분쇄했다. 퍼엉, 유리라고는 생각되지 않을 정도로 박살이 난 머리는 모래알로 변했다. 등에 몇 개의 검이 박히지만 뒤돌아보면서 그대로 팔을 쓸어버리니, 그 근력과 풍압에 상대는 부채꼴로 날아갔다.

잇달아 마침 잘됐다는 듯이 문지기의 다리를 붙잡은 다음 힘껏 휘두른다. 원형으로 휘둘러지자 글래스 펫을 비롯해 주변을 강타하고, 파쇄음이 잇따라 터진다. 휘둘려지는 문지기는 투구가 빠지고 손발이 깨져, 원형을 남기지 못하게 되고 나서야 내던져졌다.

그 사선상에 교관 한 명이 있었다.

너무나도 빠른 속도와 중량에 대처하지 못하고 정통으로 맞아 문지기와 함께 바닥을 구른다.

"지나…………."

블랑망제 학원장은 그 자리에서 움직일 수 없다는 사실이 더없이 한탄스러웠다.

그나마 맞설 수 있는 자는 거구의 문지기 정도다. 남은 하나가 용감하게 창을 들고 돌격. 유리로 만들어진 창끝이 베르세르크의 옆구리를 찔렀다. 교관들의 표정이 희망에 빛났다.

"됐다!"

그러나 또다시 베르세르크는 상식을 초월했다. 몸통이 뚫려버렸는데도 아무렇지도 않게 유리로 된 창끝을 쥐었다. 꽈악,

순간적으로 거구의 문지기와 힘을 겨룬다.

들려 올라간다.

창 자루를 쥐고 있는 문지기 쪽만 발이 뜬 것이다. 베르세르크의 배에 더욱더 날이 파고들어 상처를 벌리지만, 그 고통조차 기쁨으로 삼는 것처럼 포효를 내지른다.

자신의 몸을 관통한 창을 휘둘러 문지기를 집어던졌다. 창 자루를 놓치고 문지기는 벽에 격돌했다. 문지기가 무음으로 발버둥 치는 동안에 베르세르크는 창을 뽑아냈다.

배에서 대량으로 솟구치는 피——.

조금도 주저하지 않고 베르세르크는 공세에 박차를 가했다. 유리 창을 휘두른다. 문지기의 손에 맞춰 거대하게 제작된 창은 주위에 떼 지어 모인 전부를 쓸어 버렸다. 유리 파편, 피 보라, 막 아내려고 한 교관들도 모조리 한꺼번에 허공으로 날려 버린다.

진즉에 그 자리를 떠나 있었던 스픽스 로저가 도망치면서 폭소한다.

"갸~~하하하!! 잘한다! 잘한다, 베르세르크!"

벽 쪽에서, 유리 문지기가 최소한 한 방은 먹이고자 몸을 일으킨다.

그 가슴 중앙에 배의 마스트 같은 창이 박혔다.

베르세르크가 다 쓰고 난 창을 날린 것이다. 벽에 꿰어져 고정된 문지기는 마지막 힘을 쥐어짜 창 자루를 붙잡았지만, 주르륵 손이 떨어졌다.

쨍그랑. 유리가 부서지는 소리가 들리고, 움직이는 것은 무엇

하나 남지 않았다.

왕좌의 방에는 베르세르크를 중심으로 하여 장절한 파괴의 흔적이 새겨졌다. 이미 원형이 남아 있는 글래스 펫들은 없고, 흩어진 파편만이 산더미처럼 쌓여 있을 뿐이었다.

눈부시게 화려한 그 잔해에 블랑망제 학원장의 동료도 모두 누워 있다.

"젠마…… 샐리…… 다들…….”

유일하게 후방에 있었던 학원장만이 화를 피했다.

그 지팡이에는 지금도 끝없이 마나가 모여 압력을 높이고 있으나 아직 부족했다. 지금 공격을 하면 저 괴물의 방어력을 돌파할 수 없다.

이제 아군은 없다. 블랑망제 학원장의 뺨을 타고 식은땀이 떨어졌다.

멀고 먼 왕좌의 뒤, 안전지대에서 스픽스 로저가 부추긴다.

"죽여라.”

우우 하고 신음하면서 베르세르크는 학원장을 향해 발을 내디뎠다.

그 발등에 검이 박혔다.

지면을 기어온 교관 한 명이 죽을힘을 다해 칼끝을 꽂은 것이다.

"절대로 못 보낸다……!”

베르세르크는 성가시다는 듯이 반대쪽 다리를 든 다음 교관의 등을 짓밟았다. 배 밑으로 바닥이 부서지고 척추에서 온몸의 털이 곤두설 것 같은 소리가 울려 퍼진다. "커헉!" 피를 토했다.

"지나!!"

블랑망제 학원장은 참지 못하고 마탄을 해방할 뻔했지만 아직이다.

아직 시간이 부족하다——!

베르세르크는 꼼꼼히 발을 쑤셔 넣어 교관의 입에서 피를 토해내게 했다. "커헉, 크헉!!" 콜록거리면서 그녀는 필사적으로 얼굴을 들고 고개를 흔든다.

"샬롯…… 하, 학원을, 부, 부탁해……!"

"——!!"

이미 학원장도 인내심의 한계였다. 마나의 충전율은 아직 조금 모자라다. 지금 공격을 해도 무의미하게 소모하기만 할 뿐 베르세르크를 쓰러뜨릴 수 없을지도 모른다.

그러나 그녀는 이대로 친구의 죽음을 지켜볼 수 없었다. 베르세르크가 재차 발을 든 순간, 학원장의 입술은 반사적으로 어썰트 스킬을 선언하려고 했다.

직전.

전혀 엉뚱한 방향에서 날아온 무언가가 베르세르크의 눈두덩이에 충돌하고 튀었다.

그 충격에 베르세르크의 발이 살짝 어긋나, 지나 교관의 옆 아슬아슬한 곳을 짓밟고 그대로 멈췄다.

블랑망제 학원장과 로저 그리고 베르세르크가 거의 동시에 얼굴을 돌렸다.

왕좌의 방 입구에 떨리는 손으로 권총을 겨누고 있는 여학생의 모습이 있었다.

"서, 서, 선생님들에게서 떨어져……."

"미스 휘트니……!"

바로 학생회장 미토나 휘트니를 비롯해 이곳까지 대동한 여섯 명의 학생이었다. 훨씬 전에 글래스몬드 팰리스를 떠난 줄 알았는데 무기를 들고 돌아온 것이다.

그러나 이 혈전이 벌어지는 자리에 뛰어든 것은 무모하기 짝이 없는 행동이었다.

찰과상 정도라곤 해도 베르세르크의 적의가 발밑으로부터 여학생들에게 이동한다. 한 발, 두 발, 세 발, 서서히 다가가고, 그 안광만으로도 여학생들은 서로 몸을 기대고 부들부들 떨었다.

스픽스 로저는 오히려 흥이 났는지 소리를 질렀다.

"그래, 베르세르크, 본보기로 그 녀석들을 갈가리 찢어! 우리 워울프족에 반항하면 어떻게 되는지 학원의 레이디들에게 보낼 소소한 선물로 삼자고!!"

"아니요, 그렇게는 안 됩니다——."

만반의 준비를 하고서 학원장은 한계까지 높인 마나 압력을 해방했다.

지팡이 끝에서 폭풍이 미쳐 날뛰어, 이성이 없을 베르세르크의 주의마저 끈다. 즉, 이성을 초월한 생존본능—— 자신을 위협하는 것의 존재를 알아챈 것이다.

로저는 눈을 부릅떴다.

노쇠한지 한참 됐을 《마녀》가 지금만큼은 수령이 만 년을 넘은 거목 같은 위압감을 발하고 있었다. 한없이 부풀어 오르는 프레셔에 트렌치코트 자락이 나부꼈다. 미토나를 비롯한 여학생들은 일찍이 느낀 적 없는 마나 압력에 등줄기가 쭈뼛거렸다.

베르세르크는 이빨을 드러내고 신음했다. 학원장은 살짝 미소를 띠며 말했다.

"고마워요, 학생들. 이 한 방은 틀림없이 여러분의 공적이에요."

"마, 막아! 막아라, 베르세르크!! 그 노인네를 물어 죽——."

로저의 지시는 아주 조금 늦었다.

학원장이 파고드는 쪽이 빠르다.

쑥 내민 지팡이 머리에서 광속으로 마나가 발사됐다.

"——《메테오 라티오》!!"

드래곤 같은 포효. 폭포를 연상케 하는 엄청나게 굵은 마나의 격류.

지팡이 끝에서 작렬한 초화력의 마탄이 회피할 줄 모르는 베르세르크를 정면으로 포착했다. 가슴팍에 격돌하고 사방으로 터지지만, 블랑망제 학원장은 더욱더 지팡이를 밀어붙였다.

"오오오옷……!"

그 수척한 몸이 부러져버리는 게 아닌가 싶을 만큼, 가지고 있는 모든 기력으로 마나를 쥐어 짜낸다. 그야말로 격류를 닮은 굉음. 지팡이 끝에서 한없이 튀어나오는 화룡(火龍)은 베르세르크의 강철 피부를 부수고, 내장을 태우고, 안구와 구강으로부터 불길을 토하게 만들었다.

이 세상의 것이라곤 생각되지 않는 절규가 울려 퍼진다.

마지막으로 장절한 폭염이 부풀어 오르고, 베르세르크의 모습을 감쪽같이 지워버렸다. 돌풍이 방 전체를 쓸어버리고 유리 파편을 날려서, 미토나와 다른 여학생들은 비명을 지르며 얼굴을 감쌌다.

무시무시한 파괴의 흔적——.

그 폭심지에는 이미 사람 모양의 재가 된 베르세르크가 쓰러지지시도 못한 채 우뚝 서 있었다. 원형이 남아 있는 것도 기적이리라. 이젠 얼굴형조차 판별할 수 없지만.

그리고 블랑망제 학원장의 손에서 지팡이 흘러나왔다. 거친 숨을 쉬며 주저앉는다.

"……하, 학원장님!!"

미토나와 여섯 명의 여학생이 급히 달려와 학원장의 등을 떠받친다.

블랑망제 학원장은 당장에라도 숨이 끊어질 것 같았지만, 고개를 조금씩 옆으로 저었다.

"아, 아니에요…… 괜찮아요, 나보다…… 다른 선생님들을 부탁해요."

"학원장님에게는 제가 붙어 있을게요……."

눈물을 글썽이는 학생회장을 쳐다보고 블랑망제 학원장은 행복한 듯이 웃음 짓는다.

"그렇다면 안심이야, 미토나."

박수 소리가 들렸다. 피부가 두껍고, 털이 많은 탓인지 무겁게 들린다.

"훌륭해, 학원장."

스픽스 로저가 여유작작하게 걸어 나오더니 이미 불에 탄 사체로 변한 베르세르크 옆에 섰다. 다음은 자신을 상대할 차례라는 뜻일까? 그러나 로저는 이미 붕대 밑에 크게 다쳐서 학생을 상대로도 낙관할 수 없는 상태이다.

"다, 당신은 우리가 상대해주겠어!"

"아니, 아니야."

로저는 그렇게 말해 여학생들의 눈살을 찌푸리게 한 다음 주먹을 번쩍 들었다.

새카만 재가 된 베르세르크의 가슴팍을 때린다.

"언제까지 멍하니 있을 거야, 일어나!!"

안구의 위치에서 빛이 확 되살아났다. 미토나 회장 일행은 순간적으로 겁을 먹었다.

어떻게 된 일일까—— 검은 재로 변한 베르세르크의 온몸으로 순식간에 균열이 번지고, 표면이 벗겨져 떨어짐과 동시에 안쪽에서 건강한 육체가 나타났다.

성모 막달라는 한 장의 가죽을 벗다가 쇠약해져 죽음에 이르렀었다. 그만큼 가죽을 벗는 고통이 크다는 뜻이리라.

그것을 베르세르크는 어렵지 않게 이겨냈다. 쓸모없게 된 가죽을 자신의 손톱으로 찢어 몸에서 하나둘 잡아뗀다. 셔츠를 벗는 것처럼 답답해하며 머리 부분의 가죽을 내팽개친다.

조금 전까지와 다르지 않은, 넘칠 듯한 살의를 발하는 이빨이 드러나고 사나운 신음 소리를 발했다. 역전의 용사인 블랑망제 학원장도 할 말을 잃었다.

"이게 무슨……."

그녀의 그 표정이야말로 진수성찬이라는 듯이 로저는 입맛을 다셨다.

"유감이군, 학원장. 이겼는 줄 알았어? 너무 쉽게 보셨네……!"

베르세르크의 만전 그 자체의 허벅지를 로저는 주먹으로 때렸다.

"이 베르세르크는 저주의 가죽을 100장이나 뒤집어썼어. 즉 그 파워도! 생명력도 100명분이란 말씀!! 이 녀석을 제멋대로 날뛰게 두면 프란돌의 인간을 전부 싹 다 죽이고도 남을 거야……. 그 생명력이 바닥나지 않는 한 멈추지 않을 거라고."

"……!!"

"이런 조그마한 학교 따윈 이 녀석 처지에서 보면 장난감 상자나 매한가지지."

틱, 틱, 틱. 밉살스럽게 집게손가락을 흔든다.

"고작 한 번 죽이고 만족하고 그래서야……."

"……마, 말도 안 돼."

미토나 회장이 손에서 무기를 떨어뜨리고 주저앉았다.

다른 학생들도 마찬가지다. 블랑망제 학원장이 모든 것을 다 쥐어짜서 겨우 치명상을 입힌 상대에게 학생의 몸으로 비슷한 중상을 입힐 수 있을 턱이 없었다.

게다가 한 번이나 두 번으론 끝나지 않는다.

100번의 지옥을 맛보게 하지 않으면――.

"미스 휘트니, 다들……."

블랑망제 학원장은 전의의 상실을 뚜렷이 감지했다.

왕좌의 방을 둘러본다.

글래스 펫들은 이미 전멸했고 손발만 남은 파편이 꼼짝없이 버둥거리고 있다. 네 명의 동료는 꿈틀거릴 기력도 없다.

특히 중상을 입은 한 명은 이미 의식을 잃어버린 것 같다.

"시니엄…… 지나…… 젠마…… 샐리…………."

그리고 작은 눈동자는, 구원을 바라는 눈길로 입구의 문을 향한다.

물론 아무도 없는 그곳에는 누구의 기척도 없다――.

블랑망제 학원장은 자신이 언제적 광경을 떠올리고 있는지 자각하고서 쓴웃음을 지었다.

"……역시 이번만큼은 누군가가 타이밍 좋게 구하러 와주거나 하진 않는구나."

바닥에 뒹구는 지팡이를 주워들어 그것으로 간신히 체중을 지탱하면서 일어선다.

미토나와 여학생들이 퍼뜩 정신을 차렸다. "학원장님!"

무릎을 후들거리며 어떻게든 허리를 편 다음 볼썽사납게 앞으로 발을 내디딘다.

학생들을 두고서 로저와 베르세르크 정면으로――.

"……네, 보다시피 저는 이제 서 있기도 버거운 몸입니다."

"호오?"

"노쇠한…… 이런 몸으로 아무 희생도 없이 《집》을 지키려 한 것은 어리석은 생각이었는지도 모릅니다. 아이고, 이런 모습, 예전의 나에게는 보여주고 싶지 않군요."

로저는 지금까지 중에서 최대의 만족감을 얻었다. 카메라가 건재하다면 쉴 틈 없이 셔터를 눌렀을 것이다.

"하————하하하하하!! 그래서? 이제 와서 학생들을 바쳐 목숨이라도 구걸하게?"

"아니요?"

로저의 웃음소리는 불과 몇 초 만에 끝났다.

예고도 없이 베르세르크의 안면에 마탄이 충돌해 불똥이 옆에 있는 로저에게까지 튀었기 때문이다. 완전히 반응이 늦은 그는 눈을 껌벅이면서 소매를 마구 흔들었다.

블랑망제 학원장은 눈 깜짝할 사이에 지팡이를 냅다 올려 마나를 발사하고 있었다.

강력한 화력이 아니라——.

결의와 함께.

"이 몸을 바쳐서라도 당신들만은 살려두지 않겠다."

"……윽!!"

로저의 이마에서 결국 혈관이 터졌다. 붕대를 감은 팔을 아래로 휘두른다.

"물어 죽여어어어어어어어어어어어————!!"

지체 없이 베르세르크는 바닥을 박찼다. 발밑에서 유리가 와

장창 터진다.

간격이 좁혀지는 순간이, 미토나와 여학생들의 눈에는 매우 느리게 보였다.

짐승 같은 손이 블랑망제 학원장의 어깨를 움켜쥐고.

목덜미를 덥석 문다.

선혈이 눈을 덮어버릴 정도로 크게 솟구쳤다.

"아⋯⋯ 안 돼애애애애애애애애애애━━━━━━━━━━?!"

여학생들의 비명이 왕좌의 방을 절밍으로 물들이고 로저는 환희에 떤다.

베르세르크의 이빨은 가차 없이 블랑망제 학원장의 어깨를 파고들었다. 뼈가 부서지고 피가 튄다. 고목 같은 그녀의 몸은 잘게 들썩이고, 손끝에서 지팡이가 흘러내렸다.

로저는 몹시 흥분한 관객의 심정이었다.

"잡았다!!"

그리고 블랑망제 학원장은━.

비웃었다.

"잡았다."

베르세르크의 심장이 날아갔다.

좌반신이 몽땅 소실되고, 살점과 피가 사방으로 튀는 기세에 여학생들의 비명도 로저의 환호성도 뚝 끊어졌다. 왕좌의 방이 고요해졌다.

큰 아가리를 쩌억 벌리고, 베르세르크는 비틀거리면서 뒷걸음질 쳤다.

그 왼쪽 가슴이 있었던 위치에 블랑망제 학원장은 손바닥을 내밀고 있었다.

주름투성이 입술에서 기침과 함께 핏덩이가 흘러나왔다.

"……내가 이것을 당한 것이…… 첫 출진 때였나."

가는 숨과 피와 함께 내뱉는 말을 이해할 수 있는 자는 한 명도 없다.

"이것 때문에 나는…… 아이도 가질 수 없는 몸이 되고…… 후후…… 친한 사람들도, 내게 정나미가 떨어지고…… 말았었지…… 쿨럭!"

"뭐…… 뭐야?!"

스픽스 로저는 두 걸음, 세 걸음 물러나고서 다짜고짜 팔을 휘둘렀다.

"뭐, 뭐 하고 있는 거냐, 베르세르크! 가라, 가라고! 죽더라도 돌진해! 네게는 무한의 파워가 있잖아!!"

명령에 반응했는지 베르세르크의 육체가 급속히 팽창해 도려내어 진 구멍을 채운다.

더더욱 이빨을 드러내 보이며 포효를── 지르려고 한 순간, 그 위턱을 《창》이 관통했다.

그대로 머리를 바닥에 꿰어 붙인다.

베르세르크는 다물린 이빨의 틈 사이로 영혼을 잡아 찢는 듯한 절규를 질렀다. 아직 끝나지 않았다. 아무것도 없었던 허공에서 차례로 《창》이 튀어나와 바닥에 넙죽 엎드린 베르세르크를 꼬챙이에 꿰듯이 쑤셨다. 회복할 틈도 주지 않고 온몸에 구멍을 쑥쑥 뚫는다.

잘 보니 《창》은 금속제가 아니었다.

경질화한 마나를 창의 형태로 응집시킨 것뿐이다.

"……이 기습으로 인해 옛날 우리 부대는 전멸하고…… 나만 살아남았어. 이유가 뭘까…… 루스타스, 옥타비아, 마르베라……. 다들, 돌아갈 집도, 사랑하는 가족도 있었는데……. 어째서일까…………."

허무한 목소리로 중얼거리고 블랑망제 학원장은 손을 쥐면서 입가로 옮겼다.

후우, 입김을 내뿜는다.

그러자 손가락 끝으로부터 만들어진 보라색 안개가 베르세르크의 전신을 뒤덮었다.

그것은 맹독이었다. 가죽을 녹이고 피부를 태우며, 안구와 콧구멍으로 진입하여 내장을 썩게 만든다. 베르세르크는 바닥을 모르는 생명력으로 육체를 재생시키고, 그때마다 독에 죽는 악몽의 윤회를 맛보게 되었다. 보는 이들의 온몸의 털이 곤두선다.

로저는 늑대의 얼굴을 하고 있는데도 한눈에 알 수 있을 만큼 핏기가 싹 사라졌다.

"뭐, 뭐, 뭐, 뭐야, 이건?! 하, 할망구!! 대체 무슨 짓을 하고 앉은 거야?!"

"이것은 나의 《전투의 기억》——."

블랑망제 학원장은 피투성이인 양손을 지휘자처럼 움직여 숨 돌릴 틈도 없이 이해할 수 없는 공격을 반복, 베르세르크의 가 죽을 하나하나 벗겨낸다.

해방된 저주의 사령은 얼어붙을 것 같은 단말마를 남기고 천 장으로 빨려 들어갔다.

"내 50년에 이르는 전투의 인생 속에 받은 대미지를, 《원한》 으로 축적해 내 마나로 재현한 것—— 내게 《치명상》을 준 자에 게만 발동할 수 있는, 평생에 단 한 번만 사용할 수 있는 주술. 나도 참, 용케 이 나이까지 살아남았어…….."

"……?!"

"100개의 목숨, 이라고 했나?"

위로 향한 손바닥을 꽉! 쥔다.

"햇수가 달라."

바닥에서 튀어나온 몇 개의 사슬이 베르세르크의 온몸을 꽁꽁 묶었다. 그뿐만 아니라 강력한 주력(呪力)을 발휘하여 피부를 파고들고 생명력을 쥐어짠다.

바로 작년 자신이 맛보았던 광경에 학원장은 "어머." 하고 웃 음을 지었다.

"그립기도 해라, 그때 그 네크로맨서 것인가 보네."

그렇다면, 하고 엄지손가락과 가운뎃손가락을 맞추면서 팔을 내민다.

로저는 마지막 찬스라는 듯이 소리를 질렀다.

"잡아 찢어, 베르세르크!!"

따악. 학원장은 손가락을 튕겨 소리를 낸다.

베르세르크의 가슴팍이 폭발했다. 내부에서 달걀이 깨진 것처럼 피부가 말려서 뼈와 내장이 노출되고, 분수같이 피를 내뿜는 소름끼치는 몰골이 되었다.

그 전신을 꽁꽁 묶고 있었던 사슬이 녹아내리듯이 안개처럼 사라지고, 베르세르크는 벌렁 자빠졌다.

동시에 블랑망제 학원장도 결국 바닥에 무너져 내렸다.

"학원장님!"

즉시 달려오는 미토나 회장을 학원장은 손바닥을 재빨리 들어 막는다.

"아직이야……!"

방금 것이 블랑망제 학원장이 받은 인생 최후의 공격. 요컨대 이것으로 끝이다.

그러나 베르세르크는 아직도 바닥위에서 발버둥치고 있었다. 주위에는 엄청나게 많은 가죽 조각이 널브러져 있다. 그런데도 여전히 생명력이 남아 있는 것이다……!

그것을 알아챈 로저가 허겁지겁 옆으로 달려갔다.

"언제까지 드러누워 있을 거야, 이 무능한 놈아!!"

기세를 몰아 걷어찬다. 어깨가 흔들리고 처절한 가슴의 구멍으로부터 피가 꿀럭 뿜어져 나왔다.

경련하면서 가까스로 몸을 일으키려고 하지만 베르세르크도 이미 만신창이였다. 그 어깨를, 후두부를 로저는 몇 번이고 걷어차며 야단쳤다.

"냉큼 저 노인네를 물어 죽여! 봐라, 다 죽은 목숨이야, 지금이 기회라고!"

"……으, 으으…… 으……!"

"꼴사나운 소리 내지 마!! 네 역할이 뭐냐? 이 내가 『가』라고 하면 가고, 『일어나』라고 하면 일어나고! 그리고 『죽어라』하면 죽는 일일 텐데!! 자, 물어, 물어! 그 텅 빈 가슴에 사냥감을 가득 채워라!"

이제는 상처를 치유할 데 쓸 생명력도 없었다. 그래도 베르세르크는 기어올랐다.

커다란 아가리를 한계까지 벌리고—— 옆의 로저에게 달려들었다.

로저는 황급히 두 손바닥을 흔들었다.

"잠깐잠깐잠깐, 아직 잠이 덜 깬 거냐?! 저쪽이다, 저쪽! 나는 네《형》이잖아! 뭐야, 너, 왜 그래…… 안 들리냐?!"

들리지 않는 모양이다. 베르세르크는 도통 이빨을 물리려고 하지 않았다.

이대로 있다간 정말로 잡아먹히겠다. 로저의 뇌가 한계까지 돌아갔고 그리고 깨달았다.

"그렇군…… 설마."

주위에는《마녀》의 의해 벗겨져 떨어진, 저주받은 가죽이 어질러져 있었다. 셀 수 없을 정도로 많다……. 대강, 100장분.

즉, 베르세르크가 지금까지 쓴 가죽의 거의 전부.

"……나, 나, 나, 나의《동생의 가죽》까지 날아가 버린 거냐!!"

그렇게 된 이상 베르세르크가 로저를 《형》으로 인식하는 일은 없다. 목소리는 닿지 않고 명령을 들을 의리도 없어 그 광기를 억누를 방도는 이제 존재하지 않는다.

로저는 바닥에 넙죽 엎드리고 죽을힘을 다해 가죽 조각을 긁어모았다.

"어디야! 어디야! 어디 있어?! 내 《동생》! 우리 《동생 가죽》 어디 갔냐고?!"

그 모습이 내려다보는 자에게는 이빨을 박기 딱 좋게 보였으리라. 베르세르크는 찢어질 정도로 아가리를 벌리고 로저에게 다가갔다. 마지막으로 받은 명령을 수행하기 위해서. 눈에 띄는 것 전부를 《물어 죽이기》 위해서——.

"멈춰! 멈춰! 멈춰!! 나는 네————으으윽!!"

덥석, 상반신을 물었다.

그대로 턱의 힘을 이용해 위로 쭉 들어 올린 다음 한입씩 씹으깨면서 통째로 삼키기 시작했다. 희미한 비명이 목구멍 속으로 빨려 들어갔다. 눈을 가리고 싶어지는 광경—— 미토나 회장과 상급생은 살며시 후배들의 머리를 가슴에 끌어안는다.

이윽고 베르세르크의 입 끝에서 한쪽 장화가 툭 흘러 떨어졌다.

그것으로 배가 가득 찼다는 듯이 만신창이인 그는 앞으로 쓰러졌다.

하지만 아직 죽음이 용납되지 않는지 어딘가로 향하고자 기고 있다. 원수라곤 하지만 참으로 불쌍한 최후……. 블랑망제 학원장은 천천히 눈을 감고 생각에 잠겼다.

다시금 지팡이를 쥐고 일어선다.

로브 끝자락에서 핏덩이를 흘리면서도 몸 앞에 지팡이를 내걸었다. 몸속 깊숙한 곳에서 해방된 마나가 나선형으로 소용돌이치면서 지팡이 끝의 장식으로 서서히 집속된다.

블랑망제 학원장에게는 예감이 있었다.

이것이 자신의 인생에서 마지막으로 발사하는 공격이리라는

——.

"지금까지 고맙다, 나의 마나야."

지팡이 손잡이에 속삭이고 나서 머리 위로 높이 치켜든다.

지팡이 머리가 시야를 태울 정도로 눈 부신 빛을 발했다.

"……《피어풀 스윔》!"

천장에 빛의 덮개가 펼쳐진다.

그로부터 운석같이 불덩이가 쏟아졌다. 베르세르크의 전신을 뚫고, 구석구석 도려내며 불태운다. 과도할 정도로 엄청난 파괴력이 남김없이 내리쳐진다. 그 위력에 사지가 날아가지만, 베르세르크는 비명을 지르지 않았다. 발버둥도 치지 않고 《죽음》을 받아들였다.

운석이 밀도를 높이고 모든 것을 빛으로 집어삼켰다. 바닥이 가득 메워졌다. 베르세르크의 모습이 덮인다. 유성우처럼 꼬리를 그리며 바닥을 관통한 운석들은 일대의 모든 것을 증발시키고 맹렬한 바람을 팽창시켰다.

시야가 걷힌다——.

맹위를 떨쳤던 워울프의 모습은 이미 흔적도 남아 있지 않았

다. 벽에까지 날아간 유리 파편이나 여전히 의식을 잃은 상태인 무예교관들.

그리고 여기저기에 새겨진 파괴의 흔적과 피 보라가 격렬한 전투가 있었음을 이야기할 뿐——.

학원장의 손에서 지팡이가 흘러 떨어졌다.

유리 바닥에 부딪혀, 지팡이 끝의 장식이 산산이 조각난다.

피투성이의 몸이 기우뚱하고 기울었을 때 아연실색하고 있었던 미토나 회장도 즉시 벌떡 일어났다.

"학원장님!"

넘어질 뻔한 것을 꽉 껴안는다.

하지만 그것이 무의미하게 느껴질 만큼, 눈을 가리고 싶을 만큼 학원장의 상태는 처참했다. 숨이 희박하고, 손가락이 경련했다. 학원장은 초점이 맞지 않는 눈동자로 미토나 학생회장을 올려다보았다.

"미, 미토나…… 미토나…….."

"여기 있어요, 학원장님!"

블랑망제 학원장의 떨리는 손을 미토나는 양손으로 움켜쥐었다. 남은 여학생들도 급히 달려와 주위를 에워쌌다.

학원장의 로브에 달라붙자마자 손바닥에 치덕치덕 붙은 피에 모두의 표정이 절망으로 일그러졌다.

"정신 차리세요!"

여학생들의 외침이 들리는지 어떤지, 학원장은 가느다란 목소리로 결사적인 심정을 담아 말한다.

"잘, 들어요……. 학원의 성벽을…… 《쇄성》하세요……. 이, 혁명이, 종결될 때까지…… 외부와…… 관계를, 가져선…… 안 됩니다……."

미토나 회장의 눈이 깜짝 놀라 휘둥그레졌다.

확실히 성 프리데스위데의 성벽에는 그러한 고대 테크놀로지가 있다. 한번 《쇄성》을 하면 내외 불문하고 출입은 일절 불가능하게 된다.

그것으로 안전은 유지되겠지만 언제까지고 틀어박혀 있을 순 없을 텐데.

블랑망제 학원장은 말해야 할 많은 것을 필사적으로 계속 전했다.

"뒷일은…… 쿠퍼 선생님, 일행에게…… 맡깁시다……. 알았죠…… 알겠지……?"

"네에…… 네, 잘 듣고 있어요, 학원장님!"

"불을 켜다오."

블랑망제 학원장은 뜨거운 한숨을 피와 함께 토해냈다.

반대쪽 손을 뻗어 미토나 회장의 뺨을 만졌다.

손가락 끝에서 소녀의 뺨으로 핏줄기가 그어진다——.

"그리고 웃어주겠니?"

"학원장님……."

"따뜻한 빛…… 아이들의 미소……."

블랑망제 학원장의 눈동자는 이제 어디를 보고 있는 것인지 알 수 없었다.

그럼에도 그녀는 주름투성이인 얼굴로 희미하게 웃었다.

"아무렴."

행복해 보이는 눈물이 한 방울 흘러내렸다.

"《집》은 이래야, 지……————."

손바닥이 스르르 떨어졌다.

그 팔이 아무 저항도 없이 유리 바닥에 늘어진다. 애교 있는 작은 눈동자는 이미 감겨 있었다. 로브 끝자락에서는 지금도 고귀한 방울이 스며들어 주위에 선명한 빛깔을 넓히고 있다.

미토나는 교복이 새빨갛게 되는 것도 마다치 않고 학원장을 부둥켜안았다.

"안 돼, 안 돼…… 안 돼애!! 눈을 뜨세요, 학원장님!!"

주변의 여학생들도 얼굴을 가리고 쓰러져 울었다. 미토나는 눈물 섞인 비명을 질렀다.

품 안의 몸은 이미 믿을 수 없을 만큼 차가워지고 있는 것을 그녀는 결코 인정할 수 없었다.

"빨리 의무실 시스터를 불러! 아무나 좋으니까 사람 좀 데리고 와줘! 돌아가시게 해선 안 돼! 돌아가셔선 안 된다고!! 학원장님…… 학원장님————————!!"

† † †

문득 친근한 누군가가 부르는 것 같은 기분이 들어서 메리다는 뒤돌아보았다.

하지만, 당연히 지금 이 길에 누군가가 서 있을 리 없었다.

어디까지나 변함없는 미궁 도서관의 광경이 끝없이 펼쳐져 있을 뿐이다.

스타트 지점이었던 성 프리데스위데 여학원까지——.

"아가씨? 왜 그러십니까?"

그런 그녀의 상태를 사랑하는 가정교사가 금세 알아채 주었다.

그러나 메리다는 순간적으로 뭐라고도 대답하지 못했다. 애써 신경을 돌려도 미련이 남긴 했지만, 몇 번을 돌아본들 뒤에 누군가가 있을 리 없다.

머지않아 그 그리운 위화감은 메리다의 어깨를 어루만지고, 귓가를 간지럽히더니, 바람같이 어딘가로 사라져 버렸다…………

"……아니요. 아무것도 아니에요."

"걸어서 피곤해지셨습니까?"

"아뇨, 끄떡없어요."

다시 쿠퍼와 손을 잡고 메리다는 앞으로 돌아섰다.

실제로 비블리아 고트를 탐색하기 시작하고 나서 시간이 얼마나 지났는지 모른다. 그러나 비슷한 책장의 틈을 굴하지 않고 걷고, 정신이 아득해지는 계단을 부지런히 오른 보람이 슬슬 나오려는 모양이다.

잠시 후 여기까지 앞장서 온 알메디아 여공작이 쾌재를 불렀다.

"겨우 도착했구나! 이 앞이 우리 라 모르 가문의 연구구역이다."

언뜻 보기에는 여타의 문과 특별히 다른 점이 보이지 않는다.

여공작은 손목에 걸고 있었던 열쇠꾸러미에서 열쇠 하나를 집어 들었다.

자물쇠가 풀렸다——.

"놀라지 마라?"

여공작이 빙긋 웃으며 말한 의미를 쿠퍼와 메리다는 곧 알게 된다.

살짝 열린 문틈으로 《하얀빛》이 흘러나온 것이다.

"우와아아……!"

실내에 발을 들여놓은 순간 메리다는 확실히 이곳이 특별한 공간임을 깨달았다.

우선 책장이 없다.

그보다 아무것도 없다.

밋밋한 바닥이 끝없이 이어지고 있는 데다가 온통 하얀색 일색이다. 바닥이 하얗거니와 벽도 하얗고, 천장까지 새하얘서 각각의 경계가 어디에 있는지조차 분명치 않다.

개방적인 건지 폐쇄적인 건지, 넓은 건지 좁은 건지조차 알 수 없었다.

"굉장해요!"

"얼핏 보기만 해선 모르겠지만, 벽에 문이 몇 개 숨겨져 있단다."

알메디아는 아무것도 존재하지 않는 것처럼 보이는 하얀 벽을 차례로 가리켰다.

"연구실, 보존실, 자료실—— 수면하는 데 쓰는 방도 마련되어 있어. 뭐, 지금은 아무리 학자들이라곤 해도 이런 곳에 머무르는 자는 없지만."

"방 바깥과는 상당히 분위기가 다른데. 이 장소는?"

쿠퍼도 흥미를 누르지 못하는 눈치다. 거리감을 파악할 수 없는 천장을 올려다보고 있다.

알메디아는 메리다와 쿠퍼의 반응이야말로 재미있는 모양이지만.

"너희, 이 비블리아 고트가── 라기보다《랜턴 안의 세계(프란돌)》그 자체가 아득한 고대, 하늘에 태양과 달이 빛나고 있었던 시대의 유산이라는 사실은 알고 있겠지?"

"네, 하이 테크놀로지의 결정인 이 도시이기에 세상에서 태양이 사라졌을 때《밤》의 침공을 면할 수 있었다고……."

"현대에 사는 우리가 해명할 수 있는 도시의 구조는 얼마 없어."

알메디아는 유구한 시간을 꿰뚫어 보는 것처럼, 먼 곳을 바라보는 눈빛이 되었다.

"이 방도 그 하나다. 비블리아 고트도 고대부터 연구시설로 사용되고 있었는지 이미 몇 개의 연구서가 남아 있었어. ── 그중에 재미있게 들리는 단어가 있어서 말이지. 이 방의 이름으로 사용하기로 했다."

어쩐지 득의양양하게 말한다.

"《우주》라고 한다. 우리는 이 방을 그렇게 부르고 있어."

"우주……."

"자, 지금 필요한 것은 이쪽이야."

여공작이 몸을 홱 돌려서 메리다는 깜짝 놀라 황급히 따라간다.

그 앞에는 하얀색 일색인 《우주》 속에서 뚜렷하게 윤곽을 주장하는 것이 존재했다. 벽에 박혀 있는 원반…… 같이 보인다.

그런데 직경이 상당했다. 이것을 제작한 목수는 거인이었음이 틀림없다.

"뱅퀴팅 홀."

알메디아가 그것의 이름을 말했다. 무엇을 위한 설비인지는 듣기 전에 알 수 있었다.

"이 앞이 성왕구로 이어져 있다."

"하지만 알메디아 님, 언뜻 보기엔 열쇠 구멍도 보이지 않습니다만?"

쿠퍼가 그렇게 말할 때까지 메리다는 알아채지 못했다.

그렇다, 뱅퀴팅 홀이라는 그 원반은 너무나 완벽했다. 《문》이라고 말해주지 않으면 아무도 알아채지 못하리라. 이전의 승강기처럼 컨트롤 패드 같은 물건도 보이지 않았다.

거기서 알메디아 쪽이야말로 뜻밖이라는 얼굴로 뒤돌아보았다.

"그래! 아직 설명하지 않았었군."

"무슨 말씀입니까?"

알메디아는 보여주는 편이 빠르다는 듯이 원반의 표면에 손바닥을 댄다.

"이 문도 엄연한 고대의 유산이지. 그 구조에 우리가 도저히 미치지 못하는 테크놀로지가 사용되어 있어. 나는 이 문을 여는 《열쇠》라고 표현했지만——."

입안에서 말을 고르고 계속한다.

"엄밀히 말하자면 《음성인식》이야."

"음성인식??"

"엔젤의 딸아, 한번 보거라. 이렇게 해서——."

쓸 말을 미리 모으듯이 운을 떼고 나서 알메디아는 쭉 허리를 편다.

넋을 잃을 정도로 간드러진 목소리로 노래한다.

"《그것은 차고 이지러지는 달의 수기(手記)》《맥이 뛰듯이 시간이 변하고》《나를 버리고 미래를 바치리라》."

쿠퍼의 눈이 천천히 휘둥그레지는 앞에서——.

원반의 가장자리에 어떤 로직인지 색채가 떠올랐다.

보라색 무늬가 꽃피듯이 그려지고 가장자리의 3분의 1가량을 물들인다.

알메디아는 숨을 돌리고, 손바닥으로 원반을 민다.

"이처럼 정해진 암호를 들려줌으로써 1단계씩 잠금이 해제되어 가는 거다. 암호는 엔젤 가문, 라 모르 가문, 쉬크잘 가문에 하나씩 구전으로 계승되고 있고 둘 이상을 들려줌으로써 길을 여는 구조이지만——."

꾸욱, 꾸욱. 힘을 넣어도 여전히 원반은 꿈쩍도 하지 않는다.

알메디아는 허리의 대검을 뽑고 싶은 것을 참고, 답답해하며 물러났다.

"에잇, 안 열려! 융통성이라고 코빼기도 없는 원반이구만!"

"알메디아 아주머니, 역시 여기서 기다리는 수밖에 없는 걸까요……?"

"그럴 수밖에 없겠지. 페르구스나── 그렇지 않더라도 암호를 아는, 공작 가문과 관계가 있는 자가 한 명이라도 이곳에 도착해준다면 좋겠는데……!"

의논이 오가는 옆을 쿠퍼는 무심하게 지나갔다.

원반, 뱅퀴팅 홀의 눈앞에 선다.

표면에 손가락을 댄 단계에서 후방의 메리다가 알아챘다.

"선생님?"

쿠퍼는 눈을 감는다.

마음속 깊은 곳에서, 기억의 달걀이 깨지는 감각이 들었다.

『지금은 됐다. 하지만』

『언젠가 떠올려라──』

쿠퍼는 살짝 입을 벌렸다.

거의 잊어가고 있었을 말이 선율이 되어 뽑힌다.

"《그것은 돌고 도는 생명의 수기》《떠나는 자의 비원을 가슴에》《하늘을 감청색으로 물들이는 바람이 되어라》."

원반이 격렬한 빛을 발했다.

가장자리에 녹색 무늬가 뻗고, 보라색 무늬와 서로 포개어져 한 송이의 꽃을 그린다.

3분의 2를 선명한 색채가 채운 단계에서 원반 중앙에 변화가 찾아왔다. 윤곽이 회전, 응시하지 않으면 알 수 없을 만큼 빠르게 배열을 바꾸더니 안쪽으로 움푹 들어간다.

장엄한 중저음.

이어서 원반의 틈으로 증기가 분출됐다. 즉 《반대쪽》에 공기가 통하는 길이 생긴 것이다. 원반은 약 올리는 것처럼 완만하게 회전하면서 옆으로 미끄러져 그 안쪽 통로를, 더욱더 하얀 빛으로 가득 찬 회랑을 드러내려 하고 있었다.

"말도 안 돼……."

알메디아는 쿠퍼의 어깨를 잡고 앞으로 나오더니 원반의 가동 상태를 확인한다.

"어째서 네가 그 구절을 알고 있는 거지?! 페르구스에게서 들은 게냐?"

"……아닙니다, 쿠샤나 쉬크잘 님에게서."

이 운명에 놀라고 있는 것은 쿠퍼 역시 마찬가지다.

그때는 무슨 말인지 전혀 몰랐다. 다름 아닌 세르주 쉬크잘의 왕작 대관식 때의 일이다. 세르주의 대관을 저지하기 위해서 쉬크잘 분가의 쿠샤나가 모반을 일으켰고, 그것을 제압한 쿠퍼에게 그녀는 남몰래 일러주었다.

아니, 지금 생각하면 《떠맡긴》 것일까.

붙잡힌 신세가 되어버린 자신을 대신해 달라는——.

"……쿠샤나 님이 세르주 님의 암살을 단행한 배경에 이 프란돌을 뒤흔드는 혁명이 포함되어 있었다고 한다면."

생각을 정리하면서 쿠퍼는 이야기한다.

"예상하였던 걸지도 모릅니다. 언젠가 성왕구가 봉쇄당하게 되는 날을……."

"그렇다면 쿠샤나는 우리의 강력한 아군이 될 수 있겠다만."

신중한 눈매로 여공작은 묻는다.

"쿠샤나는 지금 어디에?"

쿠퍼의 입가도 쓸쓸하게 일그러진다.

"……성왕구입니다."

"무사하기를 빌 수밖에 없겠군."

거기서 눈을 껌벅이고 있었던 메리다도 겨우 두 사람의 뒤를 따라잡았다.

"그, 그러면 아무튼, 이제 바로 성왕구로 갈 수 있는 건가요?"

"그렇고말고, 기다릴 필요는 없어. 절묘한 포지션에서 반격할 기회를 살필 수 있겠어."

지금부터 하는 말을 명심하라는 듯이, 알메디아는 두 사람을 한 번 돌아보았다.

원반이 발하는 빛을 업고, 위엄과 함께 단언한다.

"이 앞에서부터는 《적지》다. 지금까지와는 비교가 안 되는 위험이 도사리고 있을 테지. 하지만 여기까지 와서 되돌아가는 선택지는 없어! 우리를 전송해준 사람들의 얼굴을 떠올려라. 친구를 구하고 싶다면──."

신뢰의 눈빛을 메리다에게 보내고.

"주인을 생각한다면——."

시험하는 듯한 시선으로 쿠퍼를 꿰뚫고.

"나를 따르라."

마지막으로 알메디아는 화려하게 드레스를 나부끼면서 몸을 돌렸다.

망설임 없이 회랑에 발을 들여놓는 뒷모습을, 두 사람은 잠시 틈을 두고서 쫓아간다.

쿠퍼는 옆으로 손을 내밀었다.

메리다는 그쪽을 볼 필요도 없이 당연한 위치에서 그와 깍지를 낀다.

작년 봄, 새로운 1년의 시작을 예감했을 적에 이런 사태에 휘말려 드는 것을 자신들은 상정했을까? 적어도 이후, 이 문 건너편에서 무엇이 기다리고 있는지를 예언할 수 있는 자는 분명 자신들 이외에도 없을 것이다.

또다시 불꽃의 내음이 찾아온다.

혁명의 불똥이 회랑에 부는 바람을 타고 휘몰아쳐 오는 것을 쿠퍼는 느끼고 있었다.

알 메 디 아 라 모 르

클래스:디아볼로스

HP	9310	MP	878		
		방어력	796	민첩력	707
공격력	1029				
공격지원	—	방어지원	—		
사념압력	50%				

주 요 스 킬 / 어 빌 리 티

재해 LvX / 흡수공격 Lv9 / 버스터 배리어 Lv9 / 백전연마(百戰練磨) LvX / 역습 Lv9 /
항마 Lv9 / 실비우스 그리바 / 그란바나카 퓨리 / 다크 아우로라

주간 핫 헤드 타임즈 3 월 둘째 주 호

최근 상층의 시민들 사이에서는 스테이터스 표로 수학 문제를 만드는 것이 유행하는 모양
이지만, 사실 성도 친위대의 스테이터스 정보씩이나 되면 그리 간단히 손에 들어오지 않는
법이다. 그 점을 의식하는 인간은 별로 없지만.

그러면 〈무혈주의자〉 놈들이 득의양양하게 내보이는 수치는 대체 뭐냐 싶겠지만, 그것은
아마도 입대 당시의 상당히 오래된 데이터일 것이다. 나는 직업상 기병단의 엘리트 양반들
과도 면식을 가진 일이 있는데, 도저히 그런 수준의 실력은 아니었다.

전투의 행방이 어떻게 될지야 알 수 없지만—— 프란돌이 이렇게 어둠 속에 갇히고도 여전
히, 아직 희망의 등불은 반짝이고 있다고 나는 뭐, 생각한다.

(집필자 : 익명 저널리스트)

HOMEROOM LATER

흑철의 도시에 금속을 때리는 소리가 울린다——.

프란돌 제2층, 등화 기병단의 본거지로 유명한 셀레스트텔레스 개선문 지구다. 식물을 일절 배제하고 로트 아이언(연철예술)으로 채색된 투박하고도 공예적인 시가지다.

별 모양의 요새는 철벽의 수비를 자랑하지만, 그 안쪽에는 지금 긴박한 공기가 가득 차 있었다. 요새 바깥쪽에 포진한 워울프 족과 긴장을 늦출 수 없는 대치가 계속되고 있기 때문이다. 철도가 봉쇄되어 이웃한 캠벨로 이동할 수도 없고, 그렇다고 해서 더욱 상층인 프란돌 성왕구로 건너가는 것은 그야말로 논외다.

지금은 아직——.

다가올 궐기의 때를 위해서 요새 안쪽에서는 전투준비가 진행되는 중이다. 오가는 기사들의 표정은 험악하다. 상인이나 장인들도 그들의 호통에 연일 위축된 모습이다. 비축한 물자가 바닥나기 전에 가능한 한 완벽한 태세를 갖춰야 한다.

그런 가운데 아직 수습인 기사학교의 2학년생과——.

휴직 중인 《일대후작》이 할 일은 없었다. 그나마 방해는 되지 않도록 요새 한쪽 구석에 걸터앉아 있는 게 최선이다. 은발의 엘리제 엔젤이 오도카니 난간에 앉고, 그 등을 꼭 껴안는 모습으로 로제티가 밀착하고 있었다.

훌쩍. 이따금 눈물 어린 소리가 들린다.

로제티는 아직 충격에서 회복되지 않았다. 카디널스 학교구를 탈출했을 때의 광경이 머리에서 떠나지 않는 것이다. 시간을 벌기 위해 일부러 열차에서 내린 글레나. 워울프 무리 속에 남겨진 그녀가 과연 어떻게 됐는지…… . 순식간에 역에서 멀어진 자신에게는 알 길이 없다.

그저 최악의 광경만이 싫어도 머리에 달라붙어 떠나지 않았다.

"로제 선생님…… ."

그런 가정교사의 고뇌를 알고 있기에 엘리제도 그녀에게 바싹 붙어 있었다.

로제티는 억지로 눈물을 닦고 얼굴을 든다.

"괘, 괜찮아. 계속 주저앉아 있을 수 없는걸. 메리다 님이나 쿠도 힘들 테고…… . 나도 엘리제 님을 잘 지켜 보일게."

"…………."

말주변이 없는 것을 자각하고 있는 엘리제는 그녀와 손을 살며시 포개는 것으로 응답했다.

주위의 기병단 사람들은 모두 분주해 보여서 함부로 말을 걸기도 꺼려진다.

그러나 거꾸로 말을 걸어오는 인물이 하나 있었다. 기병단에서도 특별한 《하얀색》 군복이다.

손을 들어 부르는 것을 로제티도 알아본다.

"갈레오 씨."

눈물 자국을 보이는 것이 한심해서 로제티는 빨개질 때까지 눈을 비볐다.

"아, 아덴의 상태는 어때요?"

"목숨에 지장은 없어."

"다행이다……."

로제티는 진심으로 안도의 한숨을 쉬며 가슴을 쓸어내리지만 갈레오는 마저 이렇게 말한다.

"다만 도저히 작전 개시일까지는 회복할 것 같지 않아. 귀중한 전력을 《둘이나》 잃어버렸어——. 너를 일시적으로 성도 친위대에 복귀시킬지도 모른다는군."

"아, 알겠습니다."

"글레나가 걱정되나?"

아무리 숨기려 해도 눈물 자국은 다 닦을 수 없었다.

수염을 쓰다듬으면서 갈레오는 말한다. 본인에게 악의는 없을 것이다.

"만전이라면 밀리지 않았겠지만 지금은 글쎄올시다지. 그 녀석도 항상 너를 마음에 두고 있었어. 네게 당한 등의 상처가 쑤실 때마다——."

로제티는 무심코 선배를 상대로 노려보는 눈매가 되고 말았다.

그제야 실언을 깨달았는지 갈레오는 장난스러운 동작으로 어깨를 으쓱였다.

"아이쿠, 미안, 미안."

"⋯⋯."

지금은 "괜찮습니다."라는 말조차 겉치레가 되는 기분이 들어서 로제티는 입술을 꾹 깨문 다음 일어났다. 등을 돌리고 제자와 어깨를 맞댄 채 떠나간다.

그 먼 뒷모습을 향해 갈레오는 들리지 않는 목소리로 덧붙인다.

어딘가의 역 차장과 비슷한 어조로.

"⋯⋯뭐라고 사과하면 좋을까."

그 공허한 사죄는 흑철의 도시에 울리는 날카로운 금속음에 사라졌다.

† † †

"호오? 요컨대 성도 친위대에 이미 왕작님의 부하가 잠입해 있다?"

"그렇습니다, 매드 골드."

"훌륭해!"

난잡한 박수 소리가 난장판이 된 티 룸에 넓게 울려 퍼진다.

성왕구 임페리얼 호텔 1층. 이미 킹스 회의의 일정은 끝났으나 참가자들은 여전히 호텔에 구속된 상태였다. 모두 프란돌을 대표하는 중요인물들뿐이다.

그 회의장으로 쓰였었던 티 룸에는 두 인물이 진을 치고 활발

한 의논을 계속하고 있었다. 워울프족 측의 대표인 매드 골드와, 이제는 프란돌의 전권을 장악한 세르주 쉬크잘 왕작.

아니, 이미 《회의》가 아니라 《절차를 밟고 있다》라고 해야 할까.

달리 의견을 내는 자는 필요 없다──.

경호의 모습조차 없는 넓은 티 룸의 중심에서 매드 골드는 목소리를 낮췄다.

"그럼 예언에 있는 것처럼 《백의의 전사들》이 계획을 망칠 염려는?"

"있을 수 없겠죠."

세르주는 그 매혹적인 미소로 전폭적인 안심감을 상대에게 안긴다.

"기병단은 조만간 총공격에 나설 작정입니다만 그들은 모르고 있습니다. 그 몸속에 폭탄을 품고 있다는 것을……. 제가 한 번 손가락으로 딱 소리만 내면."

딱, 하고 가볍게 손가락을 튕겨 보인다.

"그들은 순식간에 안쪽에서부터 무너져 내릴 겁니다."

"후후후……!"

"예언은 어디까지나 《길잡이》입니다. 오히려 최악의 미래를 사전에 알 수 있었다, 이것이 행운이 아니면 무엇이겠습니까? 우리는 예언에 적힌 비극을 회피해──."

일전하여 힘차게 주먹을 불끈 쥔다.

"운명을 바꿀 수 있어요."

매드 골드는 대만족하여 파안대소하고, 두 손바닥으로 테이블을 때렸다.

　"완벽해! 그럼 프리지아와의 결혼식은 예정대로?"

　"네, 진행하죠."

　"중매는 맡겨주시게! 즉시 야계의 동포들에게 초대장을 보내야겠구만, 기념비적인 의식이 될 거야. 드레스에 식장, 요리에 ── 아차! 가장 중요한 식의 기일은."

　막 생각난 것처럼 골드는 얼굴을 돌린다.

　"《3월, 셋째 주, 셋째 날》──로 좋다고 했었나?"

　"맡겨도 괜찮을까요?"

　"한 배를 탔다 생각하고 만사 마음 푹 놓고 있으시게!"

　왕작의 어깨를 경쾌하게 두드리고 매드 골드는 의자에서 일어났다.

　결혼식까지는 이제 보름도 남지 않았다. 신속히 준비해야만 할 것이다. 짐승의 손가락으로 할 일을 세면서 매드 골드는 의기양양하게 티 룸을 뒤로 했다.

　세르주는 그 뒷모습을 지켜보지 않았다.

　아까부터 빈 테이블을 응시하고 있다──.

　얼마 안 있어 등 쪽에서 타앙 하고 문이 닫힌 순간.

　예고도 없이 그는 테이블에 푹 엎드렸다.

　"크으, 으으……!!"

　심장을 누르고 있다. 이마에 비지땀이 뱄다. 안색이 새파랗다.

대체 무슨 일이기에 이러는 것일까——.

여태까지 이와 같이 괴로워하는 모습을 실제로 본 자는 아무도 없었다. 늘 유지하고 있었던 미소가 거짓말 같았다. 당장에라도 영혼을 입으로 토해내 버릴 것처럼 위태로워 보였다.

사람을 다 물린 것이 다행이었는지 어떤지.

한동안 괴로워한 후에야 겨우 그의 《발작》은 가라앉은 모양이다.

마르지 않는 땀을 흘리면서 거친 숨을 반복한다.

저려서 제대로 움직이지 않는 손바닥을 어딘가로 내민다.

"살라샤……!"

물론 그녀는 이곳에 없다. 무언가를 찾는 것처럼 손끝이 공기를 할퀴었다.

"뮬…… 프리지아……?"

목소리마저도 돌아오지 않는다.

뻗은 손바닥 끝에는 아무것도 잡히지 않는다.

텅 빈 정숙이 그를 에워싸고 있었다——.

그것을 깨닫고 세르주는 자조하듯이 그 단정한 입가를 움직인다.

"이제…… 아무도 없는 건가………."

크큭. 어깨가 후들거린다. 그 눈가에, 반짝이는 것이 보인 듯했다.

들리지 않는 목소리로 중얼거린다.

"서둘러줘, 쿠퍼 군————."

요란한 구두 소리가 가까이 다가온다.

그것을 알아챘을 때는 세르주는 애써 허리를 펴고 있었다. 그가 간신히 여유 있는 왕작의 자세를 그럴싸하게 꾸민 직후, 티룸의 문이 덜컥 열린다.

어깨를 헐떡이며 서 있는 것은 쉬크잘 가문의 시녀였다.

예삿일이 아닌 사태임은, 그녀의 표정을 보고 바로 알 수 있었다.

"도, 도련님, 아주 급한 용무가…… 큰일이……!!"

"무슨 일이냐?"

그리고 시녀의 다음 말을 들은 순간.

세르주의 심장 표면을, 얼음처럼 차가운 땀이 미끄러졌다.

"쿠샤나 아가씨가————…………."

† † †

등불이 꺼진 임페리얼 호텔의 복도를 짐승처럼 보이는 한 남자가 걸어간다.

중년답지 않은 춤추는 듯한 스텝을 밟으며 노래를 흥얼거리고 있는 매드 골드다.

"오늘은 드레스를 짜고, 내일은 케이크를 굽고, 모레는 왕작의 자식을 맞이하러……. 후후후, 내 이름이———— 라는 것은 악마도 모르지…… 후후후!"

최고의 기분으로 천장을 올려다보고 이어서 다시 한번 눈앞을

처다본다.

"자아, 나의 비즈니스를 공개할 때다. 워울프족의 화려한 무대! 《무혈주의자》의 진가를 발휘할 순간이라 해도 되겠군……. 누구한테 초대장을 보낸담?"

짐승의 손가락을 하나씩 구부리며 세기 시작했다.

"편협한 《프랑켄슈타인》은 뺄 수 없지. 자존심이 강한 《임프》 놈들도 좀 불러줄까……. 크흐흐, 《밴디트》의 배 아파하는 얼굴이 벌써 눈에 선하구만!"

타악. 무슨 좋은 아이디어라도 떠올랐는지 무릎을 친다.

"이크, 다른 사람도 아니고 내가! 중요한 분을 깜빡하면 안 되지."

짐승처럼 보이는 입가가 이빨을 보이면서 치켜 올라간다.

어둠 속에 진홍색 초승달 같은 미소가 새겨졌다.

"그 위대한 《흡혈공》에게도 알려야……!"

후기

여기까지 읽어주셔서 감사합니다. 저자 아마기 케이입니다.

단편집 간행을 중간에 넣느라 7권과 조금 간격이 벌어지고 말았습니다. 신간을 기다려주신 독자님, 정말 오래 기다리셨습니다. 그리고 본권을 구매해주신 《여러분》에게 진심으로, 진심으로 감사드립니다.

커버 안쪽의 접힌 부분에서도 다소 암시를 드렸습니다만, 이번에는 시리즈 최초로 《분권구성》이 되었습니다. 1~7권까지는 권마다 완결을 지었었는데요, 2학년 편의 총괄이 되는 이번 8권을 분할한 것은, 사실 오래전부터 계획하고 있었던 일입니다.

기획에 GO 사인을 주신 담당 편집자님, 감사드립니다.

그리고 독자 여러분. 다음 9권은 이전까지와 같은 페이스로 보내드리고자 하오니 아무쪼록 잠시만 후편의 전개를 기대하며 기다려주신다면 고맙겠습니다.

말은 이렇게 해도, 이야기를 도중에 끝맺어버려서 독자님들이 싱거워하시지나 않을까 하는 불안이 없는 것은 아닙니다. 만약 그러시다면── 어이쿠, 왜 이런 곳에 메리다랑 친구들의

일상 에피소드를 한데 담은 단편집이─!(광고)

　……농담은 제쳐두고, 단편집『어새신즈 프라이드 Secret Garden』도 아무쪼록 잘 부탁드립니다. 울트라 점프에서 연재 중인 코미컬라이즈판도 단행본 2권이 발매되고 점점 호평을 받고 있다고 합니다.

　앞서 개최된 KADOKAWA 라이트노벨 히로인 총선거에서도 메리다가 상당히 높은 순위를 차지하여, 다시 한번 독자 여러분의 응원을 감사하게 느꼈습니다. 가끔 응원편지나 선물을 보내 주시기도 하고, 정말 송구스럽기 이를 데 없네요. 누군가가 즐거워해 주시는 것을 알 때마다, 저는 창작의 성취감을 몇 번이고 되새긴답니다.

　작품의 비약을 도와주시는 일러스트레이터 니노모토니노 님. 코믹판 담당 카토 요시에 선생님. 그리고 출판 관계자분들께도 다시금 다대한 감사를.

　에피소드 후편이 되는 9권에서 독자 여러분, 꼭 다시 뵙겠습니다.

아마기 케이

어새신즈 프라이드 8

2018년 12월 20일 제1판 인쇄
2019년 01월 02일 제1판 발행

지음 아마기 케이 | **일러스트** 니노모토니노 | **옮김** 오토로

펴낸이 임광순 | **제작 디자인팀장** 오태철
편집부 황건수 · 신채윤 · 이병건 · 이홍재 · 김호민
디자인팀 한혜빈 · 김태원 | **국제팀** 노석진 · 엄태진

펴낸곳 영상출판미디어(주)
등록번호 제 2002-000003호
주소 21311 인천광역시 부평구 평천로 132 (청천동)
전화 032-505-2973(代) | **FAX** 032-505-2982

ISBN 979-11-319-9365-1
ISBN 979-11-319-6068-4 (세트)

ASSASSINS PRIDE Volume 8 ANSATSU KYOUSHI TO GENGETSU KAKUMEI
©Kei Amagi, Ninomotonino 2018
First published in Japan in 2018 by KADOKAWA CORPORATION, Tokyo.
Korean translation rights arranged with KADOKAWA CORPORATION, Tokyo.

노블엔진(NOVEL ENGINE)은 영상출판미디어(주)의 라이트노벨 및 관련서적 브랜드입니다.

NOVEL ENGINE

아마기 케이
작품리스트

NOVEL
NE
ENGINE

청춘의 상상, 시동을 걸어라!

아야사토 케이시 × 우카이 사키!
최강 태그가 펼치는 이세계 다크 판타지의 최고봉!

이세계 고문공주

1

**나의 이름은 『고문공주』 엘리자베트 레 파뮤.
긍지 있는 늑대이자, 비천한 암퇘지로다.**

죽은 뒤 이세계에서 다시 살아난 세나 카이토. 정신이 든 카이토의 앞에 나타난 자는 절세의 미소녀 엘리자베트. 그녀는 자신을 『고문공주』라 칭하고, 카이토에게 종자가 되라고 명령한다. 이를 거부한 카이토는 '고문' 과 '집사' 중 하나를 택하라고 강요당한다…….
어쩔 수 없이 함락된 카이토. 하지만 그는 엘리자베트의 종자가 된 것도 모자라, 죄인인 『고문공주』의 사명── 14계급의 악마와 그 계약자 토벌에 따라다니게 되는데……?

©Keishi Ayasato 2016
Illustration : Saki Ukai
KADOKAWA CORPORATION

아야사토 케이시 지음 | **우카이 사키** 일러스트 | **2018년 12월** 출간
청춘의 상상, 시동을 걸어라!

이것은, 자각 없이 무적을 체현하는 소년이
『진짜 강함』을 깨달아 가는 용기와 만남의 이야기──.

를 들어 라스트 던전 앞 마을의 소년이
초반 마을에서 사는 듯한 이야기

1

"저, 도시에 가보고 싶어요!"

마을 사람 모두가 반대하는 가운데, 군인이 된다는 꿈을 버리지 못하고 왕도로 여행을 떠난 소년 로이드. 그러나 마을에서 제일 약한 남자라 불리는 그를 포함하여, 마을 사람들은 아무도 알지 못했다.

자신들의 마을이 고 레벨 모험가들도 두려워하는 『라스트 던전 바로 앞의 인외마경』이라고 불리는 진실을…….

그곳에서 자란 로이드는 신체능력 발군, 고대 마법도 완비, 덤으로 가사 스킬까지 퍼펙트!!

라스트던전급 소년의 무자각 파워 라이프!
화제의 소설이 지금 스타트!

사토토시오 지음 | 와타누키 나오 일러스트 | 2018년 12월 출간
청춘의 상상, 시동을 걸어라!

어째서 내 세계를 아무도 기억하지 못하는가

1

~운명의 검~

**"어째서 아무도,
진짜 세계를 기억하지 못하는 거야……!"**

지상의 패권을 다투던 5종족의 대전이 영웅 시드가 이끄는 인류의 승리로 끝난 시대. 그러나 그 세계는 소년 카이의 눈앞에서 느닷없이 '덮어쓰기' 당했다. 다시 쓰인 세계에서 카이가 본 것은, 인류가 패배해 용과 악마가 지상을 지배하는 광경, 게다가 카이는 모든 인간에게 잊힌 존재가 되어 있었다…….

그러나 신비한 소녀 린네와 만난 카이는 이 다시 쓰인 운명을 깨부술 것을 결의하고, 영웅이 사라진 세계에서, 영웅의 검과 무술을 계승해 군림하는 강대한 적대 종족과의 싸움에 도전한다!

사자네 케이 지음 | neco 일러스트 | **2019년 1월** 출간
청춘의 상상, 시동을 걸어라!

에이룬 라스트 코드
~가상의 세계에서 전장으로~

5

마침내 히무로 의숙에 반격의 기회가 찾아왔다. 미국 정부의 확약을 받고, 일본을 반세기 동안 수호한 네이버 7번기, 묘조의 탈환계획이 실행으로 넘어간 것이다. 새로이 파일럿 자리를 물려받는 인물은 무사시를 아버지처럼 존경했던 나나오기 야마토.

"이제부터는…… 내가 헥사를 지키겠어."

발레타 조약 위반이라는 돌이킬 수 없는 카드를 쓴 히무로 의숙. 그리고 진짜 히무로 나츠키에 관한 진실의 라이초의 입에서 밝혀지는 한편, 순조로울 것 같았던 계획에 보이지 않은 어둠이 드리우는데──?!

 아즈마 류노스케 지음 | 미코토 아케미 외 일러스트 | 2019년 1월 출간
청춘의 상상, 시동을 걸어라!

세계 멸망까지 D-7!
잉여가 된 영웅들의 이야기, 스타트!

영웅실격

1
~그런고로 세계를 멸망시킵니다~

무수한 세계를 구한 영웅들이 모인 땅. 7일 후로 임박한 세계 멸망을 막기 위해 영웅들의 힘을 빌리려고 그 땅을 찾은 신의 사자 소이치가 본 것은—— 영웅들의 타락한 모습이었다!

**마음에 어둠을 품고 세계를 저주하는 용사.
찐빵으로 변해버린 마법소녀.
로리콘으로 전락한 변신 히어로.
술독에 빠진 드래곤.**

——세계를 구할 마음은 없는 영웅(?)들.
과연 소이치는 그들이 세계를 구하도록 이끌 수 있을까?

ⒸShunsuke Sarai 2015
KADOKAWA CORPORATION

사라이 슌스케 지음 | **나베시마 테츠히로** 일러스트 | **2019년 1월 출간**
청춘의 상상,시동을 걸어라!